過保護な幼なじみ

Ruriko & Motoki

沢上澪羽

Reiha Sawakami

Eternity

EB
エタニティ文庫

目次

過保護な幼なじみ

一　保護者的幼なじみ

すっかり辺りも暗くなった午後八時過ぎ。立ち並ぶビルの窓に明かりが灯《とも》っている。街路樹や街灯がきれいに整備され、話題のショップも多数並ぶ通りを、家路《いえじ》を急ぐ人たちが足早に駅に向かっていた。

そんな中、とあるビルの案内板の明かりがふっと消えた。そこには『陣内審美歯科《じんないしんびしか》クリニック』と書かれている。その真上には、紛《まぎ》らわしいことに『陣内歯科医院』という名前があった。そちらの案内板の明かりは既に消えており、営業を終了しているのがわかる。

陣内審美歯科クリニックと書かれた磨《す》りガラス状のドアが開いた。そこからこのクリニックで歯科衛生士をしている崎本瑠璃子《さきもとるりこ》が、こっそりと顔を覗かせる。きょろきょろと周囲を窺《うかが》っていた瑠璃子は、やがて何かを確信したらしく、ほっとした様子で外に出てきた。

――よかった、いない。

そんなことを思いながら、瑠璃子はドアに鍵をかける。この陣内審美歯科クリニックの院長である飯田真子《いいだまこ》と瑠璃子は、長年の付き合いだ。それこそ、瑠璃子がまだ小学生の頃からお互いに知っている。そのため、すっかり信用されていて、鍵も持たされているのだ。

今日、医師であり主婦である真子は、先に帰っていた。

陣内審美歯科クリニックの歯科医師は真子を含め二人、従業員は瑠璃子を含めて八人と、それほど規模は大きくない。しかし真子の技術と、女性専用というのが人気を呼び、連日予約でいっぱいだった。

そういうわけで、毎日忙しいと言えば忙しい。だが連日残業の必要があるかと言うと、決してそんなことはなかった。今夜の瑠璃子は、今日するべき仕事はもちろんのこと、本当は今日しなくてもいいような仕事までしていたので、遅くなっていた。……いや、あえて遅くなるようにしたのだ。

「さすがに今日は待ってなかったわね」

瑠璃子はそう小さく口の中で呟くと、ずり下がったバッグを肩にかけ直して歩き出す。

その途端――

「瑠璃子」

背後からかけられた声に、瑠璃子はびくっと肩を揺らして立ち止まった。その声には聞き覚えがある。いやいや、聞き覚えがあるなんて生やさしいものじゃない。耳にたこができるくらいに毎日聞いている声だ。

瑠璃子は深々とため息を吐き出すと、ゆっくりと声のしたほうを振り返った。

「お疲れ様、瑠璃子」

「……お兄ちゃん」

どこに隠れていたのか。さっき周囲を窺《うかが》った時には見えなかったはずの人影が、にこにこしながら階段から下りてくる。細身で長身。銀縁眼鏡の奥にあるのは、優しげに細められている少しだけ垂れた目。高い鼻に引き締まった口元。それらのパーツがバランスよく配置された顔は、見慣れていてもドキッとするほど整っている。

「さあ、帰ろうか」

そう言うと、お兄ちゃんこと陣内元樹《じんないもとき》は、瑠璃子の肩に手を回した。瑠璃子はすかさず、その手を払い除《の》ける。

「お兄ちゃん、また待ってたの？　ひとりでも大丈夫だっていつも言ってるじゃない。お兄ちゃんは、ずっと前に仕事終わっていたんでしょ？」

間違いなくそのはず。元樹は真上にある陣内歯科医院の歯科医師だ。そこと瑠璃子の働くクリニックとは、終了時間が同じなのだ。瑠璃子は今日、一時間ほど残業をしていた。それを考えると——

「お兄ちゃんの仕事が終わってから、もう一時間は経ってるはずよ？　ずっと外で待ってたの？　風邪引いたらどうするの？　私はひとりでも帰れるんだから、待ってなくてもいいのよ！」

びしっと人差し指を突きつけ、瑠璃子は元樹を睨《にら》み付けた。けれど当の本人はふわりと笑い、手を伸ばして瑠璃子の頭を撫でてくる。

「そんな顔したって全然迫力ないよ。それどころか、そんな顔も可愛いね」

まったくもって言葉の通じていない様子に、瑠璃子は再び深々とため息をつく。そして頭をナデナデしている元樹の手を払い除けた。

「……お兄ちゃん。あのね、私も二十四歳なわけですよ。もう小学生じゃないんだから、毎日のように送ってもらわなくたって平気なの」

そう、本当にずらせない用事や、瑠璃子の仕事が先に終わることでもない限り、元樹は毎日のように瑠璃子の帰りを待っている。何度も「ひとりで大丈夫」だと断っているにもかかわらず、聞く耳を持たないのだ。

「瑠璃子のお母さんと約束したからね。お前のことは俺がしっかり面倒を見るって」

そう言って、元樹は優しい笑みを向けると歩き出した。

「ほら、もう遅いから急いで帰ろう？」

「……うん」

促《うなが》され、瑠璃子は渋々その背中について歩きはじめる。

「それにしても、明日にでも姉さんに文句を言ってやらないとダメだね。自分はさっさと帰って、こんなに遅くまで瑠璃子を働かせるなんて」

元樹は僅《わず》かに眉を寄せ、そんなことを呟いた。陣内審美歯科クリニックの院長である飯田真子と、元樹は姉弟だ。ふたりの父である陣内秀樹《ひでき》がこのビルの所有者で、陣内歯科医院の院長なのだ。歯科医院では対応しきれない審美的な側面を補うため、同じビル内に姉の真子が審美歯科を開院していた。

「ちょっと待ってよ、違うんだよ、お兄ちゃん。真子先生は主婦なんだから家のこともあるだろうし、私は好きで仕事してたんだから。だから、文句なんてやめてよね」

まったく見当違いの言葉に、瑠璃子は焦って元樹の服の裾《すそ》を掴《つか》んだ。

まさか、元樹が先に帰ったらいいな……なんて思いながら、しなくてもいい仕事に手を出していたなんて言えるはずもない。

「それでも、やっぱり無責任だよ。姉さんだって、瑠璃子のこと頼まれているんだから」

「だ、だからそれは小さい頃の話でしょう?」

「俺にとってはまだ瑠璃子は小さいままだけど?」

ぽんと頭の上に手を乗せられ、瑠璃子はまたもやそれを勢いよく叩き落とした。

「それは身長の話でしょっ?　これでも私はもう大人です!」

「昔はもっと素直で可愛かったのになあ」

「余計なお世話です」

がっくりと肩を落とす元樹に、瑠璃子は思いきり舌を出した。

瑠璃子と元樹が出会ったのは、瑠璃子がまだ小学生になる前のことだ。

シングルマザーだった瑠璃子の母が働いていたのが、当時ここことは別の場所にあった陣内歯科医院だった。

元樹の母と瑠璃子の母が高校時代からの友人という縁もあり、小さかった瑠璃子は、歯科医院と続きになっていた元樹の自宅によく預けられていた。

まるで家族の一員のように、元樹の母、沙也香《さやか》にはよくしてもらった。高校受験を控えていた真子は、塾通いが多かったのであまり会うことはなかったが、五歳年上の元樹は瑠璃子のことを本当の妹のように可愛がり、優しくしてくれたのだ。

当時、体の弱かった瑠璃子を、元樹はそれはそれは過保護に扱ったものだ。くしゃみをすれば熱を測られ、少しでも熱があれば布団《ふとん》の中に押し込められた。喉が渇けば言う前に冷たい水が出てきたし、体調を崩した時にはずっと手を握っていてくれた。

『大丈夫だよ、僕がそばにいるからね』

辛《つら》い時にはそう言ってくれた元樹の声が、今でも耳に残っている気がする。

瑠璃子も元樹のことを、本当の兄のように慕《した》っていた。……今だって、その時の気持ちが変わったわけではない。

でもすっかり健康体となり、しっかり大人になったというのに、相も変わらず過保護なのは違う気がする。いつまでも元樹に頼ってばかりではいけないと――自立しなければとずっと思ってきたのだ。でも、当の元樹のほうが、いつまでも子ども扱いをやめてくれない。

――なんて言ったらわかってくれるものかしら……。私に彼氏でもできたら、お兄ちゃんも安心するのかな？　でも……そういう相手もいないしなあ。

そんなことを考えていると、「瑠璃子」と声をかけられ、はっと顔を上げる。

「瑠璃子、ほら、エレベーターがきたよ」

「あ、はい。ごめんなさい」

慌てて瑠璃子もエレベーターに乗り込んだ。元樹はさっきふたりで買い物をしてきたスーパーの袋を両手で持ちながらも、器用に五階のボタンを押している。

「お兄ちゃん、ごめんね。私も片方持つのに……」

買い物をした後からずっと軽そうなほうだけでも持つと言っているのだが、元樹は頑《がん》として瑠璃子に渡さなかった。いつもそうだ。「荷物で手がふさがって、怪我《けが》でもしたら大変だ。だから瑠璃子は荷物なんて持たなくっていいんだよ」と、過保護全開なことを平気で口にする。それをまじめな顔で言うものだから、もう瑠璃子は反論のしようもない。

「別に大丈夫だよ、これくらい。少しも重くないんだから。それよりも瑠璃子のほうが心配だ。いっつもぼうっとしてるんだから。さっきだって俺が言わなかったら、エレベーターがきているのだって気付いてなかったろ？　そんなぼんやりだから、心配なんだよ」

「ぼんやりなんて……ちょっと考え事をしていただけだよ」

「ふうん、どんな？」

銀縁眼鏡の奥から、心の中まで見透《みす》かそうとするかのような視線を投げかけられ、瑠璃子は思わず目をそらす。まさか「お兄ちゃんの過保護から逃《のが》れる方法を考えていました」なんて、言えるはずもない。

「べ、別に。言いたくないことよ」

わざと突っぱねるような言い方をする。いつまでも子どもじゃないというアピールのつもりだったのだが……

がさっと音を立てて、買い物袋が床に置かれた。どうしたんだろうと思った次の瞬間、耳元でどんと大きな音がした。

「……きゃっ」

その音に、瑠璃子は身を縮めてぎゅっと目を閉じる。

「瑠璃子」

間近で元樹の声が聞こえ、瑠璃子は恐る恐る目を開けた。そして視界に映った光景に、これ以上ないほど目を見開く。睫《まつげ》の数が数えられそうなほど近くに、元樹の整った顔があったのだ。

そして、さっきの音の正体も理解した。

囲い込むようにして、元樹の両手が瑠璃子の両側の壁に付けられている。さっきのは、元樹が壁に手を突いた音だったのだろう。

「お、にい……ちゃん？」

瑠璃子は怖々《こわごわ》と元樹を見上げた。いつもと同じように微笑んでいるはずなのに、どうしてかその顔は冷たく怒っているように見えた。

「あ、あの……？」

こんな顔をしている元樹は見たことがなくて、体が竦《すく》んで動かない。びくびくしながら元樹からの言葉を待っていると、彼の口元が僅《わず》かに持ち上がった。その表情に、内心で「ひっ」と悲鳴を上げる。

笑っているのかもしれないが、どう見ても悪魔とか、魔王とか、死に神とか、空恐ろしいものしか連想できない。

「瑠璃子」

「は、はいいっ」

思わず声が裏返ってしまった。元樹がこんな顔をしているのは、きっと自分が彼を怒らせてしまったからに違いない。けれど、どれだけ記憶を高速でフル回転しても、その原因が思い当たらない。

――私、なにした？　なにしてお兄ちゃんを怒らせた？　わ、わからない……！

「瑠璃子」

「は、はいっ、ごめんな……」

「言いたくないことって、もしかしてお前……彼氏でもできたんじゃないだろうな」

「………………は？」

元樹の口から出たのは、瑠璃子が考えもしなかった言葉。それに対してたっぷり数秒かけてから、瑠璃子はとんでもなく間抜けな声を出した。

「は？　じゃないだろう？　俺に言いたくないってことは、男がらみなんじゃないのか？」

眉をつり上げ、なおも迫ってくる元樹の顔を、瑠璃子は呆《あき》れて手で押し返した。

「瑠璃子……っ、どうなんだ！」

「お兄ちゃん。ばかも休み休み言ってちょうだい。だいたいね、仕事の帰りはずっとお兄ちゃんと一緒なんだよ？　そういう相手、作る暇あるわけないじゃない」

ついでに言うのなら、なぜか元樹に門限まで決められ、友人と遊びに行った帰りも心配だからと駅まで迎えにこられるのだ。「合コンなんてダメ！　絶対禁止！　あんな危険な集まりは断固禁止！」と、いつも喚《わめ》いているのは誰だ。

――まあ、合コンには興味ないし、それほど彼氏が欲しいとも思わないけど……と言うのが、瑠璃子の本音だが。

「……本当だな？」

疑いという言葉を純粋培養したような目で、元樹が見つめてくる。

物心がつく前に父が他界してしまっているので父親がどんなものかわからないが、こんな感じなのかなあ……とふと思った。

「本当だよ。心配し過ぎだから」

「心配するに決まってるだろ？　その……瑠璃子のお母さんにもお前のこと頼まれてるし、俺の母さんだって、お前のこと、本当の娘のように思ってるんだ。悪い虫でもついたら、俺がドヤされる」

ぶつぶつとばつが悪そうに言い訳を口にする元樹に、思わずくすっと笑みがこみ上げてくる。なんだかんだ言っても、元樹がこうして心配してくれるのは、瑠璃子だって本当のところ嬉しいのだ。自分のことを気にかけてくれる人がいるっていいな、と思える。

……素直ではないので、口にはしないが。

「もしもいい人ができたら、その時は一番にお兄ちゃんに紹介するからね。でもお兄ちゃんの目は厳しそうだから怖いなあ」

もし本当にそんな時がきたら、元樹はきっと殺気《さっき》を含んだぎらぎらした目で、瑠璃子の連れてきた相手を吟味するに違いない。でもきっと瑠璃子の選んだ相手なら、最終的には認めてくれる……そんな気がした。

「ねえ、瑠璃子……」

「ん？」

「もしも俺がダメだって言ったら……」

じっと見つめてくる元樹の秀麗《しゅうれい》な顔が、一瞬苦く歪《ゆが》んだ気がした。どうしたんだろうと思ったけれど、エレベーターが五階に到着したので、そちらのほうに気を取られる。

「あ、お兄ちゃん、着いたよ。荷物持たなくちゃ」

瑠璃子は元樹の腕の間からするりと抜け出すと、床に置かれた買い物袋を持ち上げてエレベーターから降りた。けれどどうしたことか、元樹はエレベーターの中でがっくりと肩を落としている。

「どうしたの？　お兄ちゃん」

声をかけると、なぜか恨みがましい目で睨《にら》み付けられた。

「別になんでもない。それより、ほら、瑠璃子は持たなくていいって言ってるだろ？」

大股で近づいてきた元樹が、さっさと瑠璃子の手から買い物袋を引ったくる。

「別に重たくなんてなかったのに」

「いいの、瑠璃子は持たなくて。こういうのは俺の役目。お前は俺に甘やかされていればそれでいいんだから」

と、イケメンが真顔で言った。真に受けてこの状況を受け入れてしまえば天国な気もするが、それでは人としてダメになってしまうだろう。

――やっぱり、このままじゃダメよね。自立しなくちゃ。

と、再び心に誓う瑠璃子だった。けれど。

「瑠璃子、ほら早く。鍵開いたよ」

「あ、はーい」

あっさりと『陣内』と表札のかかった部屋に入っていくのであった。

靴を揃えて脱ぎ、愛用のピンク色のスリッパを履く。鞄はいつもの定位置に置き、ダイニングの椅子に引っかけてあったエプロンを身に着けた。

それから、元樹がキッチンに運んだ買い物袋を開け、瑠璃子は当たり前のように冷蔵庫に食材を詰め込んでいく。

「お兄ちゃん。今日の夕食、お魚でいいんだよね？」

そうキッチンから呼びかけると、居間の奥の部屋から元樹が顔を出した。さっきまで着ていたスーツを脱ぎ、今はざっくりとした白のニットにジーンズを合わせている。

スーツを着ていると大人の男性という感じがするが、ラフな格好をしていると、元々彼が持っている柔らかな雰囲気が強調される。

「そうしようと思っていたんだけど、瑠璃子はそれでいい？」

「うん、お味噌汁はわかめとネギにしようと思うんだけど」

「ああ、いいね。じゃあ、それは任せたよ」

「はあい」

と言って、瑠璃子は慣れた様子で調理用具を準備する。鍋に水を張って火にかけ、ネギを切りはじめたところで、隣に元樹が並んだ。

「俺は大根おろすから」

にっこりと笑って、元樹も慣れた手つきで大根の皮を剥《む》きだした。デニムのソムリエエプロンを身に着けて料理をする元樹の姿は、様《さま》になっている。その整った顔つきとも相まって、まるで料理番組でも見ているようだ。瑠璃子は一瞬見とれてしまった。

「……ん？　どうかした？」

瑠璃子の視線に気が付いたのか、元樹が手を止めて不思議そうに視線を寄越す。優しく微笑んだ元樹の前髪がさらりと揺れ、思わずドキッとする。頬がかっと熱くなった瑠璃子は、それを悟られたくなくて、ネギを切る手元に視線を戻した。

「な、なんでもない。その、お兄ちゃんは料理も上手ですごいなって思って」

事実、悔しいことに、元樹の料理の腕は瑠璃子よりもずっと上だ。千切りなんて、鮮《あざ》やか過ぎてため息が出るほど。

「瑠璃子だって、だいぶ上手になったじゃないか。味付けだったら、今は俺よりもうまいと思うよ？」

「そ、それくらいは上達しないと恥ずかしいじゃない……」

ぼそぼそとそう言って、瑠璃子は口を尖《とが》らせた。ここに……元樹と同じこのマンションの別フロアにある一室に住みはじめたのは、三年前。

資産家でマンションまで持っている元樹の父の計らいで、瑠璃子は良心的な家賃で住まわせてもらっているのだ。

その時から、「瑠璃子に任せておいたら、すぐに栄養失調でぶっ倒れるに違いない」という元樹の提案で、夕食は彼の部屋で一緒に取るようになっていた。

……確かに初めのうちは包丁を握る手もかなり危なっかしくて、まともなものも作れなかった。元樹の言うように、あっという間に食生活は破綻《はたん》していたに違いないだろう。それでも、手伝いから始まって三年、今では簡単な料理なら自信を持って作れるようになった。

――あー……私って、自立したいとか言いながら、お兄ちゃんに助けられてばっかりだよね。お兄ちゃんには本当に感謝してる。こんなに気にかけてもらって。でも甘えていないで、そろそろちゃんとしなくちゃ……

「も、もう、ひとりでも栄養失調になったりしないわ」

本当は痛いほど感謝しているというのに、長年の付き合いのせいで、瑠璃子はつい元樹には意地っ張りな態度を取ってしまう。昔はこうじゃなかった気がする。彼の言うように、もっと素直だったのに……。いつからこうなってしまったのか、瑠璃子にももう思い出せない。

「だから、もうお兄ちゃんのお世話にならなくっても大丈夫……ひっ」

最後まで言い終わる前に、包丁を握っている手首を掴《つか》まれ、瑠璃子は小さな悲鳴を上げてしまった。

「ちょ、お兄ちゃん！　危ないじゃないのっ、今、ネギを切っていたのに」

「……危ないのは瑠璃子のほうだよ？　手元を見ないで切っていると、そのうち指まで切っちゃうからね。それとも怪我《けが》して、俺に切った指を舐《な》められたい？」

「……な……っ、こ、子どもでもあるまいし、なにを言って……」

動揺してしまったが、たちの悪い冗談だろうと瑠璃子は思っていた。思っていたのだけれど、眼鏡の奥の目が「本気だよ」と言っている気がする。切った指を舐めるだなんて、幼なじみ……というか、本当の兄妹だってしないに違いない。

自分の切った指先を元樹が口に含む光景をつい想像してしまい、瑠璃子の顔はぼっと火を噴いた。一瞬で思考回路まで沸騰し、なにか反論しようと思うのに、口がぱくぱくするだけで言葉が出てきてくれない。

「……どうしたの、瑠璃子。顔が真っ赤だよ？」

元樹はそう言うと、片手で瑠璃子の前髪を持ち上げた。そして自分の額《ひたい》を瑠璃子の額にそっと触れさせる。間近、と言うか直に触れ合っている状況に、瑠璃子は完全にフリーズしてしまう。

「うん、熱はなさそうだね。瑠璃子はすぐに体調が悪くなるし、ぼうっとしていて危なっかしいし、まだまだひとりなんて無理なんだよ。大人しく俺に面倒見られていればいいの」

満面の笑みを浮かべつつ、元樹は瑠璃子の頭をぽんぽんと二回撫で、再び作業をはじめた。

「指を切らないように気を付けるんだよ」

「……は、はい」

——い、今の急接近は反則ですよ。お兄ちゃん……

と、心の中で呟きながら、瑠璃子は謎の敗北感に打ちのめされていた。

そう、いつもこうなのだ。いつだってこうなってしまうのだ。どんなに自立を試みてみても、元樹に「それはまだ無理だ」という結論を導き出されてしまう。

しかも、反論の余地さえ与えられない。それは今のように急接近されて動揺してしまったり、やけに寂しげな顔にノックアウトされたり……と、方法は様々だがとにかく反論できなくなってしまうのだ。

結局これ以上言葉も見つからず、瑠璃子は指を切らないように料理に専念することにした。

三十分もすると夕食は出来上がり、それをふたりでテーブルに並べる。それからエプロンを外して、そろって手を合わせ「いただきます」だ。元樹と夕食を共にするようになってからずっと、必ずふたりそろってから食事をはじめるようにしていた。

直前にどちらかに電話がかかってきた時などは、それが終わるまで待つ。元樹はこうして瑠璃子の面倒を見てくれているが、本当は忙しい身なので、自宅に帰ってきてからも携帯が鳴ることは多い。

そんな時は当然、彼の電話が終わるまで瑠璃子はじっと待っている。夕食を目の前にして待たされるのは辛《つら》い。元樹と夕食を取らなければ、待たされることもないだろう。でも、そんなひとりの食卓が寂しいに違いないことは、瑠璃子だってわかっていた。

その一方で、寂しさを理由に元樹に甘えるのは違うとも、瑠璃子は思っていた。いつかは元樹だって彼女ができるだろうし、そうなってしまえば、こんな関係を続けるわけにはいかないのだから。

だから……今のうちに瑠璃子は自立をしたいのかもしれない。その時がきても、途方に暮れてしまわないように。

瑠璃子は焼き魚を口に運びながら、ちらりと元樹を窺《うかが》い見た。

容姿は端麗《たんれい》。けれど少しも嫌《いや》みがないのは、纏《まと》う雰囲気がソフトだからだ。すらりとした体躯《たいく》はモデル並み。どちらかと言えば物静かで、読書を好むインドア派ではあるが、誰が見ても、元樹は相当にもてるタイプと言える。

なのに、元樹に彼女がいたのは、瑠璃子の記憶の中では彼が高校生の頃だけだ。それ以降、元樹に女性の影は知る限りない……と思う。

もしかしたら瑠璃子に秘密にしているだけかもしれないが、こうも一緒にいる時間が多いと、隠すことなど不可能な気がする。

――幼なじみの私から見ても、お兄ちゃんはかなり格好いいと思うんだけどな……。どうして浮いた話のひとつもないんだろう？

そんなことを考えながらちらちらと見ていると、元樹は瑠璃子の視線に気が付いたのか、ふと眼鏡の奥の瞳を和《やわ》らげる。

「瑠璃子。いっそのこと、この部屋に引っ越してきたらいいのに」

突然の元樹の言葉に、瑠璃子は思わず口の中の焼き魚を噴き出しそうになった。さすがにそれは寸前でこらえたが、むせ込んでしまい、手元にあった水を呷《あお》る。

「な……っ、なに言ってるの⁉」

――引っ越しって……。そ、それって同棲《どうせい》ってことじゃないの？

いや、瑠璃子と元樹は恋人同士でもなんでもないので、同棲と言うのは違うかもしれない。けれど、いずれにせよ血縁関係もない男女が一緒に暮らすなど、恋愛スキルの低い瑠璃子には、想像だけでもレベルが高過ぎる。

元樹のたった一言に思い切り取り乱す瑠璃子とは対照的に、彼は相変わらずににこにことした笑みを崩さない。

「なに……って。だって、毎晩俺の部屋で夕食を食べて、自分の部屋には寝に帰るだけのようなものだろう？　ここは瑠璃子のところよりも部屋数が多くて余ってるんだから、一緒に住んだほうが経済的だと思わないか？　水道光熱費だって、折半《せっぱん》すれば今よりもずっと安くなる」

「た、確かにそうだけど……」

元樹の言うことには一理も二理もある。

「それに瑠璃子はおばさんに仕送りだってしてるだろ？　お金はいくらあってもいいはずだよね？　ここに越してきたら、今までよりも多くおばさんに送れるんじゃないの？」

「……う、うん」

「どうせ、自分の部屋にいるよりも、俺の部屋にいる時間のほうが長いんだから。別々の部屋にいるよりも、ずっと勝手がよくなるとは思わないかい？　瑠璃子の部屋はそれほど荷物も多くないんだから、引っ越しなんてすぐに終わるよ。俺も手伝ってあげるから」

「……」

元樹は次々に甘くて魅力的な言葉を囁《ささや》きかけてくる。その言葉に、彼から自立しようと、自立してやるんだと意気込んでいた決心がぐらぐらと揺らぐ。

「自室に帰る心配もしないで、ここでゆっくりご飯を食べて、眠たくなったらすぐに休むこともできるよ？　帰ることを考えなくて済むなんて、きっと楽だよ」

元樹の言う通りここに引っ越してきたら、確かに楽に違いない。

帰らなくてもいいというだけでなく、きっと元樹はかいがいしく瑠璃子の面倒を見てくれるだろう。それこそ、小さい頃のように、瑠璃子が欲しいものを言葉にする前に、それが目の前に差し出されるような……

居心地のいい空間を用意され、快適な生活を約束され、どっぷりと甘やかされるに違いない。ついでにイケメンの世話役付きとか、どんな乙女ゲーだ。

「……いい。ひとりで頑張れるから」

元樹の用意してくれるであろう、快適そのものの生活を思い浮かべ、瑠璃子は真顔で首を横に振った。

「……どうして？」

瑠璃子の答えが不満だと言いたげな表情で、元樹が首を傾《かし》げる。その目が、『こんなにいい条件、他にはない』と言っている気がする。いや、言っている。瑠璃子だってそう思うのだから。だからこそ、怖い。

——そんな蜂蜜《はちみつ》漬けみたいな生活してたら、あっという間に人としてダメになる。現状でさえ、かなり甘やかされてるっていうのに……

元樹はよかれと思ってしてくれているので、さすがにそんなこと本人には言えるはずもないが。

「……その、散々お世話になってこんなこと言うのもなんだけどね、お兄ちゃんと私の間には血縁関係はないわけでしょ。さすがに血の繋《つな》がらない男女が同じ部屋に住むっていうのはどうかと思うのよ」

蜂蜜漬けうんぬんもそうだが、一番の理由はこっちだ。小さい頃から家族同然に過ごしてはきても、本当の家族ではない。年頃の男女が一つ屋根の下に……なんて、まずいのではないかと思ってしまうのは、瑠璃子の頭が固いからなのだろうか。

それに、元樹が同じ部屋にいると思えば、お風呂上がりに下着姿でうろつくこともできないし、寝起きのブサイクな顔でうだうだすることもできない。

「私だって一応年頃なんだから、見られたくない姿っていうのもあるのよ」

さすがにその具体的状況は言わないが。瑠璃子は立ち上がると、使い終わった食器を台所に運んだ。

腕まくりをして食器を洗いはじめたところで、元樹も使い終わった食器を台所に運んできた。

「あ、お兄ちゃん、食器はそこに……」

「気にしないのに」

「え？」

元樹の口から出た言葉の意味がいまいち掴《つか》めず、瑠璃子は泡のついたスポンジを手にしたまま、彼を見上げる。

「別にどんな姿だって、俺は気にしないのに。……っていうか、気にならないけどね。一緒にお風呂に入ってた仲だろう？」

元樹は瑠璃子の肩をぽんぽんと叩くと、鼻歌まじりに冷蔵庫を開けてビールを持って行く。プシュと缶を開ける軽快な音が耳に届き、瑠璃子の肩から盛大に力が抜けた。

――そうか。そうか、そうか、そうか、そうだよね。うん。そうなんだ。

スポンジで食器を擦《こす》りながら、ひとり納得する。

――お兄ちゃんは私のこと、女だってことも多分忘れてるんだわ。って言うか、お兄ちゃんにとっては、私はいつまでたっても小さな子どものままってわけね。そりゃあ、なんの戸惑いもなく一緒に住もうなんて言えちゃうわけだ。

事の真相がわかると、瑠璃子はさっき一瞬でも『同棲《どうせい》』という言葉が脳裏に浮かんだ自分が恥ずかしくなってきた。

そんな色っぽいものではなく、元樹にとってみれば、手のかかる子どもを近くに置いておきたいだけという……

――くそぅっ！　絶対に自立してやるんだからっ！

湧き上がってくる恥ずかしさを、自立への決意に変え、瑠璃子はがしゃがしゃと食器を洗った。いつもなら食器を洗い終わった後は、元樹と話をしながらテレビを見たりするのだが、今日はそんな気になれない。自立に向けて決意も新たに、エプロンを外すと、さっさと鞄を引っ掴む。

「あれ、瑠璃子。もう帰るの？　お前の好きなカクテルも冷蔵庫に入ってるよ？　あ、チーズもあるけど」

「チーズ？」

大好物をコールされ、思わず目をキラキラさせて振り返ってしまった。

「うん。瑠璃子がこの前食べたいって言ってたやつ、ネットで見つけたから買ってみたんだ。ああ、そのチーズに合いそうなワインも買ってあるから、それ開ける？　今用意するよ」

「い……いいっ！」

瑠璃子はソファから立ち上がった元樹にそう言って、ぶんぶんと首を横に振った。

「きょ、今日は帰る、から」

本当はチーズもワインもこれ以上ないほど魅力的だ。でも、それを我慢できなくては、自立なんてとても無理だろう。

「いいの？　すごーく美味《おい》しそうだったよ？」

「……うっ」

眼鏡の奥からじっとこちらを窺《うかが》っている瞳が、『帰るんだったら俺がひとりで食べちゃうよ』と言っている気がする。そういう目に瑠璃子が弱いことを、彼はよく知っているのだ。でも。

「い、いいの。今日は帰る」

誘惑に後ろ髪を引かれつつ、瑠璃子はドアノブを掴《つか》んだ。

「急いで帰る理由でもあるの？　誰か……待っているとか？」

どことなく尖《とが》って、苛立ちを含んだような声が背中にぶつかり、瑠璃子は不審に思って振り返る。そこには声の調子とは正反対に、胡散臭《うさんくさ》いほど爽《さわ》やかな笑みを顔に貼り付けた元樹が、ソファにふんぞり返っていた。

「俺に隠し事でもある？　お前が好物を前にしても帰るって言うなんて、おかしいだろ」

――なにそれ。私ってお兄ちゃんの中でどんなキャラ？　って言うか……

「お兄ちゃんって、お兄ちゃんっていうよりも、口うるさいお父さんみたい」

「……なっ！」

思わずくすくすと笑ってしまった瑠璃子とは対照的に、元樹は苦り切った表情で固まってしまった。それから大きく息を吐き出し、両手でわしゃわしゃと髪の毛を掻き混ぜる。

「あのな……お父さんはないだろ？　それはさすがに傷付く」

乱れた髪の間から、元樹が恨めしげな視線を投げかけてきた。そんな視線にさえ、また、くすっと笑みが浮かぶ。

「だって……お兄ちゃんたら、心配し過ぎなんだもん。まるでドラマや小説に出てくる頑固なお父さんみたい。でも私、お父さんがいないから、ちょっと嬉しいかも」

けなすつもりで言ったわけではないのに、元樹は難問でも突きつけられたかのような顔をして、頭を抱えてしまった。

「……少し、接し方を考えないとダメだな」

そう、ため息まじりにぼそりと呟く。

「そうだよ、お兄ちゃん。私だってもう大人なんだから。それじゃあ、帰るね」

今度こそドアノブに手をかけた瑠璃子だったが、再び元樹を振り返る。

「あ……ちなみに、誰かが待ってるわけじゃないよ？　残念ながら、そんな相手はいません」

別に元樹を安心させるために言ったわけではない。ただ……誤解されたままでは、いつまでもグチグチ言われそうな気がしただけだ。いや、でも本当は、誤解を解いて元樹の機嫌を直したかった。

瑠璃子にとって元樹は大事な幼なじみなのだ。難しい顔をしているよりも、いつもの穏やかな彼でいて欲しい。

そう思ったのだが……

「そうか……うん、それならいいんだ」

先程までの難しい顔が、瑠璃子のたった一言で柔らかく綻《ほころ》ぶ。ほっとしたような、嬉しそうな、それでいてどこか色気を含む笑顔に、瑠璃子の胸は思わず跳ねた。かあっと頬が熱くなる。

そんな火照《ほて》った顔を見られたくなくて、瑠璃子はさっと元樹に背を向けた。

「う、うん。じゃあ、そういうことだから」

元樹は昔から抜きん出て格好よかったが、最近では妙に男の色気が加わり、見慣れている瑠璃子でさえドキッとさせられることが度々《たびたび》ある。

――本当にこれで彼女がいないとか、お兄ちゃん、もしかしたらあっちの趣味なのかしら……

と、腐女子《ふじょし》的妄想をしながらドアを開けた時だった。

「ああ、瑠璃子、ちょっと待って」

と、元樹に呼び止められる。

「俺、明日は学会があって帰りは夜遅くなるから、寄り道なんてしないで帰ってくるんだよ。食事もしっかり取って、部屋の鍵は忘れずにすること。夜にひとりで出歩いたりするんじゃないよ。いいね？　ああ、それから俺がいないからって合コン行くとか、言語道断《ごんごどうだん》だからね」

まくし立てるようにそう言って、元樹は目の前までやってくると、瑠璃子の両肩にぽんと手を置いた。

「電話するから、ちゃんと携帯の電源は入れておくんだよ？　なにかあったら、いつでも連絡しておいで」

「……あー……えーと……」

眼鏡の奥の目が真剣過ぎて、痛いくらいだ。見つめ返すこともはばかられ、視線をさまよわせながら瑠璃子は深々とため息をついた。なんだかもう、突っ込みどころの多さに呆《あき》れてくる。

「わかったね？」

「……はい、わかりました」

勢いに押されてそう答えると、満足げに微笑んで元樹は瑠璃子の頭を撫でた。

「じゃあ、気を付けて帰るんだよ？」

――気を付けてって……同じマンションの一室に帰るだけじゃない。

小さな子どもでも問題なく帰れそうな距離だというのに、本気で心配されているらしい我が身が情けなくなってくる。

それでもそんな気持ちのまま帰るのも癪《しゃく》に思えて、瑠璃子はにっこりと笑みを浮かべて元樹を見上げた。

「うん。ありがとう。気を付けて帰るね、……お父さん」

「……っな！」

が――んという擬音が見えそうなほどの表情で、元樹が固まる。

「じゃーね」

そう言って、内心でぺろりと舌を出す。

こみ上げてくる笑いをこらえながら、瑠璃子は元樹の部屋を後にした。

「じゃあ、次回は三日後の六時からになります。お大事にしてくださいね」

本日最後の患者さんを見送り、瑠璃子はたまっていたカルテを整理しはじめる。今日は予約が詰まっていて、カルテの整理もままならなかったのだ。

「……さすがにちょっと疲れたな」

そう独り言を呟いて、瑠璃子はすっかり凝《こ》り固まってしまった肩を回す。ごきごきと硬い音がして、思わず苦笑いする。

「瑠璃ちゃん、お疲れ様～」

「あ、真子先生、お疲れ様です」

瑠璃子同様、肩をがきがきいわせながら真子が奥から出てきた。元樹と似たその顔は、彼同様かなり整っている。ただ、真子はきりりとした美人なので、元樹とは違ってどちらかというと冷たく見えてしまう。実際はざっくばらんで、男前な人なのだが。

そういえばまだ小さい頃、泣き虫でことあるごとに元樹の背中に隠れていた瑠璃子は、いつも真子に『すぐ泣かないの！』と、怒られていた気がする。

その頃はそんな真子が少しだけ怖くもあったが、彼女の言っていた『すぐに泣かないの。涙は女の武器なんだから、すぐに使ったら効果が薄れるでしょ？　最終兵器に取っておきなさい』という言葉の意味は、この年になってなんとなくわかるようになった。

そんなことを中学生の頃から瑠璃子に吹き込んでいた真子は、違う意味で怖い人なのかもしれないが。

「今日はお疲れ様でした」

「本当、疲れちゃったわぁ。ああ、早く帰ってビール飲みたい。あ、これこっちにしまったらいいのかしら？」

そう言いながら、真子はカルテの束を手に取る。

「真子先生、いいですよ。私ひとりでできますから。先生は早く旦那さんのところに帰ってあげてください」

今日の真子は、休む時間もほとんど取れないほど忙しかったのだ。そんな彼女にこれ以上仕事をさせるわけにはいかないと、瑠璃子は真子の手からカルテを引ったくる。けれどそれはすぐに真子に奪い返されてしまった。

「いいの、いいの。だって、そろそろあれが迎えにくる頃でしょう？　仕事が終わってなかったら、後から、姉さんは瑠璃子を働かせ過ぎだとか文句言われちゃうの」

真子の言う『あれ』が元樹のことだとすぐにわかり、瑠璃子は思わず苦笑いを浮かべる。

「大丈夫ですよ。お兄ちゃんなら、今日は学会があるとかで朝から出かけていますから」

「学会？　ああ、そんなこと言ってたかもしれないわね。だから今日はあいつのうざい気配がないってわけか」

「うざいって……」

うざいってことはないんだけどなあ……

と思いながら、瑠璃子は小さく笑った。

「瑠璃ちゃんは、うざくないの？　あんなの一歩間違ったらストーカーじゃない」

真子のうんざりした口調に、瑠璃子は緩く首を振る。

「うざいってことはないんですが……いつまでも私の心配ばっかりで、申し訳なくって。もっと自分のことを考えてくれたらいいのに……って思う時はあるんです。私のせいで、自分のことができてないんじゃないかなって」

瑠璃子にとって真子は、元樹に比べたら遠い存在だが、素直になれるのは彼女のほうだった。とても元樹には言えない本音をぽつりと零《こぼ》すと、真子はちっと小さく舌打ちをした。

「あいつ……まったく詰めが甘いわね。本当にチキンなんだから」

「え？」

真子の呟きに首を傾《かし》げると、彼女はにっこりと笑って見せた。

「あ、いいのいいの、こっちの話。瑠璃ちゃんは気にしなくっていいからね。それよりも今日は早く帰りなさい。遅く帰したのがバレたら、あのうるさい弟に、俺のいない時になんとか絶対に言われるから」

元樹が真子に対して実際のところなにを言っているのかは知らないが、彼女のげんなりとした顔を見ればなんとなく想像がつく。

「あ、あの……真子先生。すみません」

瑠璃子が悪いわけではないのだが、どうにも申し訳ない気持ちになってそう言うと、真子は声を上げて笑った。

「なに謝ってんのよ。瑠璃ちゃんが悪いわけじゃないじゃない。って言うか、ばか元樹のほうが善人面《ぜんにんづら》で瑠璃ちゃんに迷惑かけちゃってるんじゃないの？」

「そ、そんなことないですってば。お兄ちゃんは本当によくしてくれてます。……本当に、申し訳なくなっちゃうくらいに。私に手がかかるから、きっとお兄ちゃんは彼女を作れないんです。だから私、早く自立しなくちゃって思うんです……。そうしたらお兄ちゃんも安心して、自分のことができるんじゃないかって」

そこまで言って、瑠璃子ははっとして言葉を切った。明らかにしゃべり過ぎた気がする。

「あ、あの、すみません。なんだか私……」

「いいのいいの、わかってるってば。瑠璃ちゃんは瑠璃ちゃんなりに、元樹のことを心配してくれてるんだよね？」

その言葉に、瑠璃子は素直にこくんとうなずいた。迷惑をかけている身で心配するなどおこがましいのかもしれないが、それでも、瑠璃子は元樹のことが心配だった。

本当は、自分のせいで元樹の生活が犠牲になっているのかもしれない——そう思うだけで辛《つら》かった。だから早く自立して、元樹に迷惑をかけないようにしたいと考えていたのだ。

「ねえ、瑠璃ちゃんは彼氏とか作る気がないの？」

「彼氏ですか？」

瑠璃子はカルテを棚に仕舞いながら、首を傾《かし》げた。彼氏を作る気があるか、ないかという問題よりも、そういう出会いがほとんどない。それに自分に彼氏がいる状況を、瑠璃子は思い浮かべることができなかった。

「よく……わからないです」

「うーん、そうだよね。あれだけ元樹がぴったり貼り付いていたら、男の人と知り合うチャンスもないか……。あ、ちょっとごめん」

真子は突然鳴り出した携帯を、白衣のポケットから取り出す。なんとも答えに困る言葉の後だったので、正直なところ瑠璃子は少しだけほっとしていた。

「え？　そうなの？　うん、じゃあ今出るから」

そう言うと真子は通話を終了させた携帯を、再びポケットに押し込む。

「旦那さんからですか？」

そう声をかけると、真子はうなずいた。

「ええ。今、迎えにきてくれているんですって」

「じゃあ、後は私がやっておくので、真子先生はお先にどうぞ」

元樹のお迎えもないのでのんびりやろうと思った瑠璃子だったが、真子は手に持っているカルテを、ものすごいスピードで片付けはじめた。

「だから、それじゃ私が後々元樹に叱られるんだってば。ほら、瑠璃ちゃんもさっさと手を動かす！　終わらせて帰るわよ！」

「え？　は、はい」

ほらほらと真子に急《せ》かされ、カルテ整理を終え着替えをし、外に出る。道路脇には何度も見たことのある、真子の家の車が停まっていた。

黒のセダンの運転席の窓が開き、よく見知った真子の夫、飯田俊史《としふみ》が顔を出す。

「瑠璃子ちゃん、久しぶりだね。よかったら乗っていかないかい？」

九つ離れている真子よりも、更に六歳年上の俊史は、瑠璃子からしてみれば完璧な大人の男性だ。思わずしゃきんと背筋が伸びる。

「い、いいえ。大丈夫です」

「そうよ、乗っていったらいいじゃない。……あら」

助手席に乗り込もうとドアを開けた真子が、後部座席に誰かいることに気付いて笑みを浮かべる。

「笹井《ささい》君も乗ってたの？　あ、こちら私のところで働いてくれている崎本瑠璃子ちゃん」

真子がそう言うと後部座席の窓が開いた。

「瑠璃ちゃん、夫の部下の笹井亮平《りょうへい》君」

「あ……崎本瑠璃子です」

「どうも、笹井です。真子先生のご主人には、いつもお世話になっているんです」

なんだかよくわからない流れで、初対面の男の人と挨拶《あいさつ》を交わすことになり、瑠璃子は戸惑ってしまった。けれど瑠璃子とは対照的に、笹井亮平と紹介されたその彼は、笑みを浮かべて会釈《えしゃく》をしてくれた。

爽《さわ》やかで人懐っこそうな笹井からは、快活な印象を受ける。太陽の下で、スポーツに汗を流しているのがとても似合うような……

――なんだか、お兄ちゃんとは全然タイプの違う人だな。

と、瑠璃子は無意識に元樹を引き合いに出して考えていた。身近にいる男の人は元樹くらいしかいないのだから仕方ないのかもしれないが。

「真子、これから笹井を家に連れて行っても構わないかな？」

運転席から俊史が真子に呼びかける。「大丈夫よ」と答えながら、真子は名案が浮かんだというように、胸の前で手を合わせた。

「そうだわ。せっかく笹井君がくるなら、よかったら瑠璃ちゃんも一緒にどう？」

「……えっ」

突然の提案に、瑠璃子は思わずたじろいだ。ちらりと後部座席のほうを見ると、にこにことこちらを見ていた笹井と目が合い、瑠璃子はさっと視線をそらしてしまった。

「え、えっと……」

「いいじゃない。どうせうるさい保護者もいないんだから。ね？」

「そうしたらいいじゃないか。瑠璃ちゃん」

飯田夫婦にそう誘われ、瑠璃子は俯《うつむ》く。

真子の家にお邪魔するのが嫌なわけじゃない。ただ、元樹以外の男の人に免疫《めんえき》のない瑠璃子は、初対面の男性がそこにいるというだけで怖《お》じ気《け》付いてしまうのだ。

――それに、お兄ちゃんに『寄り道しないように』って言われてるし……

と、断る理由を見つけた気がして瑠璃子はほっとした。元樹の言いつけをまじめに守るつもりなど本当はなかったのだが、この場を切り抜けることができるなら、その言葉を守ってみようと現金な思いが浮かぶ。

「あ、あの。お兄ちゃんに真っ直ぐに帰るように言われていますし、今日はちょっと疲れてしまったので帰ります」

「うーん……そうねえ、今日はかなり忙しかったものねえ……」

真子はそう言いながら、納得したようにうなずいている。

「わかったわ。それじゃあ送っていってあげる」

そう言って真子が後部座席のドアを開けようとするのを、瑠璃子は慌てて止めた。

「真子先生。あの、本当にいいんです。私の家と真子先生の自宅は正反対だし、買い物もしていきたいんで、本当に……」

「そう？　本当にいいの？」

「はい」

真子の服の裾《すそ》を掴《つか》んで見上げていると、やっと「わかったわ」と微笑んでくれた。その言葉に、瑠璃子は心底安堵《あんど》した。

「それじゃあ気を付けて帰るのよ」

「はい。じゃあ真子先生、また明日」

真子を乗せた車を見送り、瑠璃子は息をついて空を見上げた。どんよりとした重たそうな雲が空一面に立ちこめている。

「やだ……雨が降ってきそう。早く帰らなくちゃ」

そう呟いて、瑠璃子は早足で歩き出した。


叩き付けるような雨の音と、木々を揺らす風の音が、テレビのボリュームを上げた室内でもはっきりと聞こえる。

「天気予報ではこんな雨が降るなんて言ってなかったのにな……」

そう独りごちながら、瑠璃子は濡れた髪の毛をバスタオルで拭《ぬぐ》った。

急いで帰路についた瑠璃子だったが、もう少しで自宅マンションが見えるというところで、雨に降られてしまった。バケツをひっくり返したような雨でびしょびしょになってしまい、すっかり体が冷え切った。すぐにシャワーを浴び、今ようやく温まったところだ。

瑠璃子は買ってきた夕食に手を付けず、パジャマ代わりのワンピース姿でじっと膝を抱えていた。

普段、元樹がいる時にはふたりで食事を作るので、お弁当など滅多に買わない。だから今日は久しぶりにお弁当でも食べてみようかと思ったのだが——食べる気が起きないのだ。

それに、渦《うず》を巻く風の音と、窓を叩き付ける雨の音が気になってたまらない。突如お腹に響くような雷鳴が轟《とどろ》き、瑠璃子は「ひっ」と声にならない悲鳴を上げて、手のひらで両耳を覆った。

「や、やだやだやだやだ……っ。……ッひゃあ！」

連続でごろごろと雷鳴が響く。先程よりもその音は小さかったが、瑠璃子はびくんと震え、そしてこれ以上ないというほど体を丸く縮こめた。

なにも聞こえないようにぎゅっと両耳を塞《ふさ》ぎ、きつく目を閉じ、血が滲《にじ》みそうなほど強く唇を噛みしめる。体中の筋肉は緊張し、痛みを感じるほどだ。

——雷《かみなり》なんて怖くないじゃない。ただ音が大きいだけ。怖くない、怖くない、怖くない……っ。

と、自分に必死で呪文をかけてみるが、悲しいかな、効果は一向に表れてくれなかった。やはりどうしようもなく怖くて、瑠璃子は震える体を強く抱きしめる。

自分でもこんなに雷を怖がるなんてばかみたいだと思っているのだ。だけど、体の震えをどうすることもできない。

雷が怖い理由を、瑠璃子自身、実はなんとなくわかっている。

あれは多分、元樹と出会って間もない頃のことだったと思う。

その日瑠璃子は、いつものように陣内家に預けられていた。元樹の母である沙也香は近所に用があると出かけていて、真子も塾でおらず、元樹もまた習い事から戻っていなかった。

そんな時、突然襲ってきた寒気と息苦しさ。自分の体がおかしいことは、小さな瑠璃子にもわかった。けれど、母は仕事中だと思うとそれを邪魔することもはばかられ、震えながらソファにじっと横たわっていた。

苦しくて、不安で、泣きたくて、辛《つら》くて……でも、母の邪魔をしたくはなくて。色々な感情をこらえている瑠璃子を追いつめるかのように、外は強い風が吹き、雷鳴が轟いていた。

過去の感情や記憶がその音により呼び起こされるから、今でも雷が嫌いなのだろう。

——そして、あの時……。

思い出して、瑠璃子は体を強張《こわば》らせたまま、それでも口元に笑みを浮かべた。

そう、あの時。高熱に朦朧《もうろう》としながらも、雷《かみなり》の音に怯えていた瑠璃子を見つけてくれたのは、帰宅した元樹だった。

『瑠璃ちゃん』と叫ぶような声で駆け寄り、すぐに元樹の部屋のベッドで寝かせてくれた。自分だって雨に濡れてべしゃべしゃなのに、着替えもしないで瑠璃子に寄りそってくれた。

『大丈夫だよ、瑠璃ちゃん。僕がそばにいるからね』

そう言って握ってくれた手の温《ぬく》もりに、どれだけ安心したかわからない。

けれど次の日、今度は元樹が熱を出してしまったのだ。理由は簡単だ。濡れた服を着替えもせずに、瑠璃子の看病をしていたせい。それなのに、元樹は『瑠璃ちゃんが元気になってよかった』と、笑ってくれたのだ。

「……私、いつもお兄ちゃんに助けられてきたよなあ……」

と、瑠璃子は自分の手のひらを見つめて呟いた。

そう。ちょっと思い出すだけでも、瑠璃子が辛《つら》い時や寂しい時は、いつも元樹がそばにいて手を握っていてくれた。さすがにそれは子どもの時までで、元樹が中学生になる頃には、手を握ってくれることは少なくなったが……

それでも、ずっと元樹は瑠璃子を見守ってくれていた。

——ずっと？　ずっとだっけ？　……ううん、違う。だって……

「……ッ！」

それまでよりも一層大きな雷鳴に、瑠璃子は声も出せず更に体を縮こめた。浮かびかけていた思考も、ばらばらに千切れて消える。

「……もう、やだ。怖い」

怖い、そう口にした途端、我慢していた恐怖心が一気に膨《ふく》らみ、瑠璃子を包んだ。

「怖い……怖いよ」

いつかのように、瑠璃子の手を握ってくれた温もりは、今はそばにはない。もう小さな子どもじゃないんだから当然と言えば当然だろう。だけど……

——お兄ちゃん、怖いよ。お兄ちゃん……お兄ちゃんっ！

瑠璃子は必死に心の中で元樹を呼んだ。そして口には出さないようにと、ぐっと唇を引き結ぶ。

そう、もう小さな子どもではないのだと。いつまでも元樹を頼っていてはいけないのだと、誰に言われるまでもなく瑠璃子が一番わかっているのだから。

耳を塞《ふさ》いでいても聞こえる雷鳴に、情けないことに涙が滲《にじ》んでくる。もう大人なんだから、と自分に言い聞かせたところで、怖いものはやはり怖くて、どうにもできなかった。

立てた膝に顔を埋《うず》めて耳を塞ぎ、瑠璃子はひたすら雷が遠ざかるのを待つことしかできない。雷鳴が轟《とどろ》く度《たび》に硬くした体を震わせ、きつく目を瞑《つむ》って涙が溢《あふ》れてくるのを必死でこらえる。

そんな時間がどれくらい経ったのか、耳を塞《ふさ》ぎ目を閉じていた瑠璃子にはよくわからなくなっていた。ただ、怯え続けているせいだろうか。強い疲労感が瑠璃子を苛《さいな》みはじめていた。

――いつになったら収まるのかな……。ああ、こんなことなら、真子先生のところにお邪魔していればよかったのかもしれない。ひとりじゃなかったら、こんなに怖くなかったのに……

弱い気持ちがこみ上げてきて、なんとか我慢していた涙が一気に湧き上がってきた。

「う……うぅ……っ」

一度崩壊してしまった涙腺《るいせん》は、簡単にはどうすることもできない。涙だけに止《とど》まらず、しゃくり上げるような嗚咽《おえつ》まで漏れ出してきた。

――こら、しっかりしなさい！　二十四にもなって雷《かみなり》ごときでなにを泣いてるの！　情けない！

と、心の中で自分を叱咤《しった》してみても、虚《むな》しいだけだ。

こみ上げてくる嗚咽を必死にこらえるが、心は折れてしまいそうだ。いや、いっそ心がボキボキに折れて、声でも上げて泣いてしまったほうが楽になるのだろうか……。もうここまで我慢したんだから、大声上げて泣いても許されるんじゃないか。

そんなどうしようもない考えが頭に浮かんだ時だった。

「瑠璃子」

と、元樹の声が聞こえた気がした。

――あーあ……本格的に情けないなあ……とうとう幻聴まで聞こえてくるなんて。

自分の弱さと元樹に対する甘えに落ち込みつつ、瑠璃子は一層強く顔を膝に押し付けた。幻聴だとわかっていて、顔を上げる気になど到底なれない。やっぱりそこに元樹がいないとわかった時、寂しさだけがどうしようもなく膨《ふく》れあがるに違いないのだから。

けれど。

「瑠璃子！」

今度はさっきよりもはっきりと元樹の声が聞こえた。声だけではない。痛いくらいに両肩が強く揺さぶられる。

「……え？」

正直、すぐにはなにが起こったのか理解することができなかった。けれど、肩を揺さぶられてぶれる視界の中に、真っ直ぐに自分を見つめる元樹の姿を見つけた。幻覚なんかじゃなくて、本物の元樹の姿を。

「瑠璃子、瑠璃子……？　大丈夫か？」

はっきりと声が聞こえる。まぼろしなんかじゃない。

「お……にい、ちゃん?」

どうしてここにいるの? と聞く前に、元樹の手が伸びてきて、涙で濡れた頬をぐいぐいと擦《こす》られた。その動作はどこか乱暴で、瑠璃子を見下ろしてくる表情は少しだけ怒っているようにも見える。

「い、痛いよ、お兄ちゃん。ん……っ、自分で拭けるってば」

「いいからじっとしてろ。まったく……子どもじゃないんだから、雷《かみなり》くらいで泣くなよ」

「ご、ごめんなさい」

元樹は瑠璃子の顎《あご》を持ち上げると、そばにあったティッシュで目の周りを、今度は壊れものでも扱うかのようにそっと拭《ぬぐ》ってくれた。

それはさっきまでの乱暴さとは正反対に優しい動作だったが、ちらりと薄目を開けて窺《うかが》った元樹の顔は、不機嫌そのものだ。

「あの……お兄ちゃん」

「どうしてすぐに俺を呼ばなかった」

「え?」

音がしそうなほど奥歯を強く噛みしめた元樹が、眼鏡の奥から真っ直ぐに瑠璃子を睨《にら》み付けてくる。

「だから、どうしてすぐに俺に連絡してこなかった？　雷、昔から苦手だろ？　なにかあったらすぐに連絡するようにって言っておいたのに、どうしてすぐに俺を頼らない？」

「え、ええっ？」

——そんなことで怒っていたのっ？

怒りの原因があまりにも理不尽だ。瑠璃子は、ただこちらを睨む元樹を見上げることしかできない。

「泣くほど怖がって震えているくらいなら、俺に電話の一本くらい入れられただろ？それを、どうしてひとりで耐えてるんだよ、お前は。そんなに俺は頼りにならないか？」

責め立てるような元樹の口調に、今まで雷に怯えていたことも忘れ、瑠璃子は口を尖《とが》らせた。

「だ、だってお兄ちゃん、仕事で出かけていたんだよね？　帰りは遅くなるって言ってたじゃない。確かに雷は怖いけど、たかが雷くらいでお兄ちゃんの仕事の邪魔はできないよ」

間違ったことを言ったつもりはない。むしろ正論を述べたはずなのに、元樹は「まったく全然わかってない」とでも言いたげに、ため息をつきながら首を横に振っている。

そして真っ直ぐに瑠璃子を見つめてきた。

「別にお前はそんなことを気にしなくていいんだよ、瑠璃子。お前は、なにも考えないで、困った時には、いつでもすぐに俺を頼ればいいの」

大まじめに言い放つ元樹に、瑠璃子は頭が痛くなってきた。甘やかしもここまでくると、罰せられていい気がする。

「あのね、お兄ちゃん。前々から言っているけど、私を甘やかさないで。もう子どもじゃないんだから、こんなことでお兄ちゃんの仕事の邪魔なんてできるはずないでしょう?」

元樹の視線に負けないよう、瑠璃子も必死に元樹を睨《にら》み付けた。

本当は甘やかされるのが嫌とか、そういうことじゃない。元樹が自分を犠牲にしてまで瑠璃子のために色々してくれるのが苦しいのだ。

ストレートに「自分のことを一番に考えて」と言ったところで、きっと元樹は変わらない。自惚《うぬぼ》れかもしれないが、「俺のことなんてどうでもいい。一番に考えなくちゃいけないのは瑠璃子のことだ」とかなんとか、元樹なら言う気がするのだ。

「そんなに甘やかされてると、私、なにもできないダメ人間になっちゃうよ」

だから、過度な甘やかしによって起こり得る弊害《へいがい》を、大げさに伝えてみたのだが。

「……なったらいいんじゃないの?」

「……えっ?」

思わず聞き間違いかと耳を疑った。

きっと元樹なら、それではいけないと思い直してくれると思っていたのに。なのに、今彼は『なったらいいんじゃないの?』と言わなかっただろうか。

「あの……え?」

戸惑いがちに元樹を見つめ返すと、眼鏡の奥の目は相変わらず真剣なままで、口元だけがゆっくりと持ち上がった。危険をそのまま具現化したような、見たこともない元樹の笑みに、背筋に冷たいものが流れる。無意識に息を呑んだ。

「いっそダメ人間になってしまえばいい。そうしたら……」

――そうしたら、なに?

その言葉の先を知りたいと思ったけれど、それは叶わなかった。それまでで一番大きな雷鳴が響いたのだ。瑠璃子は声にならない悲鳴を上げ、目の前の元樹に思わず抱きつく。しかも、それまで明かりに満たされていた室内が、急に真っ暗闇になった。

「な、な、なにが、なにが起こったの?」

さっきまで明かりに目が慣れていたせいで、本当になにも見えない。暗闇の中、ただ風と雨が渦《うず》を巻く音だけがはっきりと聞こえた。

「大丈夫だよ、きっと停電だ」

元樹はそう言うと、長い腕で瑠璃子の小さな体をすっぽりと抱きしめた。その温《ぬく》もりと、ずっと昔から記憶に刻み込まれている元樹の香りに満たされ、瑠璃子はほっと安堵《あんど》して……それから大いに慌てふためいた。

よく考えてみたら、元樹がここにくるなんて思ってもいなかったので、お風呂上がりの瑠璃子は相当無防備な格好をしていたのだ。ワンピースは身に着けてはいたが、ノーブラ。元樹と密着したことで、今更ながらその事実を思い出してしまった。

「て、停電か。びっ、びっくりしちゃった。お兄ちゃん、も、もう大丈夫、だから」

手を突っ張って、元樹の腕の中から逃《のが》れようとしたのだが、しっかりと体に巻き付いた腕は解《ほど》けてくれない。

「でも瑠璃子、雷《かみなり》もダメだけど、暗いのもダメだろ？」

「そ、そうなんだけど……」

さすがに、「ノーブラなので離れてください」とは言えない。でも、体が密着したままだと、言わなくてもバレてしまいそうで恥ずかしい。

「だっ、だから、甘やかし過ぎはよくないし、ひっ、ひとりでも全然大丈夫だから……っ」

恥ずかしさで半ばパニックになりそう言うと、元樹は「うん、そうか。わかった」と、抱きしめていた瑠璃子の体を放した。

あまりにもあっさりし過ぎている。拍子抜けした気分になった瑠璃子の頭上に、元樹の静かな声が降ってきた。

「じゃあ瑠璃子、ひとりで大丈夫みたいだから、俺は自分の部屋に帰るよ。お休み」

「え？　ちょ、お兄ちゃん？」

さっきまでの甘やかしから一変、急に突き放すその言葉に、瑠璃子は焦って手を伸ばした。けれど、さっきまで元樹がいたはずの場所にはなにもなく、手が虚《むな》しくさまようだけ。

「お兄ちゃんっ？」

「なに？」

少しだけ離れた場所から声が聞こえ、ほっとした反面、なんだか腹が立ってくる。

瑠璃子が雷も暗闇も苦手なことをよく知っていながら、このタイミングで帰るとかどんな悪魔なんだ、と。けれど。

「どうしたの、瑠璃子。ひとりで大丈夫だって言ってたじゃないか」

そう言われてしまうと、返す言葉もない。それどころか、自分がどれだけ勝手なことを考えていたのか思い知らされた気がした。

甘やかさないで欲しい。そう思いつつも、甘やかされることが当たり前だと思っていたのだ。

「ひとりで大丈夫なんだろ、瑠璃子」

突き放すような元樹の声に、瑠璃子は唇を噛みしめた。その途端、再び雷鳴が響き、瑠璃子は小さな悲鳴を上げて体を丸める。

「ひとりで大丈夫なんだよね？」

頭上から聞こえてくる凄《すご》みのある声に、腰に手を当てて仁王立ちで瑠璃子を見下ろす元樹が見える気がした。きっと、眼鏡の奥の目はちっとも笑っていないくせに、口元だけ穏やかに微笑んでいるのだろう。

「どうなの？」

と、聞かれ、瑠璃子はぐっと言葉に詰まった。正直なところ、大丈夫なことなどなにもない。けれど、さっき大丈夫と言ってしまった手前、すぐに素直になることもできなかった。

じっと押し黙っていると、元樹が深々と息を吐き出す。そして呆《あき》れたような声を出した。

「……そう、大丈夫みたいだから、俺は帰るよ？　まあ、電気も明日の朝までには復旧するだろうしね」

じゃあ、と言った元樹が身じろぐ気配を感じ、瑠璃子は考えるよりも先に手を伸ばしていた。指先に触れたなにか……多分、元樹の服の裾《すそ》をぎゅっと握る。

「……お兄ちゃん……っ」

「どうしたの？」

降ってくる声に泣きたくなった。いつも過保護なくせに、本当に甘やかして欲しい時、元樹はこんなふうに意地悪になる。

そう、瑠璃子が素直になるまで、絶対に許してくれないのだ。

「あ、あの……や、やっぱり、怖い」

今、停電中でよかったと、瑠璃子は心底思った。自分がひどく情けない顔をしている自覚がある。意地を張って、それを見透《みす》かされて、最後まで意地を張り通すこともできなくて……。情けなさと恥ずかしさで、頬が熱い。

「だから……その……」

「だから、なに？　俺にして欲しいことがあるなら、はっきりとお願いしなくちゃ。そうじゃないとわからないだろ？」

くすっと笑いを含んだ勝ち誇った声で、元樹が囁《ささや》く。

――い、意地悪っ、悪魔！　私がなにを言いたいのかわかってるくせに、この超ドS！

と、瑠璃子は心の中で喚《わめ》いたが、もちろん口にすることはできない。

だって、元樹の言うことはもっともなのだから。なにも言わずに、お願いもせずに自分の望みが叶えられるなんてことが、あるはずもない。言わなくてもわかって欲しいだなんて、これこそが瑠璃子の甘え以外のなにものでもないのだから。

「……お、にいちゃん」

「うん？」

「お願い……電気がついて、雷《かみなり》がやむまで、一緒にいてくだ」

「うん、わかった」

言い終わる前にあっさりと了承され、肩すかしを食らった気分になった。瑠璃子としては、自分の甘えを反省し、恥を忍んでお願いしたというのに……

ぽかんと口を開けたままの瑠璃子の頭に元樹の手のひらが触れ、撫でられる。

「初めから意地を張らずにそう言えばいいのに。まあ、本気で瑠璃子をひとりにする気はなかったけどね。俺が瑠璃子にそんなひどいことをするはずがないだろう？」

そう言うと元樹は、がっちりと服の裾《すそ》を掴《つか》んでいた瑠璃子の手をそっと握った。そして隣に腰掛けてくる。触れ合った手のひらが、温かくてほっとして……なんだか悔しい。

「大丈夫だよ、瑠璃子。俺がそばにいるから」

昔から何度も何度も聞かされてきた言葉に、瑠璃子は小さくうなずいた。その言葉はまるで魔法のようだ。元樹に「大丈夫だよ」と言われると、本当にそんな気になる。

事実、まだやまない雷鳴も、暗闇もさっきほど怖くないから不思議だ。恐ろしさでがちがちに固まっていた体から力が抜けていく。そして瑠璃子は、ずっと気になっていたことをやっと口にすることができた。

「お兄ちゃん……その、仕事は大丈夫だったの？」

「ああ、まったく問題ないよ。遅くなるってのも、ただの会食なんだから。その気になればいつでも会える相手だからね。雷《かみなり》警報が出たって聞いて、いつ瑠璃子から電話がきてもいいように、会食は早々に断っておいたのに……当のお前は電話のひとつも寄越さない」

そう言って元樹はちっと舌打ちをする。

「泣きついてくるまで放っておこうかとも思ったんだけど、かなり天気が荒れてきたからね。急いで帰ってきたんだ。そうしたら想像以上にブサイクな顔で泣いてるし……。まったく瑠璃子は意地っ張りで困るよ」

──なんだか、ドS要素が見え隠れしてるんだけど……

瑠璃子は苦笑いしながら、それでも「ごめんね」と謝った。どんな言い方をしたって、元樹が瑠璃子を心配して駆けつけてくれたことには変わりないのだから。

そのおかげでこうして今、雷が鳴っても停電していても、落ち着いていられる。

「……ありがとう。お兄ちゃん」

そう答えると、一瞬の間を置いてから、元樹は妙に素《そ》っ気《け》ない声を出した。

「別に」

真っ暗闇の中、元樹がどんな顔でそう言っているのか、瑠璃子には知りようもない。けれど、実際に見なくたって長い付き合いで、彼の表情は容易《たやす》く想像できた。きっと、ちょっとだけ照れくさそうにしているのだ。

──素直じゃないのはお互い様だよね。

と、瑠璃子はくすっと笑った。そしてはたと、一番重要な事実を、それはもう突然に思い出したのだった。そう、見過ごしてはいけない事実を。

「……お兄ちゃん」

「なに?」

「ねえ、お兄ちゃんって、どうやって私の部屋に入ってきたの?」

ぴたり、と元樹の気配が固まった。

——嫌な予感がする。

「お兄ちゃん?」

「合い鍵を持っているからね、それで入ってきたよ」

元樹はさも『なんでもないこと』のようにさらりと言ってのけたが、それが『なんでもないこと』であるはずがない。

「あ、合い鍵!? そんなもの持っていたの? いつから!?」

合い鍵の存在そのものを知らなかった瑠璃子は、手探りで元樹の胸ぐらを掴《つか》むと、がくがくとその体を揺すった。

「うーん……瑠璃子がここに越してきた時から?」

元樹はぼそっととんでもないことを言った。

「ここに越してきた時……って、三年も前から?」

「……まあ、そうなるかな。ほら、俺には監督責任があるからね。言っておくけど、今日まで一度だってそれを使ってこの部屋に入ったことなんてないよ」

——なんだか、頭痛くなってきた……

瑠璃子は元樹の胸ぐらを掴んでいた手を離すと、今度は自分の頭を抱え込んだ。きっとなにを言ったところで、『俺は瑠璃子のことを頼まれているんだ』とか、『俺には瑠璃子に対する責任があるんだ』とか言って、黙って合い鍵を持っていたことは正当化されてしまうのだろう。

これ以上なにを言っても無駄な気がして、瑠璃子はダメ元でぼそりと呟いた。

「……お兄ちゃん。とりあえず、鍵、返してくれる?」

「ああ、いいよ」

予想外の返事だ。更に元樹は、瑠璃子の手のひらに鍵を握らせてくる。あまりにもあっさりとした返却に、騙《だま》されているのではないかと疑ってしまうのは仕方ないことだろう。

「……これ、本物?」

「当たり前だろ? 疑うんだったら、電気が復旧したら使ってみるといい。瑠璃子は俺が信用できないとでも?」

明らかにむっとした声色に、瑠璃子は肩を竦《すく》めた。三年も黙って合い鍵を持っていた人間を、どう信用したらいいのだろうか……。言わないけれど。

「だって、あっさり返してくれると思わなかったんだもん」

「別にひとつくらい構わないさ。あとふたつあるからね」

「……ああ、そういうことなのね」

ここは怒っていいところだと瑠璃子は思ったのだが、思いとは裏腹に、ぷっと噴き出してしまった。

――なんだか、お兄ちゃんらしいと言えば、お兄ちゃんらしいか。

そう思ったら、怒る気にもなれなくなるから不思議だ。なんでもかんでも笑って許せるわけではないのだけれど、瑠璃子は元樹が合い鍵を悪用していないことを、ちゃんとわかっている。それくらいの信頼は、元樹に対して持っているから。

くすくす笑っている瑠璃子につられたように、ふっと隣から笑った気配がした。

「残りの鍵は俺の部屋のどこかにあるから、いつでも探すといい。見つけられたら、返してあげるから」

「いいよ、だってお兄ちゃん、絶対に私には見つけられないところに隠してあるんでしょ？」

「……さあ、どうだろうね？」

さっきよりもだいぶ遠ざかりはしたが、まだ振動を感じる近さで雷鳴が響き、元樹は再び瑠璃子の手を握りしめてくる。

その温《ぬく》もりに……元樹の手のひらから伝わってくる温度に、瑠璃子はやっぱりほっとした。

シスコンの兄のようであり、頑固親父のようでもあり、大事な幼なじみ。血の繋《つな》がりはなくても、兄妹のような関係。

そんな関係が、この先もずっと続いていくのだと、瑠璃子は信じて疑わなかった。

二　豹変《ひょうへん》する幼なじみ

肩より長い黒髪をまとめ上げ、ほんのりとピンク色が入った白衣に身を包んだ瑠璃子は、道具の準備を終え、続いてカルテの準備に取りかかっていた。

白を基調とした院内は常にクラシック音楽が流れ、きれいに花が飾ってある。

今日の予約も多いなあ……。などと考えながら作業をしていると、背中をぽんと叩かれた。

「瑠璃ちゃんおはよう。今日も予約しっかり入ってる？」

「真子先生、おはようございます。はい、今日もそれはもう、目が回りそうなほど予約でびっしりですよ」

陣内審美歯科クリニックは、真子の他にもうひとり女性の歯科医師がいるが、それでも真子の仕事量と言ったら、凄《すさ》まじいものがある。働き過ぎな真子を心配して、そんなに働いていたら体を壊しますよ、と声をかけようと思ったのだが……

「よっしゃ！　本日も頑張りますかっ。瑠璃ちゃん、予約は入るだけ入れてよね。うふふ、それがぜーんぶ収入に繋《つな》がるんだから。ばんばん稼ぐわよー！」

本気で真子の心配をしていたのだが、当の本人はまったくこたえていないらしい……というか、ますますやる気になっているようだ。

真子は収入云々《うんぬん》と言ってはいるが、瑠璃子は彼女がプライドを持って仕事に臨《のぞ》んでいることを知っている。だからこそ、このクリニックは繁盛しているのだろう。

「わかりました。がんがん予約入れますから、真子先生も倒れないでくださいよ」

心配半分でそう言うと、真子は「大丈夫よ」とからから笑った。そして、急になにかを思い出したように、胸の前でパンと手を叩く。

「そうだ、瑠璃ちゃん」

そう言って真子は、瑠璃子が作業しているデスクに腕をついて身を乗り出してくる。前屈《まえかが》みになった姿勢のせいで、豊満な胸の谷間がちらりと見えて、同性なのにドキッとしてしまう。無意識に自分の胸に手を当て、真子とのボリュームの差に神様を呪いたくなった。

「ねえ、この前会った笹井君、覚えてる？」

女としての格差に打ちのめされていた瑠璃子は、真子の口から出た名前に首を傾《かし》げた。そして必死で記憶をフル回転させる。

「笹井さん？」

笹井さん、笹井さん、笹井さん……と、何度も頭の中で繰り返し、そしてはっと思い出す。

「ああ、もしかしてあの雷《かみなり》のひどかった日に、真子先生の旦那さんの車に乗っていた……」

「そうそう、旦那の部下の笹井君！」

名前は思い出せたものの、ぼんやりとしか思い浮かばない。そういえば、爽《さわ》やかそうな人だった気がする……程度の記憶しかない。

「あの、その笹井さんがどうかしたんですか？」

「うん、彼ね、瑠璃ちゃんともう一度会いたいんだって」

瑠璃子は真子の言葉に、ゆっくりと目を瞬《またた》かせた。

「えーと……どんなご用でしょうか？」

笹井とは互いに挨拶《あいさつ》を交わしただけ。もう一度会いたいと言われる理由が思い当たらない。瑠璃子としてはまじめに答えたのだが、真子は「ぶっ」と噴き出した。

「な、なんで笑っているんですか？　私なにか変なこと言いました？」

戸惑う瑠璃子に対し、真子はさもおかしそうに肩を揺らして笑っている。

「いやあ、さすが瑠璃ちゃんだわ。罪なくらい天然」

「あ、あの？」

「あ、いいの、いいの、こっちの話」

そう言いながら真子はひとしきり笑い、そして表情を引き締めて瑠璃子を見つめてきた。

「ねえ、瑠璃ちゃん」

「は、はい」

その顔があまりにも真剣で、瑠璃子はすっと背筋を伸ばした。

「あなた今、誰か特別な人っている？」

「え、ええっ？」

あまりにも突然な真子からの問いかけに、瑠璃子はおろおろとしてしまう。けれど真子の視線は、誤魔化しは許さないと告げるかのように、真っ直ぐで真摯《しんし》だ。思わずごくりと唾を呑む。

「あ、あの……真子先生？」

「いる？　特別な人……恋人でもいいし、好きな人でもいいんだけど、そういう人」

「え、えっと……」

一瞬元樹の顔が脳裏に浮かんだ。確かに元樹は瑠璃子にとって特別な人だ。けれど真子の言っている対象とはきっと違う。だって元樹は、瑠璃子にとって兄であり、時にはお父さんでさえあるのだから。

「……え、えっと、いま……せん」

悩んだ挙げ句にそう答えると、真子は一瞬目を見開き、それから深々とため息をついた。

「不憫《ふびん》」

「え？　なにがですか？」

「……なんでもないわ。ま、そういうことならこの話を進めても構わないってことね」

腰に手を当て、やれやれといった様子でそう言う真子の言葉に、瑠璃子は首を傾《かし》げた。

笹井の話になったかと思ったら、特別な人はいるかと尋ねたり……瑠璃子にはいまいち、真子がなにを言いたいのか理解できない。

「真子先生。さっきからなんの話なんですか？」

「だから、笹井君がね、今度瑠璃ちゃんとふたりきりで会いたいんだって。どんなご用ですかとか野暮《やぼ》なことは言わないでよね。笹井君、瑠璃ちゃんのこと、紹介してくれってうるさかったんだから。モロ好みなんだって」

何度か頭の中で反芻《はんすう》し、やっと言葉の意味を理解した瞬間、瑠璃子の顔が一気に赤くなった。

「え？　え、ええっ？　そ、そうなんですか？」

「あわよくば付き合いたいって、笹井君は思っていると思う」

「つ、付き合う……っ？」

動揺のあまり、瑠璃子はばさばさとカルテを床に落としてしまった。しかしそのことにさえ気が付かず、にっこりと微笑んでいる真子を目を丸くして見つめる。

「そうよ。瑠璃ちゃんは笹井君のこと、どう思ったかしら？　彼、会社で人気があるのに、浮いた噂のないまじめな子らしいわよ？　ちなみに仕事もできるし、将来有望。人望もある。見るからに爽《さわ》やかな好青年。うちの旦那も太鼓判《たいこばん》を押すって言ってたわ」

真子はそう言いながら、床に落ちたカルテを拾い上げると、それを瑠璃子に差し出してきた。

「瑠璃ちゃん、特別な相手なんていないんでしょう？　だったら、別に断る理由もないわよね？」

瑠璃子の視線を真っ直ぐに見つめ返してくる真子は、口元は笑っているくせに目はちっとも笑っていない。誰かに似ている、と思って、それが誰なのかすぐにわかった。

——やだ、お兄ちゃんそっくり！　姉弟だから当たり前だけど、なんなのこの威圧感は！　ううっ、この姉弟怖過ぎる……っ。

「別に強制するつもりはないわよ？　どうしても瑠璃ちゃんが嫌だって言うなら、旦那から断ってもらうわ。でも……特別な相手がいないなら、会ってみるのもいいんじゃないかと私は思うんだけど。……それとも、やっぱり誰か好きな人がいるのかしら？」

瑠璃子は真子から放出される謎の威圧感にびくびくしながら、差し出されたカルテを受け取った。

「どう？」

そう問われ、カルテを胸に抱いて瑠璃子は俯《うつむ》く。

確かに真子の口から出た言葉は、どれもいい条件だ。そんな相手と知り合うチャンスが多くないことくらい、瑠璃子もよくわかっている。今すぐに彼氏が欲しいというわけではないが、それでも一生ひとりでいたいとは思っていない。

——だったら、会ってみるだけ会ってみてもいいのかもしれない。そうなんだけど……でも……

どうしても……どうしてか、踏ん切りが付かないのだ。

俯《うつむ》いたまま押し黙っている瑠璃子に痺《しび》れを切らしたように、真子がふうと大きく息を吐き出した。

「わかったわ。じゃあ今夜一晩、じっくり考えてみて。ちょっと脅《おど》し過ぎちゃったけど、別に会ったからって付き合わなくちゃいけないってことはないのよ？　そんなに堅苦しく考えないでね」

「……は、はい」

「返事はまた明日聞かせてね。じゃあ、今日も一日頑張りましょう」

真子はぽんと瑠璃子の背中を叩くと、その場を後にした。瑠璃子はそんな彼女の背中を見つめて、複雑な気持ちでため息をつく。

——お兄ちゃんに相談したら、なんて言うかな……？

そんなことを考えながら。

本日の夕食は、チキンソテーとマカロニサラダ、それからコンソメスープ。ついでにデザートはフルーツソースをかけたヨーグルトだ。

本当は今日の夕食は麻婆豆腐《マーボーどうふ》にしようかと言っていたのだが、帰りに寄ったスーパーで鶏肉が安くなっていたので、急遽《きゅうきょ》メニューが変更になったのだった。

まあ、どちらにしても瑠璃子は大好きだから構わないが。

いつものようにふたりで「いただきます」をし、他愛もないことを話しながら箸《はし》を進める。

「瑠璃子は今日も変わりなかったかい？」

そう問われ、瑠璃子の心臓はドキンと音を立てた。思わず口を閉ざした瑠璃子を、元樹が見逃すはずがない。

「どうかした？　なにか……あったの？」

眼鏡の奥から見つめてくる瞳は優しいが、瑠璃子の全てを見透《みす》かそうとするかのように、まったく隙がない。隠し事なんて許さないよ、とその目が言っている……気がする。

あなたのお姉さんである真子先生に、男の人と会ってみないかと誘われています。どうしたらいいと思いますか？

……と、聞いてみたい気持ちはある。けれど、こんなこと元樹に聞くべきじゃないとも思っている。

だいたい、紹介された相手と会うか会わないかという問題は、最終的には瑠璃子の気持ちひとつなのだ。元樹は笹井を見てもいない。彼のことを知っていればアドバイスのしようもあるだろうが、知らない人のことを相談されても困らせてしまうだろう。

——でも……相談しなかったら、その事実だけで怒られそうな気もする……

そんなことを考えて押し黙っていると、「瑠璃子」と声をかけられた。

「どうしたの、瑠璃子。なにかあるなら、隠さないでちゃんと言いなさい」

さっきまで穏やかだった目は、今は瑠璃子を射貫《いぬ》きそうなほど鋭い。「えーと……」と口ごもりながら、瑠璃子は視線をテーブルの上にさまよわせた。

「あの、お兄ちゃんは……どうして彼女を作らないの？」

やはり相談すべきではないと思い、瑠璃子は以前から気になっていたことを口にした。自分に紹介の話があったから、余計に気になったのだ。元樹に色っぽい話のひとつもないことが。

「あ……なに？　どうしてそんなこと、聞くんだ？」

瑠璃子からそんなことを尋ねられるとは思ってもいなかったのか、元樹は一瞬眼鏡の奥の目を僅《わず》かに見開いた。

「えっと、だって、お兄ちゃんならいくらでも付き合いたいって言う女の人がいるだろうな……って思って」

そう答えると、元樹は長い指を口元に当て、なにかを考え込む素振りを見せた。なんとなく尋ねただけだったのに、随分と真剣に考え込んでいる様子だ。そんな元樹を、瑠璃子は声もかけられずに見つめた。しばらくそうやって考え込んだ後、元樹はふと視線を瑠璃子に戻す。

そして元樹は、にこやかに微笑んだ。

「俺には……瑠璃子がいるからね」

「私が、いるから？」

「そう。瑠璃子だけで手一杯で、他の女に気を取られてる暇はないよ。だから、俺は瑠璃子だけでいい」

――それって……私がいるから、私の面倒を見なくちゃいけないから、女の人と付き合うこともできない……ってこと、だよね？

元樹の口から告げられた言葉に、瑠璃子の胸は鈍く痛んだ。

自分の存在のせいで、元樹が女性と付き合わないでいるなんて……それほどまでに彼の生活を不自由なものにしていたなんて、考えてもいなかった。

自立したいと思いながらも、結局いつも甘えてしまい、元樹に寄りかかって負担をかけていた自分を思い知る。

――なのに私、お兄ちゃんのことを、過保護だとか心配性だとかって……なんて勝手なことばっかり考えていたんだろう。

自分のふがいなさと身勝手さを突きつけられた気がして、瑠璃子は涙が出そうになった。けれど、ここで泣くのは絶対にダメだと唇を噛む。泣いてしまえば……また元樹に心配をかけてしまう。ダメな幼なじみの世話をしなければならないという鎖《くさり》で縛り付け、元樹から自由を奪ってしまう。

「瑠璃子……？　どうした？」

唇を噛んで俯《うつむ》く瑠璃子に、元樹が優しい声をかけてくる。そっと視線を上げると、そこにはさっきまでの射貫《いぬ》くような視線は微塵《みじん》もなく、瑠璃子を本気で心配している元樹がいた。

「なんでもないよ。お兄ちゃん、いつも心配かけてごめんね。それから、ありがとう」

「な、なんだよ、改まって……」

突然かけられた『ごめんね』と『ありがとう』の言葉に、元樹は驚きつつも照れた笑みを浮かべた。それにつられて、瑠璃子の口元にも笑みが浮かぶ。

――私、お兄ちゃんの笑顔、好きだなあ。そんな笑顔を浮かべる機会を私のせいで我慢させているなら、それは嫌だな。

「お兄ちゃん、そろそろデザート食べる？　私、持ってくるね」

「ああ、じゃあ頼むよ」

「うん」

瑠璃子はがたんと椅子を鳴らして立ち上がると、キッチンに向かった。冷蔵庫の扉を開け、冷やしていたヨーグルトの器《うつわ》をふたつ取り出す。

真っ白なヨーグルトにかかったイチゴソースの鮮《あざ》やかな赤を見つめながら、瑠璃子は真子からの紹介話を受けてみようと思っていた。


次の日の昼休みのことだ。

「え？　話進めちゃっていいの？」

真子は玉子焼きを口に運ぶ手を止め、驚いたような声を上げた。

今日勤務しているもうひとりの歯科衛生士は、外にランチに行ってしまっているので、休憩室にはお弁当持参の瑠璃子と真子のふたりきりだ。このタイミングに瑠璃子は「先日のお話を進めてください」と、真子に切り出したのだった。

「え？　え？　本当に？　いいの？　元樹には相談した？」

「お兄ちゃんには……相談していません。それに真子先生。自分から会ってみたらどうかって言ったくせに、どうしてそんなにびっくりしているんですか？」

絶対に断られると思っていたようなその反応に、瑠璃子もお弁当を食べる手を止めて口を尖《とが》らせる。

「いやあ、その……正直言うとね、瑠璃ちゃんだったら元樹に相談して猛反対を受けた挙げ句、この話を断ってくるって予想していたものだから」

「まあ、そう思われても仕方ないですよね」

昔から元樹に頼りっぱなしの自分を知られているので、今更反論のしようもない。

「でも……どうして今回は元樹に相談しなかったの？」

「そ、それは……」

――私のせいでお兄ちゃんが、彼女も作れないなんて嫌だから。なによりも、自分がお兄ちゃんのお荷物になるのが嫌だから。

とはさすがに言えない。

きっと真子は、「元樹は好きで瑠璃ちゃんの面倒を見ているんだから、気にすることはない」と言ってくれるに違いない。そして瑠璃子はその言葉に甘えたくなるに決まっているのだ。だから、言わない。

「……その、私だっていい年じゃないですか。真子先生がおすすめしてくれる相手ならきっと素敵な人だろうし、会ってみようかなって思っただけです」

じっと見つめてくる真子の視線から逃《のが》れたくて、瑠璃子は再びお弁当を口に運ぶ。真子は意味深に「ふうん」とだけ答えた。

そのままふたりともなにも言わずに、黙々とお弁当を平らげる。空になった弁当箱を仕舞いながら、真子が大きく息を吐き出した。

「じゃあ瑠璃ちゃん。笹井君との話は進めておくけど、構わないわね？　日にちとかも、適当に決めちゃって大丈夫？」

確認の言葉に、ぐっと一瞬息が詰まる。

「……はい、よろしくお願いします」

「そう。きっと笹井君、大喜びするわね。期待はしないでって念押ししてあったから、余計に。じゃあ、午後からも仕事よろしくね」

真子はそう言うと、まだ弁当箱を片付けている瑠璃子を残して、ひらひら手を振りながら休憩室を出て行ってしまった。

――話が具体的になっていく……

それだけで瑠璃子は緊張してきて、胸がドキドキしだす。息が詰まる気がして、握った拳《こぶし》を胸に押し当てた。

――私、大丈夫かな。会いますって言っただけで、こんなに緊張して……。こんなんで、ふたりっきりになって、ちゃんとお話とかできるんだろうか……

思い切り不安になったが、でも、もう後戻りはできないんだと、必死に自分を奮い立たせる。

元樹の重荷になんてなりたくない――そんな一心で。

真子に、相手の人に会ってみると告げてから、もう一週間以上が経っていた。フットワークの軽い真子のことだから、すぐに日程などが決まり、瑠璃子に報告してくれるだろうと予想していた。けれどその件に関してはなんの話もなく、日にちだけが過ぎていく。

――もしかして、相手の人の気が変わって、話がなくなったのかもしれない。

そんなふうにさえ、瑠璃子は思いはじめていた。それならばそれで構わなかったのだが……

金曜日の終業時間三十分前。本日の予約患者の治療を終え、瑠璃子たちが後片付けをしているところで、真子に呼び出された。

「瑠璃ちゃん、もう今日は帰ってもいいわ」

突然そう言われ、「は？」と思わず声が裏返る。真子は仕事に関してはきっちりとしているので、予約患者がすべて終わったからといって、早めにクリニックを閉めることはなかったし、こんなふうに時間前に「帰っていい」なんて言われたことは、三年勤めていて初めてのことだ。

「いえ……まだ勤務時間中ですし、片付けが残ってますから」

ちゃんと最後まで仕事をしていきます。そう言うつもりだったのだが、先に真子が口を開いた。

「片付けなら心配しないで。私も手伝うから」

確かにそれほど片付ける器具は多くない。真子が手伝ってくれたらすぐに終わるだろう。

「でも……」

口を開きかけた瑠璃子の言葉を、真子はいいからいいからと言うように、片手を上げて制する。

「瑠璃ちゃんは笹井君と出かけてきなさい。もうすぐ外に迎えにくるはずだから」

「は、はあ？」

思い切り素《す》っ頓狂《とんきょう》な声が瑠璃子の口から漏れた。

「な、なんの話ですか？　笹井さんって……わ、私、なにも聞いていませんよ？」

「うん、伝えなかったもの」

動揺のあまり声がひっくり返っている瑠璃子とは対照的に、真子はさらりとそう言った。あまりにもあっさりとした物言いに、瑠璃子は自分のほうがおかしなことを言っているのかと錯覚したほどだ。

「だって、事前に教えていたら、瑠璃ちゃん、緊張して仕事も手に付かなくなってたでしょう？　仕事に支障が出ると、私も困るし」

「……ぐっ」

的を射ている真子の言葉に、反論できない。確かに事前に知らされていたら、緊張のあまり仕事にならなかったかもしれない。いや、きっとなっていなかった。

「それに、今回笹井君に会うことは元樹に言ってないんでしょ？　事前に伝えていたらそわそわして、すぐに元樹にバレちゃってたんじゃないの？」

「た、確かに……それは、ある、と思います」

最近でこそ、笹井との話は流れたんだと思って気にもしていなかったが、真子に彼と会うことを伝えた直後は、様子がおかしいと元樹に散々勘ぐられていたのだ。

「そうでしょう？　だから直前に伝えているのよ」

「で、でも私、笹井さんと会うなんて思ってもいなかったんで、普段着ですよ？」

知っていれば少しはいい格好してきたのに……と呟くと、真子はふんと鼻で笑った。

「別にいつも通りでいいのよ、瑠璃ちゃん。見てくれだけで判断する男なら、いらないでしょう？」

「た、確かにそうかもしれませんが……」

でも見てくれも大事だと、瑠璃子は思った。第一印象ってすごく重要だと言うし。

「だいたい、初めて会った時だって普段着だったじゃない。それでも瑠璃ちゃんと会いたいって言うんだから、今回だって普段着でいいのよ」

「そんなものですか？」

「そんなものでしょう？　ああ、もう。とにかくぐずぐずしてないで着替えて笹井君と落ち合いなさい。……早くしないと、元樹が迎えにくるわよ？」

真子の口から出た名前に、ドキッと心臓が跳ねた。

「元樹には私が上手く言っておいてあげる。だから、あの保護者に邪魔される前に、さっさと行ってきなさい。会うって、自分の意思で決めたんでしょう？」

真っ直ぐに見つめてくる真子の視線を受け止めながら、瑠璃子は小さくうなずいた。

そう、自分の意思で決めた。元樹の庇護下《ひごか》でぬくぬくしてばかりいないで、一歩踏み出そうと。

「……はい、真子先生。お言葉に甘えて、お先に失礼させていただきます」

「うん。変に気を張らないで、楽しんでらっしゃい」

「わかりました」

と言われても、これから話したこともない、ちらりと顔を見ただけの相手とふたりで会うと思うと、笑顔もぎこちなくなってしまう。それでも、やはり後戻りはできない。

「行ってきます」

そう言って瑠璃子は深々と頭を下げた。

更衣室で着替えを済ませて外に出ると、すぐに「こんばんは」と声をかけられた。いつか真子の夫の車で見た人懐っこい笑顔の笹井が、手を上げてゆっくりと近づいてくる。

「あの……笹井亮平です」

「崎本、瑠璃子です」

名前は知っていたが、こうして面と向かって話をするのは初めてなので、なんとなく自己紹介をし合う。くすぐったいような、妙な感じがした。それは笹井も同じなのか、苦笑いをして頭を掻いている。

「なんだか変な感じだね。あの、瑠璃ちゃん……って呼んでもいい？　いや、真子さんがそう呼んでいたから。僕のことは亮平で構わないから」

「は、はい」

という返事は、自分の呼び名に関してだ。瑠璃ちゃんと呼ばれることに抵抗はないが、さすがに亮平とは呼べそうもない。笹井さん……もしくは頑張って亮平さんというところだろう。

「よかった」

ほっとしたように胸を撫で下ろす笹井は、柔らかい笑みを浮かべた。そんな様子を見て、瑠璃子もなんだか安心する。緊張していたのは瑠璃子だけではなく、多分笹井も同じだったのだろう。

「瑠璃ちゃん。ご飯、食べに行かない？　すぐ近くに行きつけの店があるんだ」

「は、はい」

「よかった。それじゃあ行こうか」

そう言って笹井は歩き出した。瑠璃子も後に続く。

瑠璃子の歩調に合わせようとしてくれているのか、笹井の歩く速度はかなりゆっくりだった。毎日元樹と一緒に歩いている瑠璃子は、意外にも歩くのは速いのだが。それでも笹井が気遣ってくれているのがわかるので、瑠璃子もそのペースに合わせる。

「そういえば、初めて会った日の夜、ひどい雷《かみなり》だったよね。停電にもなったけど、大丈夫だった？」

そう問われ、瑠璃子の脳裏にあの雷の夜のことが思い出される。震えて泣いていた瑠璃子のところに、元樹が駆けつけてくれた。ひとりぼっちだったら、耐えられなかったに違いない。

「大丈夫でした。お兄ちゃんがいてくれたんで」

ぽろっと口から出た言葉にはっとして、瑠璃子は口元を指で押さえた。元樹のことは、今、話題に出すべきではない気がする。

「お兄ちゃん？　瑠璃ちゃんはお兄ちゃんがいるの？」

「ええと」

ここで瑠璃子と元樹、それから真子との関係を話す気にはなれなくて——話したところで余計にややこしいことになりそうな気がして——瑠璃子は咄嗟《とっさ》に「はい」と答えた。

「そっか、それなら心強かったね。あの日、瑠璃ちゃんと別れた後に雷《かみなり》がひどくなったから、どうしただろうかって、余計に君のことが気にかかったんだ……」

そう言って照れくさそうに笑う笹井の姿に、瑠璃子はきっとこの人は優しい人なんだろうな、と思った。さっきからなにを話していいのかわからずにいる瑠璃子を気遣って、色々と話しかけてきてくれていることが伝わってくる。

「なんか、あれだよね。真子さんから話を聞いた時は驚いたよね？　その、真子さんからは期待しないでねって言われていたから、あまり期待はしてなかったんだ。でも会ってくれるって聞いて、本当に嬉しかった。だからその……柄にもなく緊張してる」

照れくさそうな表情のまま、けれど真っ直ぐにそんなことを言われては、さすがに恋愛ごとに疎《うと》い瑠璃子でも何を言いたいのかわかる。

頬がかあっと熱くなって俯《うつむ》くと、笹井は慌てたように顔の前でぶんぶんと手を振る。

「あ、あ、なんかごめん。違うんだ、そういうんじゃなくて……って、そういうふうに聞こえちゃったよね？　忘れていいから。ただ、普通に食事とか話とかできたらいいってだけなんだ。ありふれた言い方だけど、本当に友達からお願いします」

——友達……。そういえば、今まで男友達なんていなかったな。本当に友達になれるかな？　なれるんだったら……それもいいかもしれない。

「こちらこそ」

と、ちらりと視線を上げて微笑むと、笹井は一瞬真顔になり、それから破顔した。

「よかった……っ。あ、お店が見えてきたよ。今日は僕がおごるから、好きなものを食べてね」

そう言って連れて行かれた先は、庶民的な居酒屋だった。なんというか、お洒落《しゃれ》なレストランにでも連れて行かれるのではないかとひやひやしていたので、赤ちょうちんが見えた時にはひどくほっとした。

促《うなが》されて入った店内には、仕事帰りと思われる人たちがたくさんいた。焼きものがメインなのだろうか、こうばしい香りと煙が漂《ただよ》っている。店は年季が入っているが、人気があるようでほぼ満席に近い。

「ごめんね、居酒屋なんかで。洒落たレストランとかも考えたんだけど、そんなところじゃ緊張してしまいそうで……。だから、行き慣れた居酒屋にしたんだけど……嫌、だったかな？」

席に着くと、笹井は申し訳なさそうに開口一番そう言った。その言葉に、瑠璃子はぶんぶんと首を振る。

「いいえ。私も居酒屋のほうが落ち着きます。それに、美味《おい》しそうなにおいがしますね」

瑠璃子の言葉に、笹井は目を輝かせて僅《わず》かに身を乗り出してくる。

「そうでしょう。ここは串ものが本当に美味《おい》しくてね、瑠璃ちゃんは嫌いなものとか食べられないものはない？　特に鶏皮は絶品で、本当にビールが進むんだ……って、ごめん」

力説してしまった自分が急に恥ずかしくなったのか、笹井はばつが悪そうに前髪を掻き上げると、乗り出していた体を元に戻した。なんだかそんな様子がおかしくて、瑠璃子はくすっと笑ってしまう。

「いえ、あの、じゃあ注文は笹井さんにお任せします」

「……そう？　瑠璃ちゃんはビール飲める？」

「ビールはちょっと……甘いのならなんとか」

「じゃあ、梅酒なんかどうだろう？」

「大丈夫です」

「そうか、じゃあ梅酒にしようか。すみません！」

ばつが悪そうだった笹井の顔は、瑠璃子と話しているうちに柔らかく綻《ほころ》んだ。片手を上げて店員を呼び、注文をしている笹井を見上げ、瑠璃子は初めて彼をまともに見ていることに気が付く。

初対面の時も、クリニックまで迎えにきてくれた時も、正面から真っ直ぐに笹井の顔を見ていなかった。

ほどよく日に焼けたその肌から、笹井がアウトドアやスポーツを好んでいることがうかがわれた。少しだけつり上がった目元は涼しげで、一見するときつそうな印象さえ受ける。けれど笑った顔は可愛らしくて、少年のようでもある。

——お兄ちゃんはスポーツよりも読書が好きだし、見た目はソフトだし、笑う顔はどこか大人びているし……

そこまで考えて、瑠璃子は笹井と元樹を無意識に比べていたことにはっとして、頭を振った。

「どうしたの、瑠璃ちゃん。もしかしてなにか用事でも思い出した？」

急に頭を振った瑠璃子の顔を、笹井が心配そうに覗き込んでくる。

「い、いえ、なんでもないです」

——お兄ちゃんならこんな時、具合でも悪いのかとかなんとか言って、額《ひたい》に触ってくるんだろうな……って、だからどうしてお兄ちゃんと比べてるのよ、私！

このままでは笹井の全てを元樹と比較してしまいそうだと、瑠璃子はため息をついた。だけど、それも仕方のないことかもしれない。

小中学校は共学だったが、年上の元樹とずっと接してきたせいで、瑠璃子は同年代の男の子が苦手だった。優しい元樹に比べて、同級生の男の子たちは乱暴で子どもっぽかったから。今思えば当たり前のことなのだが、その頃の瑠璃子はそれを受け入れられなかったのだ。

そして高校と専門学校は女子校で、更には今勤めている審美歯科クリニックは女性専用だ。まともに接する男性は元樹以外ほとんどいなかったと言ってもいい。

——だからって、このまま一生お兄ちゃんにお世話になるわけにはいかないんだから、現実を見ないと。いつまでも、お荷物にはなっていられないし。

「……ちゃん、瑠璃ちゃん？」

笹井の声に、瑠璃子ははっとして顔を上げた。

「瑠璃ちゃん、飲みものがきたけど……。大丈夫？　ぼうっとして、やっぱりなにかあった？」

「い、いいえ。大丈夫です。すみません。私、時々ぼうっとしちゃうんですよ……。お前はぼんやりだから心配だってよく言われて……ッ」

またしても無意識に元樹のことを口にしていたことに気が付き、瑠璃子は口元を指先で塞《ふさ》いだ。

「ああ、心配って、さっき言ってた瑠璃ちゃんのお兄さんに？」

「ええ……まあ、そうなんです」

にこやかな笹井の笑顔に、心臓の辺りが鈍く痛んだ。他人と笹井を比べるなんて失礼この上ないと思う。自分だったら、知らない誰かと比べられるのなんてまっぴらだ。なのに、さっきから瑠璃子は笹井と元樹を比べてばかり。せっかく誘ってくれた笹井に申し訳なくて、胸が苦しくなった。

「じゃあ、乾杯しようか？」

「そうですね」

脳裏にちらつく元樹の存在を追い払うように、瑠璃子は乾杯したグラスをぐっと呷《あお》った。アルコールが体の中に流れ込んできて、喉がかあっと熱くなる。

「瑠璃ちゃん、そんなに一気に飲んで大丈夫？　お酒、強いの？」

「……大丈夫です。でも、後はちびちびいきます」

急に流し込んだアルコールにむせながら、瑠璃子は苦笑いをした。実際のところ、それほどお酒に強いほうではない。だから、梅酒の一気飲みは無謀《むぼう》な行為とも言えた。

けれどそのおかげで、脳裏にこびりついている元樹の存在も、笹井とふたりきりの緊張感も、ほんの少し薄らいだ気がする。

「あ、ほら、食べものもきたよ。どんどん食べて」

「ありがとうございます」

串ものの盛り合わせの中から、笹井のおすすめだという鶏皮を手に取り、口に運ぶ。思わず、「美味《おい》しい」と口から言葉が転がり落ちる。

「よかった。口に合ったみたいだね」

「はい、本当に美味《おい》しいです」

頬杖をつき、こちらを嬉しそうににこにこと見つめてくる笹井に、なんだか急に照れくさくなって、瑠璃子はほんのりと頬を染めて俯《うつむ》いた。嬉しそうに笑うその顔が、少しだけ元樹に似ていると感じたのは、本当に無意識だった。

そして、今度は元樹をここに連れてきてあげようとも……

「こっちの手羽先もおすすめなんだ、よかったら食べてみてよ」

「はい。あ、とっても柔らかいですね」

「でしょう？ あ、もう飲みものがないね、同じものでいいかな？ すみませーん」

せっかくすすめてくれているものを断ることもできず、瑠璃子は促《うなが》されるままに料理を口に運んだ。どれも確かに美味しかったのだが、味が濃い目のせいでアルコールが進んでしまう。

でもやはり、まだよく知らない笹井の前で気が張っているせいか、酔いはあまり回らない。

「そういえば、瑠璃ちゃんって何歳なの？」

「二十四歳ですよ」

三杯目の梅酒を口にしていた瑠璃子がそう答えると、笹井は僅《わず》かに驚いた表情を浮かべた。

「じゃあ僕とひとつしか違わないんだね。いや、てっきり……っと」

笹井はそこまで言って、拳《こぶし》を口元に押し当ててわざとらしく咳払いをした。彼がなにを言おうとして誤魔化したのかすぐに察しが付いて、瑠璃子は苦笑いを浮かべる。

「……もっと幼く見えたんですよね？　わかります。よく言われるんで」

「ええと……、うん、いや、ごめん」

「別に謝らなくってもいいですよ。慣れてますから」

これもすっかり元樹に甘やかされ、妹キャラが定着してしまった弊害《へいがい》なのだろうか。どうも瑠璃子は年齢よりもずっと若い、と言うよりも幼く見えてしまうらしい。自分としてはそんなつもりはないのだが、甘ったれた根性が見え隠れしてしまっているのだろうかと不安になる。

「その……子どもっぽいとか、そういうことじゃないんだよ？　瑠璃ちゃんが可愛らしいから、そう見えてしまうって言うか……」

「え？　その、きっと、子どもっぽいだけです」

元樹以外の男の人から「可愛らしい」なんて言われたのは初めてで、瑠璃子は真っ赤になって俯いてしまった。

「いや、瑠璃ちゃんは本当に可愛いよ、僕も高校生の妹がいるんだけど、全然可愛げがなくってね。瑠璃ちゃんのほうがよほど可愛いよ」

可愛いを連発され、瑠璃子は動揺する気持ちを落ち着かせようと、梅酒を口に運んだ。これ以上言われ続けたら、どう反応していいのかわからない。話の流れを変えようと、笹井の口から出た言葉を引き継ぐ。

「妹さん、いるんですか？」

「うん、高校生のね。反抗期なのか、僕とは全然口もきいてくれないよ。昔は素直で可愛かったんだけどね」

そう言いながらため息をつく横顔に、元樹の姿が重なる。「昔は素直で可愛かった」なんて、なんだか馴染みのある響きだ。思わずくすっと笑みがこみ上げる。

「口をきいてくれないだなんて……。でも本当は仲がいいんでしょう？」

「まあ、昔はね。でも妹も高校生だし、兄貴の出る幕なんてもうないよ。僕だって自分のことで手一杯で、構っている暇もないしね。いつまでも仲良しべったりの兄妹なんて、それはそれで困りものだろ？」

「そ……そうですね」

いつまでも元樹に甘えっぱなし、頼りっぱなしで、負担ばかりかけている自分のことを言われている気がして、瑠璃子の心臓はずきりと痛んだ。もちろん、笹井がそんなつもりで言っているわけではないことくらいわかっているが……。

「瑠璃ちゃんはきっと、お兄さんと仲がいいんだろうね？　雷《かみなり》の時に駆けつけてくれるなんて、よほど妹思いなんだろうな。僕なら妹のためにとてもそこまでできないよ」

瑠璃子は笹井の言葉に曖昧《あいまい》に相づちを打ちながら、梅酒の入ったグラスに口を付けた。

――本当の妹のためでもできないようなことを、お兄ちゃんは当然のようにしてくれる……。私、本当によくしてもらってきたんだなあ。そうやってきっと、お兄ちゃんの大事な時間を譲ってもらってきたんだ……

そう思うと、急に元樹に対して申し訳ない気持ちがこみ上げてきた。

もちろんいつも元樹には感謝しているし、申し訳ないとも思っている。けれど、実際妹のいる笹井の話を聞いて、その気持ちが一層強くなった。

――真子先生は上手く言っておくって言っていたけれど……お兄ちゃん、今頃心配していないかな。

そんな思いが浮かび、瑠璃子は妙に落ち着かない気分になった。

元樹から自立するためにはいい機会だと思っていたが、本当に自立したいのなら、きちんと自分の口で伝えてから、くるべきだったのかもしれない。いや、そうするべきだった。

きっと今頃元樹は、相談もなく出かけていった瑠璃子に腹を立て、そして心配しているに違いない。

――でも、それこそが私の思い込みで、お兄ちゃんは少しも怒っていなくて、心配もしていないとしたら……？

本当はそれが一番いいはずなのに、瑠璃子の胸の深いところが、ひやりと冷たくなる気がした。

「瑠璃ちゃん？」

テーブルの上でぎゅっとグラスを握っていた手に触れられ、瑠璃子の体がびくんと跳ねた。

すぐに笹井の手は離れたが、瑠璃子の反応に驚いたのか、彼は目を見開いて狼狽《ろうばい》している。

「あ、ご、ごめん。なんだかぼうっとしていたから……もしかして、酔って具合でも悪くなったのかと思って」

「す、すみません。あはは、ちょっと酔いが回ったかもしれませんね」

誤魔化すように笑いながらも、瑠璃子は心の中でひっそりと笹井に謝罪する。せっかく誘ってくれて、こうしてふたりで食事をしているのに、お兄ちゃんのことばかり考えていてごめんなさい、と。

こんな中途半端な自分では、笹井にも元樹にも申し訳ないと反省する。

「大丈夫？　じゃあ、なにかノンアルコールのものでも頼もうか？」

メニューに手を伸ばす笹井に笑みを向けて、瑠璃子はゆっくりと首を振った。

「いいえ、大丈夫です。飲むペースを落としますから」

「そう？　アルコール以外のものが欲しくなったらいつでも言ってね」

「ありがとうございます」

笹井は手に取ったメニューを元の場所に戻しながら、なにか思いついたように「あっ」と声を上げた。そして瑠璃子に視線を寄越す。

「あの……瑠璃ちゃん。よかったら、連絡先を交換しない？」

「あ、はい。いいですよ」

特になにも考えずそう返事をすると、今度はびっくりしたように笹井は「えっ⁉」と、声を上げた。そんな彼の反応に、瑠璃子は自分がなにかおかしなことを言ってしまったのかと焦る。

「え？　わ、私なにか変なことを言いましたか？」

男性とこうしてふたりで出かけることなどなかった自分のこと……きっと知らずにおかしなことを言ってしまったのだと、瑠璃子はしゅんと俯《うつむ》いた。そんな瑠璃子の様子に、今度は笹井のほうが大いに焦り出す。

「いや、違うんだ。別に変なことなんて言ってないよ」

まくし立てるようにそう言いながら、笹井は大仰《おおぎょう》に両手を振って見せる。

「ただ……こんなにあっさり連絡先を教えてもらえると思ってなかったから、ちょっとびっくりして……」

笹井の言葉に、瑠璃子は目を丸くする。

「もしかして、連絡先はあまり教えないほうがいいんですか？」

瑠璃子としては大まじめに聞いたつもりだったのだが、笹井にくすっと笑われてしまった。

「いや……そういうんじゃないんだけど、瑠璃ちゃんって警戒心が強そうに見えたものだから、正直、教えてもらえないかも……とか思っていたんだよね」

「あ、あの、笹井さんが友達って言ってくれたんで、それならいいかなって……思ったんですけど」

自分がおかしなことを言ったわけではないとわかり、ほっとしつつそう答えると、笹井は少しだけ困った顔でぼそっと言った。

「……あまり警戒されてないのも、へこむけどね」

「え？　なんですか？」

呟かれた言葉は、居酒屋に満ちているざわめきに呑み込まれ、瑠璃子の耳には届かなかった。聞き返したものの、笹井はにっこりと微笑んで首を振る。

「なんでもないよ。それじゃあ、せっかくだから連絡先の交換をしようか」

「そうですね」

彼がなにを言ったのか気にならなかったわけではないが、それ以上は聞かずに、瑠璃子はバッグの中の携帯を探る。内ポケットの中から取り出すと、そこには着信があったことを示す赤い光が点滅していた。

仕事の間にマナーモードにして、そのままそれを解除し忘れていたことを思い出す。着信の確認をしようと携帯を操作し、そして、さぁあああ……っと、一気に血の気の引く音を聞いた気がした。

「じゃあ、瑠璃ちゃん、電話番号を……」

「ちょ、ちょっとすみませんっ、ちょっと……私、電話をっ！」

「え？　う、うん」

「すみませんっ」

瑠璃子は携帯を両手で胸に抱き、慌てて店の外に出た。恐る恐るといった体《てい》で携帯に視線を落とした瑠璃子が見たのは、元樹からの着信の山だった。

――どうして？　真子先生、お兄ちゃんには上手く言っておくって言ってたのに。もしかして、なにも伝わってないとか……？　それともなにか急用があったとか？

『俺からの電話は、コール三回までに出ないとお仕置きだからね』

脳裏にいつか元樹が言っていた言葉が再生されて、瑠璃子の背筋にぞくりと悪寒《おかん》が走った。

元樹からのそんな勝手な言いつけは、いつの間にやら絶対的なルールとされていた。いつだったかこのルールが守れなかった時には、筋肉痛になるほど元樹の肩を揉まされたり、美味《おい》しそうなデザートのお預けをくらったりもした。

わざとではないにしても、今回はコール三回どころか、何度も着信そのものを無視する形になっている。どんなお仕置きがされるのかと思うと、気が気ではない。

どちらにしても無視はできないので、瑠璃子は深呼吸をすると、元樹に電話をかけた。

数度のコールの後、通話が繋《つな》がる。

『……もしもし』

聞こえてきたのは、普段よりも何オクターブも低い、元樹の不機嫌そのものの声だった。

「も、もしもし、お兄ちゃん？　瑠璃子ですっ。で、電話に出られなくってごめんなさいっ」

瑠璃子は相手に自分の姿が見えないことも忘れて、携帯を耳に押し付けながら深々と頭を下げた。

『ああ、瑠璃子。今どこにいるの？』

頭ごなしに叱られるのではないかとヒヤヒヤしたが、返ってきた言葉は冷静というか、淡々としているというか……とにかく、叱り飛ばされることはなかった。ほっとするところなのかもしれないが、瑠璃子の心臓はかえって嫌な音を立てた。

「あの……真子先生からなにも聞いてない？　今、ちょっと出かけていて……なにか、あったの？」

窺《うかが》うようにそう尋ねると、携帯の向こう側にいる元樹は一瞬黙り込み、それから囁《ささや》き声で言った。

『……とにかく、帰っておいで。すぐに』

「すぐにって……ねえ、お兄ちゃん。どうしたの？」

『いいから、瑠璃子はすぐに帰ってくるんだ。いいね？』

元樹の口ぶりは、穏やかなのに有無を言わせない強い響きを纏《まと》っていた。焦っているようにも聞こえたのは、瑠璃子の気のせいだろうか。

元樹がそれほどまでに言うのだから、きっと緊急事態に違いない。

「……わかった。すぐに帰るね」

そう答えると、携帯の向こう側からほっと息をつく気配が伝わってくる。

『ああ、すぐに帰っておいで』

「はい」

素直に返事をして、瑠璃子は通話を切った。

――とにかく、一刻も早く帰らなきゃ。

そう思って、瑠璃子は慌てて店内に戻る。戻ってきた瑠璃子ににこやかに手を上げる笹井のもとへ駆け寄り、席に座ることもなく深々と頭を下げる。

「笹井さん、すみません。私、帰らないと……」

「え？　どうしたの？　なにかあった？」

いきなり頭を下げた瑠璃子に驚いたように、笹井は顔を覗き込んでくる。

「あの……ちょっとわからないんですが、すぐ帰ってくるようにって電話が……」

「お兄さんから？」

「……はい。きっとなにかあったんだと……」

俯《うつむ》いたままでスカートの裾《すそ》をぎゅっと握りしめていると、笹井が瑠璃子のバッグを差し出してくる。

「そっか、じゃあすぐに帰らないと」

「す、すみません。あ、じゃあ、お金を……」

バッグの中から財布を取り出そうとすると、笹井は瑠璃子の手首を掴《つか》んでにこりと笑う。

「ああ、そんなの気にしないでよ」

「でも……」

「じゃあ、次は割り勘にしよう？　それならいいだろう？」

笹井はそう言うと、さっさと会計を済ませてしまった。それだけでも申し訳ないと思うのに、笹井はタクシーを拾って瑠璃子を送ると言ってくれた。

「すみません、本当に……」

タクシーの後部座席に並んで座りながら、瑠璃子は何度目になるかわからない謝罪を口にしていた。そんな瑠璃子の様子を見て、笹井は苦笑いしている。

「いや、本当に気にしなくっていいから。瑠璃ちゃんて……なんて言うか、そういうところ、妙に律儀《りちぎ》だよね？」

「そうなんでしょうか……」

こうして男の人と出かけたことがないので、どう接していいのかわからないんです。とはさすがに言えず、瑠璃子は曖昧《あいまい》な笑みを浮かべて俯いた。

「うん。だって、人にもよるけど、おごってもらって当たり前、送ってもらって当たり前って思ってる子もたくさんいるから。それが悪いってわけじゃないけど、僕はその……瑠璃ちゃんみたいな、律儀な子のほうが好きだな」

「よかった。私また変なことを言っているんじゃないかって気になっていたんですが、そういうことじゃないんですね」

ほっと息を吐き出しながら笹井を見ると、妙にばつの悪そうな表情をしている。

「あの……どうかしましたか？」

どうしてそんな顔をしているのかと、瑠璃子は首を傾《かし》げて笹井を見上げた。笹井はまじめな表情で、瑠璃子に視線を返してきた。

「あのさ、瑠璃ちゃん」

「なんでしょうか？」

「今のは、聞き流されてしまったんだろうか？　それとも、全然気が付いてもらえてないんだろうか？」

真っ直ぐに寄越される笹井の視線を見つめ返し、瑠璃子は思い切り首を捻《ひね》った。なんのことを言われているのか、さっぱりわからない。

どう言葉を返していいのか頭を悩ませていると、じっとこちらを見つめていた笹井が、体中の空気を絞り出すように長く息を吐き出した。そして、「ぷっ」と噴き出す。

「あ、あの？」

「ごめん、ごめん。そうだよね、きっとそれが素《す》なんだよね？　ねえ、瑠璃ちゃん、友達から天然だって言われることはない？」

くすくすと肩を揺らす笹井に、瑠璃子は少なからずショックを受けた。そして、がっくりと肩を落とす。

「……あの、やっぱり私って天然なんでしょうか。自分ではそういうつもりはないんですが」

そう、自分ではそういうつもりは全然ないのだ。むしろ、しっかりしていると自負している。けれど、友人たちは口を揃えて『天然だ』とか、『世間を知らな過ぎる』とか、あまつさえ『男に騙《だま》されるタイプ』だとか言うのだ。

――会って間もない笹井さんにまでそう思われるなんて、私ってどれだけなのよ……

情けなくなって、瑠璃子は俯《うつむ》いて頭を抱えた。

「瑠璃ちゃん」

「はい」

呼びかけられ、瑠璃子は頭を傾けたままで反射的に顔を上げた。視線の先では、笹井が柔らかくも照れたような笑みを浮かべていた。

「よかったら、またこうして会ってもらえないかな?」

「そうですね。じゃあ、次は真子先生ご一家も一緒に。たくさんのほうがきっと楽しいですもんね」

別に笹井とふたりきりが嫌なわけではない。本当に真子も一緒なら楽しいだろうと思ったのだ。そんな思考こそが天然と言われる所以《ゆえん》だとは、瑠璃子は少しもわかってはいなかった。

「……はは、瑠璃ちゃんならそう言うと思ったよ。うん、じゃあそうしよう」

笹井がさも面白そうに笑うので、瑠璃子は不思議に思いながらも、つられたように笑みを浮かべる。そして、窓の外の見覚えのある風景にはっとした。

「あ、運転手さん。そこの白い建物です」

タクシーが瑠璃子の住むマンションに近づくと、正面に立っている人影が見えた。

「……お兄ちゃん」

瑠璃子にはそれが元樹だとすぐにわかった。まさか外で待っているとは思わず、本当になにかあったに違いないと、悪い予感に体を硬くする。

タクシーがマンションの正面に止まり、瑠璃子は財布からお札を取り出すと、それを笹井に手渡す。

「笹井さん、ここまでのタクシー代です。送っていただいてありがとうございました」

「え？　瑠璃ちゃん、だからこういうのは……」

「今日はごちそうさまでした。ありがとうございます」

なにか言いたげな笹井の言葉を遮《さえぎ》るようにそう言って、瑠璃子はタクシーを飛び降りる。そしてマンションの前で腕組みをして立っている元樹のもとへと駆け寄った。

「お兄ちゃん！」

「ああ、瑠璃子、お帰り」

元樹は俯《うつむ》けていた顔を上げ、瑠璃子を見下ろしてくる。その瞳が冷たい光を孕《はら》んでいる気がして、瑠璃子の心臓はドキッと嫌な音を立てた。

「あ、あの、お兄ちゃん。なにかあったの……？」

そう問いかけると、それまで真っ直ぐに見下ろしてきていた元樹の瞳が、瑠璃子を通り越してその背後に向けられる。元樹の視線を追って振り返ると、笹井がタクシーから降りてこちらに向かってきていた。

「笹井さん」

振り返って笹井へ駆け寄ろうとした瑠璃子の手首を、元樹が掴《つか》む。

「……瑠璃子、こちらの方は？」

耳元で、ひそりと囁《ささや》くようにそう言われる。吐息が耳朶《じだ》を掠《かす》め、くすぐったくて瑠璃子は首を竦《すく》めた。瑠璃子が笹井のことを口にする前に、こちらに歩み寄ってきた笹井がぺこりと頭を下げた。

「あの、笹井と言います。瑠璃子さんのお兄さんですよね？　妹さんを連れ出してしまって……」

「違います」

せっかく挨拶《あいさつ》してくれている笹井の言葉を、元樹はそうばっさりとぶった切る。その言葉に、瑠璃子も笹井も思わず「え？」と声を上げてしまった。

「あの……瑠璃子さんのお兄さんじゃ……」

「違います」

「お。お兄ちゃん！」

――空気読んでよっ！

と、瑠璃子は内心で叫んだ。そんな心の声を察しているのかいないのか、元樹は底冷えするような瞳で瑠璃子を一瞥《いちべつ》すると、笹井に向かってにっこりと微笑んで見せた。

それはそれはもう、完璧としか言いようのない、整いまくった笑顔で。

「瑠璃子とは血縁関係もなにも一切ありません。でも、瑠璃子がお世話になったようで、どうもありがとうございました」

元樹は早口にそう告げると、呆気にとられてぽかんと口を開けている瑠璃子の手首を、ぐいと引っ張った。

「……行くぞ」

完璧に整った笑顔のまま、地の底から響くような凄《すご》みのある声で囁《ささや》かれる。

「ちょ、ちょっと、お兄ちゃんっ？」

慌てて声をかけたものの、元樹は振り返らずに、瑠璃子の手首を掴《つか》んでずんずん先へ進む。元樹の背中がびりびりした気配を纏《まと》っているように見えるのは、きっと気のせいではないだろう。立ち止まってくれそうにない元樹に腕を引かれたまま、瑠璃子は体をよじって笹井を振り返った。

「あの……っ、笹井さん。今日はどうもありがとうございました」

そう慌てて声をかけると、その場に立ち尽くしてた笹井が、弾《はじ》かれたようにうなずいて「ああ、またね」と片手を上げた。

最後にお礼を言えたことにほっとしつつ、瑠璃子は掴まれていないほうの手を振った。途端、痛いくらいに手首を引かれ、瑠璃子はよろつきながらも元樹の後に続く。

マンションの中に入っても、エレベーターに乗っても、元樹は瑠璃子のほうを見ることもなく黙ったままだ。かといって掴んだ手首も離してくれない。どうしていいのかわからずに、瑠璃子も黙って、元樹に従った。

エレベーターが止まり、瑠璃子は自室に帰されることなく元樹の部屋に連れて行かれた。

「お、お願い、ちょっと待ってよ、お兄ちゃん。靴が……」

急《せ》かすように手を引かれるせいで、靴も上手く脱げずにつんのめる。それでも元樹は待ってくれず、仕方なく放り出すようにして靴を脱いだ。リビングに着いたところで、瑠璃子の体はソファに向かって投げ出される。

小さく悲鳴を上げたものの、瑠璃子の体は柔らかなソファに受け止められた。ソファに体を預けながら、瑠璃子はやっと解放された手首を撫でる。がっちりと掴まれていたせいで、手首には赤い痕《あと》がくっきりと残っていた。

手首をさすりながら視線を上げると、すぐ目の前で、両腕を腰に当てて仁王立ちしている元樹の姿が目に入った。いつもは穏やかな眼鏡の奥の瞳が、部屋の明かりを受けて冷たく光っている。

——怒ってる？

そうとしか思えない表情。けれど、瑠璃子は元樹がそこまで怒っている理由がわからない。あえて言うなら、すぐに連絡が取れなかったことかもしれない。でもそれくらいでここまで怒るだろうか。

「……あの、電話出られなくってごめんなさい。マナーモードのままで……。何回も電話をくれていたみたいだけど、なにか、あったの？」

じっと自分を見下ろす元樹の視線が怖くて、瑠璃子は窺《うかが》うようにそう口を開いた。かけられた言葉に片眉をぴくんと跳ね上げ、元樹は深々とため息をつくと、「別に」とぼそりと答えた。

「……え？　だって、何度も連絡くれてたじゃない。なにかあったからじゃないの？」

「別に、なにもない」

元樹の言葉に瑠璃子は混乱した。着信の数と元樹の不自然な態度に、きっと緊急事態だと大いに焦り、急いで帰ってきたというのに……。なのに、「別に」とはどういうことなのか。

「じゃあどうしてあんなに連絡くれてたの？　私が出かけてるって、真子先生から聞いているよね？」

真子がなにも言っていないとは思えなかった。そういうところは、昔からきっちりしている人なのだ。だったら、出かけていることを知っていて、用事もないのに何度も連絡を寄越し、帰ってこいと迫ったのだろうか……？　そう考えると、だんだんと腹が立ってきた。

「お兄ちゃん？」

睨《にら》み付けるように見上げ、語気を強める。けれど、ぐっと眉間に深くしわを刻み、怖いとさえ感じる強い視線を返され、瑠璃子は逆に怯《ひる》んでしまった。

「……ああ、聞いてるよ。どうしても瑠璃子を紹介して欲しいって言う奴がいて、ふたりを会わせるようにしたってね。悪い人じゃないから心配するなって言われたよ」

「だ、だったらどうして……」

「どうして？」

ひくっと元樹のこめかみに青筋が浮かび、瑠璃子は体を縮こめる。びくびく怯えている瑠璃子の様子に気が付いたのか、元樹は前髪を掻き上げると大きく息をついた。元樹から発せられているぴりぴりした空気が幾分か和《やわ》らぎ、瑠璃子は少しだけほっとした。

「……で、どうして俺がお前の兄貴なわけ？」

掻き上げて乱れた前髪の隙間から、元樹がじっと見下ろしてきている。

「そ、それは……。だって、血の繋《つな》がりはないけど、お兄ちゃんは私にとってはお兄ちゃんだし……。ダ、ダメだった？」

元樹との関係を、誰かに簡単には説明できそうもない。それだけ瑠璃子は元樹と、血の繋《つな》がりを超えて密度の濃い時間を過ごしてきたと思っている。だから、余計なことは言わずに兄だということにしたのだ。そんな気持ちを込めてそう言ったつもりだったのだが……

「へえ？　瑠璃子にとって俺は、あくまでお兄ちゃん、ってわけだ」

「え……？」

瑠璃子の言葉をどんなふうに解釈したのかはわからないが、元樹の周囲の温度が急激に下がった気がした。

「で、瑠璃子。お前はどうして相手の男に会おうと思ったんだ？」

そんなことまで元樹に説明する必要があるのだろうか……と思ったが、冷え冷えとした元樹の雰囲気が『誤魔化しは通用しない』と言っている気がする。

誤魔化したところで、元樹にはきっと見透《みす》かされる。それがわかっているから、瑠璃子は重たい口を開いた。

「……真子先生の紹介だったし、悪い人じゃなさそうだったし……。それに、いつまでもお兄ちゃんに頼ってるわけにもいかないし、これでも自立しなくちゃって、いつも思ってたんだから。だって……」

――私、お兄ちゃんの負担にはなりたくないもん。

その言葉を言う前に、瑠璃子の視界はぐるっと回転していた。視界いっぱいに冷たく微笑む元樹の顔が映り、そしてその向こうに天井が見える。

元樹に両肩を押さえつけられ、ソファに押し倒されたのだと理解するまでに、数秒を要した。出会ってから今まで、こんなに接近したことはないというほど近くに、元樹の冷たくも整った笑みがある。それはもう、あと数センチで唇が触れ合ってしまいそうなくらいに。

「お……にい、ちゃん？」

――あれ？　もしかして私、今、押し倒されている……？

あまりにもびっくりして、声帯が凍り付いてしまったかのように声が上手く出ない。押し返すという当たり前の考えさえ、浮かんでこなかった。

身動きもできずにいると、元樹は口の端を持ち上げて更に顔を寄せてくる。

「……瑠璃子は勝手だね、散々俺に甘えてきて、今更自立？　笑わせないでくれ」

「そ、それは……っ」

確かにそうだと自分でも思う。でも、このままではいけないとは考えていたのだ。だから、笹井の件はいいきっかけになると思った。

「お前のせいで俺は、ずっと身動きできなくなっていたっていうのに？　まともに恋愛もできなくなってしまったのに？」

「な、なによ、それ」

「本当のことだよ、瑠璃子。全部お前のせいなのに、今更自立とか、冗談じゃない」

「全部、私のせい？」

元樹の言い分に、かっと頭に血が上った。

確かにずっと甘えっぱなしだったかもしれない。いや、甘えっぱなしだった。でも元樹だって必要以上に瑠璃子を甘やかしてきたではないか。それほどまでに瑠璃子の存在が負担だったなら、さっさと放り出せばよかったのに。一方的に全てを「お前のせいだ」と言われても、納得などできるはずがない。

「全部私が悪いって言うの？」

「そうだよ、瑠璃子。お前は全然わかってない」

「なにがわかってないって言うのよ」

「全部。……だから」

更に元樹の顔が近づき、耳元に唇が寄せられる。彼のさらりとした髪の毛が、瑠璃子の頬をくすぐった。

「……責任、取れよ」

――なんだそれ、なんだそれ！　ふざけるなっ!!

あまりの言われように、普段あまり怒ることのない瑠璃子も、頭のどこかでぷちんとなにかが切れる音を聞いた。

「責任？　へえ、わかったわよ。責任を取ったら、お兄ちゃんは気が済むわけね？　だったらその責任とやらを取ってやろうじゃない」

　売り言葉に買い言葉。半分やけになっていた。いつまでも「お前のせいで……」とか言われるくらいなら、元樹の気が済むように責任でもなんでも取ってやろうじゃないの――という乱暴な気持ちが湧き上がってくる。

「で、なにをしたらいいの？」

　むっと口を引き結び、できる限り目に力を込めて元樹を見上げる。元樹はまじまじと瑠璃子を見つめ、それからふっと微笑んだ。まさに魔王の笑みで。

「……この状況で、それを聞く？」

「……っ！」

　――まさか、体を差し出せってこと⁉

　それ以外に元樹の言葉を解釈しようがなく、瑠璃子の顔は一瞬で真っ赤に染まった。けれど一方で、あまりにもあり得ない要求に、これはただの脅《おど》しに違いないと考える。

　きっと元樹はとんでもない要求をふっかけて、瑠璃子が焦って狼狽《ろうばい》する様《さま》を楽しんでいるに違いないのだと。

　からかわれているんだと思うと、余計に悔しくなってきた。

「……好きにすればいいじゃない。責任？　取ってやろうじゃないのっ」

そう言えば、きっと最終的には元樹が折れてくれるに違いないと、瑠璃子は思っていた。本気なわけがないんだと。けれど。

「わっ、な、なにするの？　ちょ、お兄ちゃんっ！」

ソファに押さえつけられていた状態から一転、瑠璃子は元樹に軽々と抱え上げられていた。手足をばたつかせたが、見た目よりもずっと力の強い元樹の腕の中から逃《のが》れることができない。

そしてそのまま寝室に連れて行かれ、今度はベッドに体を投げ出された。

慌てて起き上がろうとする間もなく、両肩を押さえつけられ、元樹の体がのし掛かってくる。

「あ、あの、お兄ちゃん？」

元樹の寝室には入ったことはあるが、ベッドに横たわったのは初めてだ。いや、そういうことではなくて、この状況は一体なんだろう。まさか、本気？　いや、そんなまさか。

頭の中でぐるぐると考えながら、瑠璃子は恐る恐る元樹を見上げた。

「なに？　ソファでのほうがよかった？　なら、戻ろうか？」

囁《ささや》くように元樹はそう言った。妖《あや》しげな笑みを浮かべているのはわかるが、寝室が暗いせいで、なにを考えているのかを正確に読み取ることはできない。

「責任、取ってくれるんだよね？　出会ってから今までずっと、お前のせいで俺は苦しかったんだから」

そんな元樹の言葉に、悲しさが胸を占めた。元樹が自分のせいで苦しかったなんて、瑠璃子は今の今まで考えもしなかった。だって、瑠璃子は元樹と一緒にいて、苦しかったことなんて一度だってないのだから。

——でも、だったらもっと早くそう言えばよかったじゃない！　今まで散々優しくしておいて、今更そんなことを言うなんて、お兄ちゃんこそひどいっ！

こみ上げてきた悲しみが、あっさりと腹立たしさに凌駕《りょうが》される。

「どうぞ、って言ってるじゃないっ」

怒りにまかせて、瑠璃子は投げやりにそう言った。

「好きにすればいいでしょ？　それでお兄ちゃんの気は済むんだよね？　グチグチ言われるくらいなら、責任だろうがなんだろうが取ってやるわよっ」

やり方は意地悪この上ないが、からかわれているだけだと思っているからこそ、瑠璃子はそんなふうに強気に出ることができた。

きっと元樹は口だけでなにもしないに決まっている。

瑠璃子は疑うこともなく、そう信じていた。それは、元樹との二十年近い年月で培《つちか》ってきた信頼があるからこそ。瑠璃子にとって、元樹を信頼することは息をするよりも簡単なことなのだから。

「ほら、どうぞって言っているでしょ？」

だからこそ、挑発とも取れる言葉を発することだってできる。

「そう。よくわかったよ、瑠璃子」

笑みを崩すことなく、元樹がそう言って身じろいだ。

——ほらね、やっぱりなにもしな……

「ん、んんっ！」

離れてくれると信じ切っていた元樹の体は離れることなく、それどころか押し付けるように密着している。更には……瑠璃子の唇は、元樹の唇にぴったりと塞《ふさ》がれてしまっていた。

「ん、んーっ、んん、んーっ」

瑠璃子の思考は混乱を極め、めちゃくちゃに手足をばたつかせようとした。けれどしっかりとシーツに縫い付けられてしまった手は動かないし、足も体重をかけられていて動かせない。

どうにかしてこの状況から脱しようと、首を左右に振ってみたが、元樹の唇は執拗《しつよう》に瑠璃子の唇を追ってきて離してはくれなかった。

瑠璃子にとってそれは初めてのキスだった。普段意識することもなくできている呼吸の方法さえわからなくなり、頭の中がぼんやりと霞《かす》み出す。酸欠で意識が真っ白に塗りつぶされる一歩手前で、瑠璃子の唇はやっと解放された。

ひゅっと音がするくらいに息を吸い込み、瑠璃子は小さくむせた。

「……アルコールの味がするね、瑠璃子。結構飲んだんだろう？　食事の後、どうするつもりだったの？」

元樹が親指で瑠璃子の濡れた唇を拭《ぬぐ》いながら、意地悪な口調で問いかけてくる。けれど、そんな問いかけよりもなによりも……

「……ッ、ひどい。初めてだったのに……っ」

肩で息をして、瑠璃子は元樹を睨《にら》み付けた。大事に取っておいたというよりも、する相手に恵まれなかったというほうが正解だが、それでもファーストキスにはそれなりの憧れがあった。まさかこんな形で元樹に奪われるなんて思ってもいなかった。

「初めて？」

「そうだよっ」

「……初めて、ね」

元樹は意味深にそう言うと、くすくすと肩を揺らして笑いはじめた。

「な、なに笑ってるのっ？」

ばかにされた気がして、かっと頭に血が上る。思い切り凄《すご》んだつもりだったのに、声がひっくり返ってしまって、恥ずかしさに耳まで熱くなってきた。

「だって……初めてなんかじゃないし」

「…………は？」

元樹の言葉に、瑠璃子は恥ずかしささえも忘れて目を瞬《またた》かせた。

——そんなわけがないじゃない、自分のことは自分が一番わかっているもの。

そう思うのに、視線の先で微笑んでいる元樹の笑みには自信が滲《にじ》んでいる。

「だって瑠璃子。お前のファーストキスなんて、とっくの昔に俺がもらってるんだよ」

「え……？　は？」

「ファーストキスだけじゃないよ？　二度目も三度目も……。もう数え切れないくらいね。知らなかった？　まあ知るわけないか。でも瑠璃子が悪いんだよ。警戒心の欠片《かけら》もなくうたた寝とかしてるんだから。なにされたって文句の言いようもないだろ？」

なんだかもう、ショックと言うよりも衝撃的過ぎて声も出ない。

元樹のことはずっとお兄ちゃんだと思ってきた。血の繋《つな》がりなんてなくても、兄のように慕《した》ってきた。だから、元樹の前で無防備に眠ることもできたというのに。なのに、そんなふうに信頼していたのは、自分だけだったなんて。

「まあ、そういうわけだから、キスだけじゃなく、瑠璃子の初めては全部俺がもらってしまっても構わないだろう？」

囁《ささや》き声と共に耳朶《じだ》を食《は》まれ、瑠璃子の体はびくんと揺れた。

「……っ、そ、そういうわけって、どういうわけよっ！　構わないわけがないでしょっ！」

耳の形を確かめるように這《は》わされる舌の感触に震えながら、瑠璃子は声を荒《あら》らげた。

このままキスだけでなく、全部元樹の好きにされてしまうなんて、絶対におかしい。おかしいに決まっている。けれど。

「さっきまで威勢よく、俺の気が済むのなら好きにしていいって言ってなかったっけ？　あの言葉は口だけ？　それとも……結局は俺はなにもしないとか、許してくれるとか、この期《ご》に及んで甘えたことを考えてた？」

「っ、そ、それは……」

瑠璃子は元樹の言葉を否定できずに、ぐっと息を呑む。

「図星？　なら、責任を取る気なんて、本当は最初からなかったって言いなよ。ごめんなさいお兄ちゃん、って謝ったら、俺も考え直さないこともないかもよ？」

元樹は耳元に寄せていた顔を上げ、睫《まつげ》の数が数えられそうなほど近くから瑠璃子をじっと見つめてきた。

「ほら。お兄ちゃん、ごめんなさいって言ってごらん？」

さっきから火照《ほて》って熱を持っている瑠璃子の頬を、元樹の冷たい指先がつうっと滑る。射貫《いぬ》かれてしまいそうなほど強い元樹の視線を真っ直ぐに受け止め、瑠璃子はぐっと眉間に力を込めた。

「……言わない。言わないもん」

はっきりそう口にすると、元樹はほんの少しだけ驚いたように目を見開いた。

「言わない！　だってここで私が謝ったって、お兄ちゃんはこの先も、お前のせいで……って言い続けるんでしょ？　そんなの、私は嫌だもの。だったら、好きにしたらいいじゃない！　それでお兄ちゃんの気が済むのなら、責任でもなんでも取ってやるわ！」

そう、こんなことをいつまでも言われるなんてまっぴらだと思った。全部瑠璃子のせいにして、自分は被害者のような元樹の言い分が、ただただ悔しかった。

――好きにして気が済むなら、なんだってしてやるわよ！

もう、半ばやけくそだった。

僅《わず》かに目を見開いて瑠璃子を見下ろしていた元樹の目が、すっと細められた。その目がどこか苦しげだったことに、この状況でいっぱいいっぱいの瑠璃子は気付けない。

「へえ……そうか」

低い、聞いたこともないような低い声に、瑠璃子は身を硬くする。元樹は瑠璃子の頬をなぞっていた指先を離すと、おもむろに眼鏡を外してそれを放り投げた。そして、遮《さえぎ》るもののない状況で、欲望を露《あら》わにして瑠璃子を見下ろしてくる。

「せっかく最後のチャンスをあげたのに……。もう知らないよ？　瑠璃子」

「な、にが……っ、ふ、んんんッ」

──なにが知らないって言うの？　なんなのその、覚悟しろ的な台詞《せりふ》は！

そんな疑問は言葉になる前に、元樹の唇によって奪い去られた。さっきの唇が重なるだけのキスではない。合わさった唇の隙間から元樹の舌先が伸び、瑠璃子の唇をこじ開けていく。

「……や、ぁあッ」

思わず声が出た瞬間を見計らって、元樹の舌先は瑠璃子の口内に滑り込んだ。逃げる瑠璃子の舌に元樹のそれが絡みつき、上顎《うわあご》も頬の内側の柔らかなところも、歯列も……口内の全てを元樹の舌が蹂躙《じゅうりん》していく。

流れ込んでくる元樹の唾液を、瑠璃子は反射的に呑み込んだ。けれど呑み込めなかったものが、口の端から零《こぼ》れ落ち、瑠璃子の頬を伝っていく。

もうなにがなんだかわからなくて、されるがままになってしまう。さっき同様、軽い酸欠に陥《おちい》っていたのかもしれない。頭がぼんやりとして、思考がまとまらない。

絡み合う舌先と唾液の濡れた音が、ぴちゃぴちゃと直接脳内に流れ込んでくる気がする。そんな音を聞く度《たび》、体の奥が……奥がどこだか知らないが、熱くなる気がした。

「……瑠璃子、すごくいやらしい顔してる」

「そ、そんなの……知らな……っ、ふ、ぁあっ」

それまで唇を塞《ふさ》いでいた元樹の唇が、首筋に押し付けられる。くすぐったさと、感じたこともないぞくりとした感触が背筋を走った。その感触は、背中を駆け抜け、腰の辺りをざわつかせる。

「お……にい、ちゃ、ま、待って……」

「無理だよ、瑠璃子。だから言ったろ？ 知らないよって」

「あ、あ……っ、い、やぁ」

元樹の両手が、服の上から瑠璃子の胸に触れる。その手はゆっくりと円を描きながら、形を確かめるように動いた。

「う……ン、ん、んん……ッ」

初めて自分以外の手が触れる感覚は、ヘンな感じがした。くすぐったいのでも、気持ちいいのでもない。ただ、とにかくヘンな感じ。

元樹の手のひらが胸の中心の蕾《つぼみ》を掠《かす》める度《たび》、そこが縮こまって熱くなってくる。その感覚も瑠璃子にとってはやはりヘンな感触だ。ただ、そうされる度に体がびくんと揺れ、鼻にかかった声が出てしまいそうで、ぐっと唇を噛む。

「思ってたよりも胸は大きいんだね。ああ、さすがにこうやって胸を触ったことはないから安心していいよ」

「あ、安心なんて……っ、できるわけ、ない……で、しょっ。あ……っ、い、や……っ」

とっくの昔にファーストキスは奪われ、そして今、押し倒されて胸を触られている時点で、安心できるポイントなど一欠片《ひとかけら》も存在しない。しかも、元樹の手は服の裾《すそ》をまくり上げ、瑠璃子の白い肌を暴こうとしている最中だ。

「や、やっぱりちょっと待って、ね？　あ、や、……んっく」

元樹は焦《じ》らすように服の裾をまくり上げ、露《あら》わになった瑠璃子の滑《なめ》らかな腹部にちゅっと音を立てながら吸い付く。

さっきよりも明らかに体が跳ね、鼻にかかった声が甘さを増した。

「だから、それは無理だって言ってるだろう？」

「で、でも……っ」

元樹が更に服をめくり上げ、薄ピンク色のブラジャーが覗いた。長い時間を一緒に過ごしたが、当然、元樹に下着姿を見られたことなんてない。いや、小さな頃は一緒にお風呂にも入ったが、今はもうお互いにいい大人だ。お風呂どころか着替えだって別々に決まっている。

——は、恥ずかしい！

瑠璃子は今すぐにでも元樹の体を押し返したい衝動に駆られていた。けれど「好きにしたらいい」と言ってしまった手前、それもできずに両腕をうろうろとさまよわせる。

しかし、ブラを着けているとはいえ、元樹の目に無防備な肌を晒《さら》してしまっては、もう意地を張ってもいられない。完全に服をめくり上げられ、ブラが丸見えになったところで、瑠璃子は元樹の肩に手を置き、その体を押し返そうとした。その時だった。

「瑠璃子ならもっと早く逃げ出すと思ってたよ。いつもみたいに俺に甘えて……はぐらかして……ね」

くすっと見透《みす》かすように笑われ、瑠璃子は押し返そうと伸ばしていた手を、ぱたりとシーツに落とした。

「に、逃げないわよっ。逃げるわけがないじゃない！」

――ああ、ばかだ私。これじゃあもう、逃げられない……

瑠璃子だって本当はわかっているのだ。元樹は瑠璃子が逃げ出そうとしたのを察したからこそ、こんなことを言ったのだと。こう言えば、瑠璃子は意地になって抵抗をやめることもわかっていたに違いない。きっと自ら逃げ道を塞《ふさ》いでしまうだろうと……

そう、まんまと元樹の思うツボだ。それは悔しい。でも、逃げ出すのはもっと悔しい。

――きっと私がこう思うことも、お兄ちゃんはわかってる。知ってて逃げ道を塞いでいってるんだ……。なら最初から私には逃げ道なんてなかったんじゃない。

そう思った途端、僅《わず》かに残っていた反抗心も、しゅるしゅると音を立てて萎《しぼ》んでいった。どうやったって元樹には敵《かな》わない。それがまた悔しい。

きっと元樹は、まだ瑠璃子が抵抗すると思っているだろう。だったらもう、絶対に弱音を吐かず、抵抗もせず、きっちり責任を取って元樹を見返してやろう。そんな、わけのわからない――おそらく間違えまくった決心が、今瑠璃子の心を占めていた。

「……責任、取らせていただきます」

無理矢理口元に笑みを浮かべ、元樹を見上げる。さすがにそんな瑠璃子の反応は予想外だったのか、元樹はぴくりと片眉を上げた。

「そう。なら、好きにさせてもらうよ」

「ど、どうぞ」

「じゃあ、いただきます」

そう言うが早いか、元樹は薄いピンク色のブラに指をかけた。ブラはあっさりと上方へとずれ、瑠璃子の胸が零《こぼ》れ落ちる。

「……ッ！」

瑠璃子の胸に元樹の手が直に触れた。彼の手によって、柔らかな胸が好き勝手に形を変えられているのがわかる。円を描きながらこねくり回され、下から持ち上げられ……。好きにされている瑠璃子の胸元に、元樹の熱い視線が注がれているのを感じた。瑠璃子は恥ずかしさのあまり首を捻《ひね》ってぎゅっと目を閉じる。

「本当に抵抗しないつもりなんだね。そう……いい子だ。いい子にはご褒美《ほうび》を上げる」

ぐっと持ち上げられた胸の中心に、生暖かいものが滑った。

「ぁあ……ンっ！」

元樹の舌がちろちろと乳首を舐《な》め上げ、その刺激に瑠璃子の体はぶるっと震えた。経験はないが、一応知識はある。だから、これから自分がどうされてしまうのかわかりません――だなんて純情ぶるつもりもない。

けれど知識はあっても経験のない瑠璃子には、行為によって与えられる刺激がどんなものかは、想像さえつかなかった。その刺激はあまりにも強く、一瞬、目の奥で火花が散った気がした。

「う……ァんっ、……く、ふぁ……っ」

元樹の舌が乳首を弾《はじ》く度《たび》、そこからまるで電流のような甘い刺激が生まれ、体中を駆け巡るのだ。体がひくひくと反応し、胸の中心が熱く硬くなっていくのがわかる。

――なに、これ？ く、苦しい……っ。

未知の感触に、瑠璃子はきつく唇を噛む。しっかりと閉じた瞼《まぶた》の隙間から、涙が滲《にじ》んだ。その涙は、すぐに元樹の指先に拭《ぬぐ》われる。

「瑠璃子、力を抜いて？ 今からそんなふうにがちがちになってたら、この先が思いやられるよ」

胸に埋《うず》めていた顔を上げ、元樹が楽しそうにそう囁《ささや》く。彼が口にした「この先」の意味を理解し、瑠璃子は恥ずかしさと不安といたたまれなさと……色々な感情に押し潰されそうになった。けれど、唾液で濡れた胸の先を指先で転がされると、そんな感情はすぐに霞《かす》んでしまう。

「ほら、そんなに唇をきつく噛んだら、血が出てしまうよ。言ったろ？　これはご褒美だよ、瑠璃子。気持ちよくしてあげるから、力を抜いていればいいんだ」

「……ん、なの。ムリ……」

元樹の指や舌が触れる度、勝手に体に力が入ってしまうのだ。無意識にそうなってしまうものを、どうすることもできない。

「そうか……。なら仕方ないな」

元樹はそう言うと、再び持ち上げた胸の先に舌を這《は》わせた。

「慣れるまでじっくり解《ほぐ》してあげる」

「え……？　ぁふっ、う……っひゃあっ！」

元樹は妖《あや》しげに微笑み視線を瑠璃子に寄越すと、柔らかな胸の先で震えている果実を口内に吸い込んだ。新たな刺激に、瑠璃子の体はびくびくと反応する。

食《は》まれた乳首は、口内でやわやわと吸い上げられながら、先端を舌先でくすぐられる。電気ショックでも受けているように、瑠璃子の体は断続的に跳ね上がった。その度に声にならない声が上がり、呼吸さえできなくなる。

乳首を吸われ、転がされ、更には甘噛みされる度《たび》生まれる熱く甘い感覚は、体を駆け巡った後、腰の奥へと流れ込んでいくようだ。そして、下腹部の辺りで鼓動と共に大きくなっていく。

「……っく、ン……はぁ……」

どんどん脈が速まり、吐き出す息が熱くなる。頬も、耳も、胸も、どこもかしこも感じたことがないほどに熱い。頭の中も熱を孕《はら》みだし、思考回路がショート寸前だ。

──なに、これ？　もしかして、私……

「気持ちよくなってきた？」

両胸の先を指先できゅっと摘まみ上げ、元樹がくすっと笑う。

そんなわけないじゃないと反論したいのに、乳首を摘まみ上げられたその刺激に背中が仰《の》け反《ぞ》り、声も出せない。

「答えなくても大丈夫だよ。瑠璃子の体は正直だからね。乳首、硬くなってる。自分でもわかってるんだろ？　感じてるって」

答える代わりに、もうこれ以上熱くなりようもないと思っていた頬が、燃え上がりそうなほどかっと朱《しゅ》に染まった。きっと元樹にもわかってしまっただろう。そして、そんな瑠璃子の反応こそが、なによりも元樹の言葉を肯定してしまっていることも……

自分が感じてしまっている事実を、瑠璃子自身もう誤魔化せなくなっていた。

初めはただ、ヘンな感じでしかなかったのに。なのに今ではもう、はっきりと快楽を自覚してしまっている。そして、下腹部で痛みさえ伴って脈打つこの感覚が、きっと『疼《うず》く』というものだろうことも。

――こんな状況で……お兄ちゃん相手に感じてるなんて……

そんな戸惑いが何度も浮かぶが、その度に元樹の手によってあっという間に消されてしまう。そう、今も。

胸を弄《もてあそ》んでいた元樹の手が離れ、腹部を滑り、腿《もも》をなぞった。その指先は慣れた様子で、あっという間にスカートの中どころか、瑠璃子のショーツの端にかけられる。

「ひゃ……ッ！　そ、そこは……っ」

瑠璃子は弾《はじ》かれたようにぴたりと足を閉じ、更に奥へと進もうとしている元樹の手首をしっかりと掴《つか》んだ。

「……なに？」

明らかに不機嫌な眼差しが向けられ、瑠璃子はぐっと息を呑む。元樹の瞳が、「今更やめろなんて言わないよね？」と言っている気がする。更には「逃げるの？」と。

ここでやめてと言ったら、元樹はやめてくれるだろうか。ずっと誰よりも一番元樹のことをわかっていると自惚《うぬぼ》れていた。なのに今、瑠璃子には彼がなにを考えているのかさっぱり、なにひとつわからない。

――このままお兄ちゃんを受け入れたら、なにかわかるのかな?

ぼんやりとそんなことを思う。

――もしも受け入れて、なにかわかるのなら……それもいいのかも。

ただ単に、投げやりになっているだけなのかもしれない。瑠璃子自身、自分でもよくわからなかった。

ただ、「もういいか」と、そんな思いが胸を占める。まだ体中を巡っているアルコールのせいだろうか。

元樹が真っ直ぐに瑠璃子の瞳を見つめている。無理矢理どうにかする気なら、とっくにできているはず。なのに、そうはしない。さっきから意地悪なことばかり言ってくるくせに、その瞳は真摯《しんし》で、そしてどこか切なげに見えた。

瑠璃子は掴《つか》んでいた元樹の手首を解放し、ぎゅっと閉じていた足の力を抜いた。

「……なんでもないよ」

射貫《いぬ》かれてしまいそうな元樹の視線から逃げるように、瑠璃子は目を閉じて顔をぷいと横に向けた。これ以上見つめられていたら、本当に穴があいてしまいそうで。

「女に二言はありません」

横を向いたままでぶっきらぼうにそう言うと、元樹はぷっと噴き出し、くすくすと面白そうに笑った。

「そう。それは助かるよ」

額《ひたい》に温かくて柔らかなものが触れ、瑠璃子はそっと目を開けた。目の前に、元樹のきれいな鎖骨が見える。骨張った男の人の体だ。

「もう待ったは聞けないからね？」

額に口づけていた元樹が顔を上げ、ふわっと笑った。練乳に粉砂糖をたっぷり混ぜたような、糖度の高い笑みを向けられ、瑠璃子の心臓は不覚にもドキンと壊れそうな音を立てた。

俗に言うキラースマイルだ。そんなもの私ではなく、誰か意中の女性に向ければ一発で落とせるのに……とか、ドキドキと高鳴る鼓動を誤魔化しながら考えていた時だった。

「……ッ！　ふ、ァああっ」

止まっていた元樹の指が動き、するりと瑠璃子のショーツの中に忍び込んだ。指先が秘めた渓谷に差し込まれ、瑠璃子の体はびくんと震えて硬くなる。

自分でも体を洗う時以外触れたこともない場所に、元樹の指が直接触れている。恥ずかしさとそれを上回る未知の感覚に、瑠璃子は思い切り首を捻《ひね》って唇を噛んだ。そんな瑠璃子の耳に、吐息まじりの声が注がれる。

「ねえ、瑠璃子……」

耳朶《じだ》と首筋に吐息がかかり、瑠璃子の体に震えが走った。

「瑠璃子のここ……どうなってるか自分でわかる？」

「や……っ、そんな、の……ッぁあ」

元樹の指先が溝に沿って、ゆっくりと上下に動き出した。そっと撫でるように、ごく弱く触れられているだけだというのに、それまでとは比較にならないほど強い、痺《しび》れにも似た快感が与えられた。

「ほら……すごく濡れてる」

「い、言わ……ない、で。……あ、ンぁあっ」

言われなくてもわかっていた。さっきから元樹の指の動きに合わせて、自分の体からくちゅくちゅとはしたない水音が響いているのを。そこがどうなっているのか、わからないなどとは言えないほどに。

「瑠璃子がこんなに感じやすいなんて、思わなかったよ。……もしかしてだけど、初めてじゃない、とか言わないよね？」

元樹の声が一段低くなり、指先がくっと曲げられた。途端、神経そのものに触れられたように、強過ぎる快感が瑠璃子の体を突き抜けた。ベッドから浮き上がるほど背筋が弓なりになり、ちかちかと瞼《まぶた》の裏に火花が散る。

「どうなの、瑠璃子？」

元樹が一点を指で転がしながら、不機嫌そうに問う。元樹の指が触れている場所は、快感のスイッチのようなものなのだろうか。指が動く度《たび》に体は震え、強張《こわば》り、声どころか息をすることすらできない。

「瑠璃子。返事は？」

なおも元樹の声も指も瑠璃子を追い立ててくる。きっと答えないと手を止めてくれないのだろう。わかってはいても声は出せなくて、瑠璃子は必死に首を横に振った。

「じゃあ、俺が初めて？」

その問いに、今度は必死に首を縦に振る。

「……だよね。よく考えてみたら、処女じゃないはずがないか。ずっとキスも初めてだと思ってたくらいなんだし」

それまで地の底から響いているんじゃないかと思われた元樹の声は、ころりと変わって上機嫌になった。これで苦しくてどうにかなってしまいそうな快楽から解放される……そう思ってほっとしたのだが。

「なら、優しくしてあげないとね」

「…………ッ！　ぁあッ」

元樹の指は止まってはくれなかった。それどころか、指は更に奥へと進み、すっかり潤《うる》んだ瑠璃子の中に忍び込んできた。

「や……っ、い、痛……っ」

「指一本だけだよ？　これくらいで痛がっていたら、この先どうするつもり？」

「で、でも……っ、痛い……よ」

感じたこともない場所に異物感と痛みを覚え、瑠璃子は嫌々するように首を振った。

指を切った……みたいな身に覚えのある痛みならば怖くはないが、まったく感じたことのない痛みに怖《お》じ気《け》付く。

「大丈夫だよ。怖くない」

いつもどんな時も、元樹からの「大丈夫だよ」の言葉は魔法のように瑠璃子を安心させてくれた。けれど今は、その魔法の言葉は少しも効果がない。……というか、むしろ怖い。

「あ、あの……っ、あ、ぁあっ」

元樹の指が更に瑠璃子の中に深く埋め込まれ、一瞬でなにを言おうとしたのかさえわからなくなってしまった。

「い、痛い……よっ」

「でも……ここはどんどん溢《あふ》れてくるよ？　本当は気持ちいいんじゃないの？」

くすっと笑いを含んだ元樹の声に、瑠璃子はドキッとした。

確かに、初めは痛かった。けれど、元樹の指が中でゆっくり動き回り、襞《ひだ》を擦《こす》り上げていく度《たび》に、じわじわと甘い快感が広がり出していた。はしたなく響く水音も、さっきよりもずっと大きくなってきている。

「ほら……もう一本入った」

「あ……ッ、は、あ、あぁっ」

体の中心に埋め込まれる指が増やされ、背中に電流が走る。圧迫感は増したが、けれどもう痛みは感じなかった。その代わりに、さざ波のようだった甘い快感が、徐々に大きな波になっていくのがわかった。

元樹の指が瑠璃子の中を掻き混ぜる度、体の芯から火がついたように熱くなってくる。自分の体が自分のものではない感じがして、物欲しげに腰が動いてしまうのを止められない。

「ふ、ぁあ、あ、ふ、あ……っく、んぁああっ」

恥ずかしがる余裕さえなくなり、瑠璃子の口からは甘く高い嬌声《きょうせい》が切れ切れに漏れ出す。徐々に大きくなってきている快楽の波に呑み込まれそうな感覚に、瑠璃子はぎゅっときつくシーツを握りしめた。

そうしないと、大きな波に攫《さら》われて、遠くへ飛ばされてしまいそうで……

「瑠璃子、もっと気持ちよくしてあげる」

ショーツを引き下ろされ、両腿《もも》に元樹の手がかかり、足が大きく開かされた。あっと思った時にはもう、元樹の頭がそこに埋まっていた。

「あ……っ、や、やぁああああっ、ダ、メェ……ッ！」

花芯にぬるりと舌先が滑り、あまりの刺激に瑠璃子は一層甲高い声を上げて体を大きく跳ね上げた。指よりもずっと柔らかいのに、指で触られるよりもずっと強い刺激に涙さえ浮かぶ。

「気持ちいい？」

舌先で花芯を転がしながら問われ、舐《ねぶ》られる刺激だけでなく声の振動も加わり、一層快楽の度合いが深まる。きゅっと下腹部の奥が疼《うず》いた。

「もっとよくしてあげるから」

言うなり、元樹の指が瑠璃子の中に埋まり、深い場所を押し上げる。途端、息が詰まり、目の前が白くなった気がした。元樹の指が押し上げた場所……そこはさっきから、疼いて仕方のない場所そのものだ。

元樹は少し指を抜いては、何度も奥を抉《えぐ》ってきた。更に、花芯を下から上へと激しく舐《な》め上げてくる。

「……あ、あ、ああっ、ふ……ンあ、あ、あああっ、は、はあッ」

与えられる快感に、瑠璃子はもうなにも考えられなくなっていた。花芯を舐られる度《たび》に意識は霞《かす》み、奥を掻き混ぜられる度に、大きな快楽のうねりに呑み込まれ、すぐにでも攫《さら》われてしまいそうになる。

「こ、怖……っ、へ、ヘン、な、のぉ！」

ふわりと体が浮き上がってくる感覚が怖くて、瑠璃子はきつく奥歯を噛みしめた。そうやって必死に恐ろしいほどの快楽の波に抗《あらが》っていたというのに……

「あっ、やぁ……っ！　ダ、ダメ………………ッ！」

それまで弾《はじ》くように舐られていた花芯にきゅっと吸い付かれ、更には小刻みに舌先で震わされ……。急激に変わった刺激に、瑠璃子の抵抗はもろくも崩れ去った。

体中に鳥肌が立ち、目の奥でいくつもの光がスパークする。下腹部に感じていた疼きが、一気に爆発を起こしたように、体中に快感が広がって行く。

「………あ、ふ、ぁああ、あ、ぁあああああッ！」

体を喰い破られてしまいそうな凶暴な快楽に襲われ、瑠璃子は体を弓なりにして激しく体を痙攣《けいれん》させた。頭の中が真っ白になり、体がばらばらになってしまうのではないかと思う。駆け抜ける強烈な快感に、もう息もできない。

やっと大きな波が過ぎ去った時には、指先ひとつも動かせないほど脱力していた。それなのに、体は小さな痙攣を繰り返す。

「瑠璃子、真っ赤になって……。お前は本当に可愛いね」

「……っあ」

余裕の笑みを浮かべつつ、元樹が瑠璃子の髪を撫でる。中を掻き混ぜていた指がゆっくりと抜かれ、その刺激にまた体が勝手にびくりと反応する。

そんな瑠璃子の様子を満足げに見下ろしながら、元樹は起き上がって身に着けていた衣服を脱ぎ去っていく。そして、瑠璃子の体に中途半端に残されていた衣類も、慣れた手つきで取り去っていった。瑠璃子はもう抵抗する気力さえ湧かず、されるがままに素肌を晒《さら》した。

いや、動こうにも全身に力が入らないので、抵抗のしようもないのだが。それに今はもう、乱れに乱れた呼吸を整えるので精一杯だ。

右の足首にくしゃくしゃになって引っかかっていたショーツが、軽い音を立ててベッドの下に落とされる。最後の一枚も取り去られ、もう瑠璃子の体を隠すものはなにもない。そんな瑠璃子の体を、同じく裸になった元樹が重なるように抱きしめてくる。

――あったかい……。

恥ずかしさとかなんとかよりも、そんなことを思ってほっとしてしまった。きっとさっきのきつ過ぎる快感のせいで、頭の中が上手く機能していないせいだろう。

「ねえ、瑠璃子……」

頬と頬がぴたりとくっついた状態で、元樹がそっと問いかけてくる。

「すごく痛いのが一瞬で終わるのと、じわじわ痛いのが長く続くのと、どっちがいい？」

元樹がなんのことを言っているのか理解できず、瑠璃子は僅《わず》かに首を傾《かし》げた。そして、痛いのはどっちも嫌だという意味を込めて首を横に振る。体が鉛《なまり》のように重たくて、声を出すのも億劫《おっくう》なのだ。

そんな瑠璃子の気持ちを理解したのか、元樹はくすりと苦く笑う。それからおもむろに瑠璃子の手首を掴《つか》むと、手を下方へとずらした。

「痛いのは嫌だって言いたいのはわかるけど……悪い、痛くしないでできる自信がない」

瑠璃子の手になにかが触れた。その正体に気付いた瑠璃子は、慌てて手を引っ込めようとした。だが、元樹に手首をしっかりと掴まれて動かせない。

「む、ムリ……っ、ムリ、だよ。そんなの……っ」

手に触れているのは、紛《まぎ》れもなく熱く猛《たけ》った元樹自身だろう。それはあまりにも熱く硬く、とても人間の体の一部とは思えないほどだ。しかもこんなに大きいのかと、瑠璃子は怯《ひる》んでしまって腰が引ける。

「そ、そんなの……絶対に、ムリ。ムリだってば……」

もう声を出すのが億劫だとか言っている場合ではなかった。必死に首を振って元樹を見上げる。火照《ほて》って熱かった頬から血の気が引いた気がした。どうにかして元樹から逃《のが》れようとじたばたしたが、まだ腕にも足にも力が入ってくれない。

往生際悪く逃げを打とうとする瑠璃子の体を容易《たやす》く押さえ込んで、元樹はにっこりと優しく微笑みかけてくる。

「……瑠璃子。女に二言はないんじゃなかったっけ？」

「……ぐっ」

そう言われてしまうと、なにも言えない。元樹に対してだけ発動する意地っ張りな性格が災いして、自分の発言を覆《くつがえ》すなんてことは、とてもできそうになかった。

瑠璃子はひゅっと音がしそうなほどに大きく息を吸い込むと、気持ちを落ち着かせるようにゆっくりと息を吐き出した。もうここまできたら開き直るしかない。

「女に二言なんてあるわけないじゃない。い、痛いのは、一瞬で終わらせてよね」

強気を装《よそお》いたかったのに、声がひっくり返ってしまった。くすっと笑う元樹の気配に、情けなさが加速する。

「痛かったら、引っ掻いてもいいし、叩いてもいいから」

そう言うなり、両膝の裏に手をかけて持ち上げられ、余計なことを考える余裕などきれいさっぱりなくなった。

まだ誰も受け入れたことのない硬い花びらに、滾《たぎ》った元樹自身がぴたりと宛てがわれる。触れただけで感じる強烈な圧迫感に、瑠璃子は奥歯を噛みしめた。

「だから瑠璃子……力《りき》み過ぎ」

「……んうっ」

笑いを含んだ優しい声と共に、唇をぺろりと舐《な》められる。そのまま深く口づけられ、くすぐるように舌が侵入してきた。柔らかく触れ合う唇と、味わうように絡まる舌先に、頭の中がぼんやりとして体の奥が熱くなってくる。……そう、まさに今、元樹自身が宛てがわれているその奥が。

「あふ……」

無意識に触れ合った唇の隙間から、濡れた声が漏れ出す。呼吸が弾み、腰の奥がきゅんと疼《うず》き出すのを、もうどうすることもできない。

ついさっき瑠璃子を襲った快楽の波が、再びじわじわと押し寄せてくるのを感じた。抗《あらが》いたいのに、抗えない。それどころか、期待さえしてしまっている……

「……瑠璃子」

僅《わず》かに唇を離し、元樹が熱っぽく瑠璃子の名前を口にした。途端、ぴたりと触れていただけの元樹自身が、瑠璃子の中に侵入してくる。

「あ……っ、や、やぁ……ッ、い……たっ、んんんッ！」

想像以上の圧迫感と、引き裂かれるような痛みに、じわりと涙が浮かんだ。もう声を出すこともできず、瑠璃子は指の先が白くなるほどきつくシーツを握りしめた。

「大丈夫？　……ごめん」

「……く、うぅっ」

ぐっと強く腰を押し進められ、痛みで頭がくらくらしながらも、体の奥まで元樹に満たされた感覚を覚えた。内臓が押し上げられ、呼吸さえも苦しい。

「大丈夫？」

その問いに、瑠璃子は何度も首を横に振った。元樹が動きを止めてくれているので、引き裂かれそうな痛みは遠のいているが、それでも圧迫感と異物感は凄《すさ》まじい。

「も……もう、いいで、しょ？　気が……っ、済んだでしょ？」

瑠璃子としてはもう、十分過ぎるほど責任を取ったつもりだった。初めてを差し出したのだ。十分どころか、おつりがくるくらいだと思っていたのに……

「そうだね。でも、俺がこれで終われると思ってる？」

そう言って口元を持ち上げた元樹の表情は、どこか苦しげだった。いつもの余裕が感じられない。元樹はうっすらと汗の滲《にじ》んだ額《ひたい》を、瑠璃子の額にこつんと合わせる。

「悪いけど、このまま終わらせてやれるほど、優しくはなれない」

「え……？　ぁ、ひゃ……っ」

抱えられた膝が、一層高く持ち上げられ、瑠璃子の中を穿《うが》っていたものが引き抜かれる。一瞬の解放感の後、再びそれは瑠璃子の中に深々と突き立てられた。

「あ……ああッ！」

お腹を突き破られるのではないかと思うほど深く入れられ、息が止まる。それからゆっくりとした動きで何度も何度も最奥を抉《えぐ》られた。不思議なことに、涙が滲むほどの痛みは徐々に薄れていく。

「ん……っ、ふ、ふ、ぁあ、あ、んあ……」

痛みが消えていくのと反比例して、元樹の熱い塊が襞《ひだ》を割って中を掻き混ぜる度《たび》に、体を蕩《とろ》かさんばかりの疼《うず》きが生まれた。自分のものとは思いたくないほどの濡れた声が、勝手に口から漏れてくる。

正面から穿たれていたのが、片方の足首を高く持ち上げる体勢に変えられる。そして、今度は別の角度から抉られた。それまでとは違った場所を深く突き上げられ、瑠璃子は高い声を上げた。

「……痛いか？　瑠璃子」

元樹の心配そうな問いに、瑠璃子は反射的に首を振っていた。それが「気持ちがいい」と答えているのと同じだなんてことに、気が付くこともないままに。

「そう……ならよかった」

「ん、あ、はぁあっ」

激しく腰を打ち付けられ、瑠璃子は背中を大きく反《そ》らせてびくんびくんと体を震わせる。瑠璃子の中で元樹が動き回ると、腰の奥が熱くてドロドロに溶かされていく気がした。その刺激は切なくて甘くて苦しくて……。まるで毒のように、瑠璃子の理性を蕩かしていく。

「すごいよ、瑠璃子……。こんなに濡らして。そんなに気持ちがいいの?」

「やぁ……い、言わない、でぇ」

「俺が言わなくたって、はっきり聞こえるだろ? ほら……」

「あ、や……ぁあああっ」

元樹が突き上げる速度を上げると、ふたりの繋《つな》がった場所からくちゅ、くちゃ、とはしたない水音が高く響いた。その音を聞かされたら、体の深い場所に感じている疼《うず》きが一層大きくなる。

「ダメだよ、瑠璃子、そんなに締め付けたら。それとも瑠璃子は言葉で攻められたほうが感じるの?」

「ち、ちが……っ、あ、だ、ダメ、そこ……!」

体を横向きにされて、中を擦《こす》るように抉《えぐ》られた瑠璃子は、うっすら涙を浮かべて体を震わせる。

「ここ……? ここがいいの? ……っ、だから、そんなふうに締め付けないでくれ」

「や、ダ……メェ! あ、んぁああ、ああ、んんんんっ」

元樹の声が苦しげに霞《かす》んでも、もう瑠璃子にはそれに気が付く余裕は一欠片《ひとかけら》もなかった。ただひたすら、全身を苛《さいな》む快楽に壊されてしまいそうになる。

「こっちも欲しそうだよ、瑠璃子」

「んっ、ぁんん、ん、い、やぁ……」

濡れそぼった中をぐちゃぐちゃに掻き混ぜられながら、指で尖《とが》りきった乳首を押し潰される。同時に二カ所も感じる場所を攻められ、目が眩《くら》んだ。

なにも考えられなくなり、襲ってくる快楽の波に身を委《ゆだ》ねる。

「や……ダ、メ。ああ、も……へ、んなの……ん、ぁあん！」

「ヘンになれよ、瑠璃子。俺なしじゃいられなくなればいい……」

囁《ささや》きかけられた言葉も、瑠璃子には聞こえていない。ただもう、自分が自分でさえなくなってしまいそうな快楽に身を震わせる。

「あ…………っ、ン、ぁあ……………………ッ！」

目の裏に感じていた火花が弾《はじ》け、全てが真っ白に染まる。これ以上感じることなど無理だと思うのに、まだ容赦なく攻め立ててくる元樹の動きに、何度も快楽の波が襲ってきては瑠璃子を攫《さら》った。

「瑠璃子」

瑠璃子は止めようもない激しい痙攣《けいれん》に体を跳ね上げる。そして、自分の名前を呼ぶ元樹の声を聞いたのを最後に、意識を失ってしまった。

日の光にぼんやりと浮かび上がる、自分の部屋とは違う家具とカーテン。けれど見覚えのある部屋。

「ええ……っと」

目を覚ました瑠璃子は、すぐには自分の状況を理解することができず、茫然《ぼうぜん》としていた。

——ここ、お兄ちゃんの部屋。だよね？　あれ？　なんで私こんなところに……

そう思って動こうとした瞬間、体中に痛みを感じた。特に体の真ん中……大切な場所にびりっとした痛みが走る。その痛みで、瑠璃子は自分がどうしてここにいるのか、昨夜なにがあったのかをはっきりと思い出した。

「わ、私……」

思い出した途端、全身から血の気が引いていく気がした。

「お兄ちゃんと……しちゃったよ……」

昨夜の自分の痴態《ちたい》が鮮《あざ》やかな記憶として蘇《よみがえ》り、瑠璃子は頬を真っ赤に染めて身もだえた。酔っていたとはいえ、勢いでセックスしてしまった。それもよりによって元樹と。あまりに身近な存在である彼としてしまったことに対する後ろめたさが、瑠璃子を苛《さいな》む。ぼすんと枕に顔を押し付けて、瑠璃子は「どうしよう」と呻《うめ》いた。

この先、元樹との関係はどうなってしまうのだろうか。もう元通りにはなれないのかもしれない。自分と関係したことを、元樹はどう思っているのだろうか。

そんな思いが次々と溢《あふ》れ出してきて、瑠璃子は深々とため息をついた。

――それよりも……

と、瑠璃子は思う。

まずは、この部屋を出ることを考えたほうがよさそうだった。この部屋……というか、元樹の家を。色々な悩みは尽きないが、多分、今一番切実なのは、「どんな顔をして元樹と顔を合わせたらいいのか」という問題だ。できることならば、まだ顔を合わせたくない。

昨夜、瑠璃子は元樹の舌で、指先で、そして彼自身で、乱れに乱されてしまった。もう、自分では自分の体をどうすることもできないほどに。快楽に溺れて淫《みだ》らに感じた顔を晒《さら》してしまった。

「……うぅ」

思い出すだけで、腰の奥がきゅんと疼《うず》いて、瑠璃子は頭を抱えた。あんな姿を見られた後で、平然と振る舞うスキルは持ち合わせていない。

「とにかく、ここを出なくっちゃ……」

そう呟いて、瑠璃子は部屋をぐるりと見渡す。床には昨夜脱がされた衣服が、ご丁寧にもたたんで置いてあった。衣服の一番上には、ブラジャーとショーツがきちんと鎮座していて、なんだか目眩《めまい》がした。自分が脱がせた衣服を丁寧にたたむ元樹の姿が、容易に想像できる。

「どんな神経してんのよ……」

脱がせた衣服をたたんでおくその思考回路が、瑠璃子にはとても理解できない。理解できないが、ばらばらに散らばった衣服を拾い集める手間がないことはありがたかった。とにかく、元樹がこの部屋にいないうちに服を着て、隙を見つけて自宅に逃げ込まなくては。

バッグは見当たらないが、この際仕方がない。鍵はもしもの時のためにと、集合玄関にある暗証番号付きの郵便受けの奥に、セロハンテープで貼り付けてある。だから、それを使えばどうにでもなるのだ。

とにかくまずは着替えをしようと、瑠璃子は体の痛みをこらえて起き上がった。けれど布団《ふとん》から出る前に、近づいてくる足音が聞こえて、慌てて頭から布団を被《かぶ》り寝たふりを決め込んだ。

すぐにドアが開いて、静かな足音が近づいてきた。その音はベッドのそばで止まる。

「瑠璃子」

声をかけられ、瑠璃子は息を殺して身を硬くした。けれど、寝たふりならば息を殺す必要はないじゃないかと気が付き、わざとらしい寝息を立てる。

「なんだ、まだ寝てるのか。……とか言うと思う？　寝たふりがこんなにヘタな奴、初めて見たよ」

呆《あき》れ声が降ってきたかと思うと、おもむろに布団がはがされてしまった。

「わ……っ、や、やだっ」

まだ裸のままだった瑠璃子は、慌ててその布団を掴《つか》んで引き寄せる。

「ほら、やっぱり起きてた」

くすっと笑いながら見下ろす元樹と視線が絡まり、途端に瑠璃子は気まずくなった。真っ直ぐに元樹を見ることができなくて、引き寄せた布団を再び頭から被って背を向ける。

背後でベッドのスプリングがぎしりと軋《きし》んだ。背中に元樹の気配を感じて、瑠璃子はますます体を硬くする。

「まだ眠い？　それとも、どこか具合でも悪いか？」

気遣わしげな声がかけられ、どう答えていいのかわからずに押し黙る。どう答えていいか……というよりも、昨日あんなことがあったというのに、その声の調子がいつも通りの「お兄ちゃん」で、戸惑っていた。まるで、昨日のことなどなかったんじゃないかと思ってしまいそうなほど、いつも通りの元樹だ。

「熱でもあるのか？」

布団の中に無遠慮に手が伸びてきて、瑠璃子の額《ひたい》に触れる。

「……うーん、ちょっと熱い気はするけど……風邪でも引いたかな？」

その声もやはり、優しくて過保護で心配性なお兄ちゃんの声だった。

――もしかしてお兄ちゃんも昨夜のことを後悔していて、それで、なにもなかったことにしようと、いつも通りにしようとしてくれている……とか？

その考えは妙に瑠璃子の中にすとんと落ちてきて、これこそが正解だとさえ思えてきた。元樹は昔から思慮深い性格なのだ。きっと昨夜の出来事は、瑠璃子よりも元樹のほうが気に病《や》んでいるに違いない。

だとしたら、こうしていつまでも背を向けているのは得策ではない気がして、瑠璃子は布団《ふとん》から目だけ出して元樹のほうを振り返った。

「大丈夫か？」

問いかけてくるその顔は、やはり気遣わしげだ。ここでちゃんと返事をしなければ、ずっと気まずいままになってしまいそうな気がする。

「……大丈夫」

小さく答えると、元樹は心底ほっとした顔で微笑んだ。その笑顔に瑠璃子もほっとする。きっとこれで昨夜のことはお互いに忘れて、元の関係に戻れるんだと根拠もなく確信した。

「そうか、よかった。そうだ瑠璃子、水飲むか？」

「あ……」

そう言われて初めて、ひりひりするほど喉が渇いていることに気が付いた。二日酔いに加え、あれだけ喘《あえ》がされた後なのだから当然だろう。これまで気が付かなかったのは、それに気付く心の余裕さえなかったからに違いない。

「うん。渇いた」

「そうか。だと思ってた」

元樹はそう言うと、手に持っていたミネラルウォーターのペットボトルを持ち上げた。

瑠璃子は「ありがとう」と手を伸ばす。けれど、元樹はそのペットボトルの蓋《ふた》を開けて、自らそれを呷《あお》った。

「……え？」

てっきり渡してもらえるのだと思っていた瑠璃子は、目を瞬《またた》かせる。視線の先では口元からペットボトルを離した元樹が、つい数秒前とは別人かと思うような危険な笑みを浮かべていた。

「あの、おにい、ちゃん？」

危険な笑みに動揺して動けないでいると、元樹が身を屈《かが》めて瑠璃子の顎《あご》に指をかけた。

次の瞬間、瑠璃子の唇は元樹の唇に塞《ふさ》がれていた。

「ん……っ、んんんっ！」

しっかりと合わさった元樹の唇が僅《わず》かに開き、それに引きずられて瑠璃子の唇も開く。

そして元樹の唇の隙間から、ミネラルウォーターが瑠璃子の口内に流し込まれた。

どうにかして、その液体が流れ込んでくるのを拒絶することもできたはずだ。けれどそれをしたら、元樹のベッドを濡らしてしまう。

無意識にそれはいけないことだと思い、瑠璃子は元樹から口移しにされる液体を抵抗せずに受け入れた。

口内にためていたものを全て瑠璃子に口移しにすると、元樹は服の袖で口元をぐいっと拭《ぬぐ》って微笑んだ。

「瑠璃子、ミネラルウォーターだよ。飲みなさい」

言われるまでもなく、裸の瑠璃子はキッチンまで走って行って吐き出すこともできない。もちろん、この場で吐き出すこともできない。だったら……飲むしかない。

こくりと喉を鳴らして飲み込んだが、瑠璃子はむせてしまった。すぐに背中が優しくさすられる。

「大丈夫かい？　ほら、深呼吸して」

「大……丈夫っ」

そう言うと、瑠璃子は腕を振って、背中をさすっている元樹の手をはね除《の》けた。さっきまで、元樹も瑠璃子と同じで後悔しているんだと信じて、疑いもしなかった。けれど今は違う。付き合いが長いから、わかりたくなくてもわかってしまった。

お兄ちゃんは昨日のこと、後悔なんてこれっぽっちもしていない、と。

「んで……？　なんで……っ？」

瑠璃子は肩で息をしながら、悲鳴のような声を上げた。

「もう昨日、責任は取ったはずでしょう？　どうしてこんなことをするのっ？」

じわりと涙が浮かんだのは、むせて苦しかったからだ。元樹の理解不能な行動に、混乱したせいなんかじゃない。絶対に。

「責任……ああ、そういえばそうだったね」

ぼそりと元樹が呟いた言葉に、瑠璃子は顔をしかめた。『そういえばそうだった』だなんて。『責任を取れ』と言ったのは、元樹のほうだ。だからこその行為だったというのに。

なのに、そんなことはすっかり忘れていたかのような元樹の言葉に、瑠璃子はむっとする。

「だ、だから、責任は取ったでしょ？　もうあれで気が済んだよね？」

なんだか気まずくなってきて、瑠璃子は再び頭から布団《ふとん》を被《かぶ》って背を向ける。

気が済んだと言われてしまったら、もう元の関係には戻れない。責任を取って欲しいと思うほど、瑠璃子のせいで元樹が窮屈な思いをしていたのなら、今までのようにはいられないから。

──それはそれで悲しいな……

布団《ふとん》を被《かぶ》って丸くなり、瑠璃子は唇を噛んだ。

布団越しに、元樹が深々とため息をついたのが聞こえた。

──これでずっと続いてきたお兄ちゃんとの関係も、壊れちゃうのかな……

そう思って、瑠璃子もひっそりとため息をついた。けれど、予想外に元樹はおかしそうに「くくっ」と笑い出した。

「瑠璃子、あれで責任を取ったつもりだったの？　あんなので足りるわけがないだろう？」

「……は？」

予想外の元樹の言葉に、瑠璃子は布団をはね除《の》けて振り返る。振り返った先では、元樹が拳《こぶし》を口元に当て、さも面白そうに肩を揺らして笑っていた。

「瑠璃子」

くすくすと笑いながら真っ直ぐに見つめてくる元樹の目に、瑠璃子の心臓は一瞬止まった気がした。一見すごく面白そうに笑っているというのに、その目は一欠片《ひとかけら》の笑みも含まれてはいない。それどころか……射貫《いぬ》かれてしまいそうなほどに鋭い。

「ばかだなあ、俺とお前が出会ってから何年が経ってると思う？　ちょうど二十年だよ？　二十年分の俺の気持ちが、たった一晩で報われると思う？　あんなのは、全然序の口だ」

すっかり笑いを引っ込め、腰に手を当てて見下ろしてくる魔王さながらの姿を、瑠璃子はぽかんと見上げた。

——あんなのは……序の口？　序の口ってことは……え？

「全然満足してないってことだよ」

思っていたことが口に出てしまっていたのか、瑠璃子の疑問を引き継ぐように元樹が答える。

「だから、瑠璃子。お前にはこの先も責任を取ってもらわなきゃね。だって、女に二言はないんだろ？」

「え？　え？　え？　……っきゃあっ」

おもむろに布団をすべてはぐられたかと思うと、瑠璃子の体は元樹の手によって軽々と抱え上げられていた。あまりにも突然の出来事に、瑠璃子は裸の体を隠すこともできずに手足をばたつかせる。

「なっ、なにするのよっ！　ちょ、やだっ。離してっ」

元樹の腕の中で必死に抵抗している瑠璃子の耳元に、元樹がそっと唇を寄せて囁《ささや》く。

「瑠璃子。服着てないこと忘れてる？　そんなふうに暴れたら、いろんなところが丸見えになるけど、それはいいのかな？」

「……っ！」

元樹の言葉にはっとして、瑠璃子は慌てて片方の手で胸を、もう片方の手で下腹部を隠す。恥ずかしくて、顔が熱い。

「あれ、もう抵抗しないの？」

くすくすと耳元で笑われ、瑠璃子の顔は更に熱くなった。耳まで熱い。

「う、うるさい」

強がってそう言ってみたが、みっともなく声がひっくり返ってしまった。途端、元樹が「ぶっ」と噴き出した。

「笑わないでよっ」

「意地を張っても様《さま》にならないんだよ、お前は。昔っから変わらないな、本当に……。気が弱いくせに意地っ張りなんだから」

穏やかに微笑む元樹の笑顔に、瑠璃子の心臓はきゅっと小さな音を立てた。こんなに優しく微笑みかけてくれる元樹が、瑠璃子をずっと疎《うと》ましく思っていたなんて、いまだに信じたくない。

「お、お兄ちゃん。下ろして。お願い」

これ以上そんな笑みを向けられていたら、本当は疎まれてなどいないんだと期待してしまいそうだ。そんな期待をしても、自分が惨《みじ》めになるだけなのはよくわかっている。

意識したわけではないが、声のトーンが沈んでしまった。

「ああ、いいよ」

瑠璃子とは対照的に、元樹の声は楽しそうだ。

「お風呂場に着いたらね」

「お風呂……？」

「ああ、昨日あれだけ汗をかいたのに、シャワーも浴びずに寝てしまっただろう？　お湯はためてあるから」

元樹の言葉に、瑠璃子は目を瞬《またた》かせた。確かに言われた通り、昨日はシャワーを浴びる余裕などなかったし、事実体もべたべたしているので元樹の言葉はありがたくさえある。

けれど……

「あの、お兄ちゃん。すごくありがたいんだけど、私、自分で歩いて行けるから下ろし……」

「俺が洗ってあげるから、瑠璃子はなにもしなくていいよ」

――俺ガ洗ッテアゲル……？

脳みそが、その言葉の理解を全力で拒否している。けれど、そんな現実逃避は長くは続かなかった。

「きれいにしてあげるから。一緒にお風呂に入るのは、何年ぶりだろうね？」

今にも鼻歌を歌い出しそうな調子で、元樹がそう言う。

「待って」

さあっと、全身から血の気が引いていく音を瑠璃子ははっきりと聞いた。

「待って、ってば」

裸の体を隠す心の余裕も消え失せ、瑠璃子は自分を抱く元樹の胸ぐらを掴《つか》んで引き寄せた。そんな瑠璃子に元樹はにっこりと笑いかけてくる。

「どうしたの？　ああ、そうか。瑠璃子は積極的だなあ」

「は？　……っん、ふっ」

そのまま元樹の端整な顔が近づいてきて、唇が重なった。さっき引き寄せた胸ぐらを、今度は渾身《こんしん》の力で突っぱねようとしたが、深く抱き込まれて逃げられない。角度を変えながら柔らかく唇が重ねられ、すぐに離れた。

「な、なにすんのよっ！」

「え？　だって、キスして欲しかったから、俺の服を引っ張ったんじゃないの？」

真っ赤になって動揺しきりの瑠璃子とは対照的に、元樹はけろりとしている。

「そ、そんなわけないじゃないっ！　そんなこと、あるわけないでしょっ？」

「そうかな？　……そのうち、自分からおねだりするようになるかもよ？」

「…………え？」

元樹の瞳が放つ妖《あや》しげな光に、瑠璃子の背筋に悪寒《おかん》が走った。とっても悪い予感がする。そして、瑠璃子の経験上、それを回避できない気がする。

「まずはお風呂でさっぱりしようか。またそれから、色々……瑠璃子には責任を取ってもらうことにするから。だって、女に二言はないんだもんね？」

瑠璃子はこれ以上ないというほど目を見開き、ふるふると首を振る。もうあまりのことに、声も出ない。いっそのこと、気を失ってしまいたいと思ったほどだ。でもきっと、気を失ったら元樹をかえって喜ばせてしまう気もする。

ただ何度も首を振る瑠璃子を見下ろし、元樹はやはり上機嫌に口元を綻《ほころ》ばせている。

「ダメだよ。好きにしたらいいって瑠璃子言ったよね？　今更、取り消し不可だから」

――なんなの、この展開は――――っ！

そんな心の声を叫ぶこともできないまま、瑠璃子は浴室に運ばれたのだった。

三　ドロ甘い幼なじみ

「……ちゃん、るーりーちゃん」

目の前でなにかがぱたぱたと動き、瑠璃子ははっとして肩を揺らした。瑠璃子の目の前で手を振りながら、真子が顔を覗き込んできている。

彼女の声で我に返った瑠璃子は、ここが職場の休憩室で、今は昼休みだということを思い出した。手には食べかけのお弁当。そういえば、数口食べただけで、なんだかお腹がいっぱいになってしまったのだった。

「どうしたの？　瑠璃ちゃん。いつにも増してぼけっとしてるけど。具合でも悪い？」

「え？　あ、す、すみません」

「お弁当だって食べてないじゃない。いつも気持ちいいくらいの食べっぷりなくせに、一体どうしちゃったの？」

真子が「どれどれ」と言って瑠璃子の額《ひたい》に触れてくる。

「うーん、熱はないみたいね」

「具合は悪くないんで、大丈夫です」

熱がないのは、瑠璃子が一番よくわかっている。風邪も引いていないし、健康そのものなのだから。

「だったらどうしたの？　朝から様子がおかしかったみたいだけど」

「……すみません」

すっかり食欲が失せ、瑠璃子はほとんど手を付けていない弁当箱の蓋《ふた》を閉じた。

金曜日、人が変わったような元樹に初めてを奪われ、土曜日、日曜日も家に帰ることさえ許してもらえなかった。彼の手によって、何度喘《あえ》がされたかわからない。もう……それこそ、数え切れないくらい。

思い出すだけでかあっと頬に熱が集まってくる。そんな顔を真子には見られたくなくて、瑠璃子は顔を俯《うつむ》かせながら弁当箱を片付けた。

「そう言えば瑠璃ちゃん。金曜日はどうだったの？」

何気ない真子の言葉に、瑠璃子は思わず飲みかけのお茶を噴き出しそうになった。なんとかそれはこらえたものの、激しくむせ込んでしまう。

「ど、どうしたの？　大丈夫、瑠璃ちゃん？」

前屈《まえかが》みになって激しくむせ込んでいる瑠璃子に驚いて、真子が駆け寄ってきて背中をさすってくれた。

「すみ、ま、せん……げほ。ちょっと、お茶がヘンなほうに……」

「ちょっと、気を付けなさいよ。すごいむせ方するから、びっくりしたじゃないの」

「す、すみません」

「まあ、大丈夫ならいいんだけど」

そう言いながら、真子はまだ落ち着かない瑠璃子の背中をさすり続けてくれる。

「で？　金曜日はどうだったの？　なにかあった？」

「ッ！　げほっ」

真子の質問に、瑠璃子は再びむせ込んでしまった。

真子の質問の意図がわからない。もしかして、元樹との一件が知られているのだろうかと、瑠璃子の背中に冷たいものが走った。知られていないにしても、なにかを感づかれていてそれを問いただされたら……どうやって答えたらいいだろうか。

ぐるぐると様々な考えを頭の中で巡らせ、瑠璃子は恐る恐る真子を見上げる。

「……金曜日、ですか？」

「そう、金曜日。どうだったの？　笹井君とは」

「え？」

「だから、笹井君」

真子の口から出た名前が、誰のことなのかすぐにはわからず、瑠璃子は目を瞬《またた》かせた。

そして、やっとその名の主を思い出す。元樹との出来事があまりにも衝撃的過ぎて、笹井と会ったことさえ、瑠璃子の頭の中からはすっかり消え去ってしまっていたのだ。

「あ、ああっ！　笹井さんですね？」

瑠璃子に怪訝《けげん》そうな視線を向けて、真子はうなずく。

「そうよ。笹井君。金曜日に食事に行ったのよね？　もしかして会わなかったとか？　え、もしかして、元樹が邪魔した？」

元樹の名前が出た途端、瑠璃子の顔が真っ赤に染まってしまったのはどうしようもないことだろう。

「ち、違いますっ、そんなことないです。ちゃんと食事に行きましたし、お兄ちゃんにも邪魔されてなんていませんっ」

邪魔は……本当はされたが、真子にそんなことは言えない。邪魔どころか、あんなことやこんなことまでされたとか……

「なっ、なにもされてませんからっ！」

勝手に半ばパニックに陥《おちい》り、瑠璃子は真っ赤になってそう喚《わめ》いた。

「そ、そう？　だったらいいけど……。ほら、元樹って瑠璃ちゃんのこととなると目の色が変わるから。それよりもどうしてそんなに真っ赤になってるの？　もしかして、笹井君となにかあった？」

瑠璃子の勢いに押されて一瞬身を引いた真子だったが、言葉の最後のほうは面白がった笑みを浮かべ、逆に身を乗り出してくる。

「え？　笹井さんと？　なにもありませんよ」

あっさりそう言うと、真子は不思議そうに首を傾《かし》げてくる。

「だったらどうしてそんなに赤くなってるのよ」

「……っ、こ、これは……ですね、その、暑くないですか？　この休憩室」

赤面してしまった理由など口にできるはずもなく、瑠璃子は弁当箱を手に立ち上がって、扇《あお》ぐようにぱたぱたと手を動かして誤魔化した。

「暑くないわよ、別に。やっぱり瑠璃ちゃん、調子がよくないんじゃないの？　なんだったら、今日はそれほど忙しくないから帰ってもいいわよ？」

どうする？　とばかりに真子が見つめてきて、瑠璃子は思わずぐっと息を呑んだ。

もちろん、どこも調子など悪くはない。食欲がなかったり、急に赤くなってしまうのも、身体的な問題ではなく精神的な問題のせいだ。だから早退するような理由はなにひとつ、ない。

――ない。んだけど……。今日だけは、帰りたい、かも。

午前中から全然仕事に身が入らず、今日は小さなミスを繰り返して、同僚にも何度となく迷惑をかけてしまっていた。金曜日の一件以来あまり食事が喉を通らないせいで、実際ふらふらしているのもある。それに、なによりも。

――お兄ちゃんに、会いたくないな。

仕事が終われば、いつものように元樹が待っているだろう。そして瑠璃子はまた責任を取れと迫られるに違いない。

そう思った途端、この数日間で元樹からたっぷりと教え込まれた感覚が、生々しく瑠璃子の体を支配した。胸に首筋に脇腹に、そして秘めた花びらとその奥にまではっきりと元樹の存在が蘇《よみがえ》る。腰の奥がざわめいて、瑠璃子はよろめいた。

「ちょ、瑠璃ちゃん。大丈夫なの？　やっぱり具合が悪いんじゃないの？」

真子が咄嗟《とっさ》に、傾いだ瑠璃子の体を支えてくれる。

「い、いえ……大丈夫です」

まさか元樹にとても口では説明できないようなことをされ、その感覚を思い出したせいで腰から力が抜け落ちてしまった、だなんて、言えるわけがない。

「だってあなた。さっきよりも顔が真っ赤。ほら、耳まで真っ赤よ」

「いえ、こ、これはその……」

「目まで潤《うる》んで……今は大丈夫でも、これから熱が上がってくるんじゃないかしら」

真子はうーんと唸りながら、再び瑠璃子の額《ひたい》に手を当てる。そして「今のところは熱は大丈夫そうだけど」と呟いた。それはそうだ。なんだか妙に体が熱くなってはいるが、熱はない。

「よし、とにかく今日はもう帰りなさい。これ以上無理して、なにかあっても困るしね。今日はゆっくり休んで、明日からはしっかり働いてちょうだい。いいわね？」

本当は体調が悪いわけではない。けれど、こんな精神状態では、いつ大きなミスをしてしまうかもわからない。サボるようで心苦しくはあるが、真子の言葉は正直ありがたかった。

「……すみません」

素直にそう答え、瑠璃子はぺこりと頭を下げた。

――今日だけ、今日だけだから。明日からは、しっかりと気持ちを入れ替えよう。

そう自分に言い聞かせる。いつまでも悩んでいたところで、元樹との間に起こってしまった事実は変えようがないのだから。

――お兄ちゃんのことなんて、気にするな気にするな気にするな……！

そう心の中で必死に唱える。けれど。

「そうだ瑠璃ちゃん。どうせ元樹も今はお昼休みだし、家まで送らせようか？」

「いいですっ、結構ですっ、ひとりで大丈夫ですっ！」

瑠璃子は、携帯を取り出そうとしている真子の手を咄嗟《とっさ》に押さえつけていた。

「だ、大丈夫ですから。お兄ちゃんに連絡しないでください。子どもじゃないんですから、本当に大丈夫ですっ」

瑠璃子としては冷静に言ったつもりだったのだが、必死さが滲《にじ》み出てしまっていたのかもしれない。見上げた先の真子が怪訝《けげん》そうな表情を浮かべている。

「そう？　ひとりで大丈夫ならそれでいいけど……」

「はい。大丈夫です。もちろん大丈夫です。大丈夫に決まっています」

「わかったわ。じゃあ気を付けて帰るのよ？」

「すみません」

瑠璃子がそう言ってもう一度ぺこりと頭を下げると、真子は「いいのよ」と微笑んだ。そんな真子の笑みに、瑠璃子の良心はちくりと痛む。けれど、今は消耗しきった心と体を休ませたかった。心の中でそっと、「ごめんなさい」と告げる。

「じゃあ、私はそろそろ仕事に戻ろうかしら。稼ぐぞー」

真子はそう言うと、うーんと大きく伸びをしてドアに向かって歩き出す。そして着替えをはじめた瑠璃子を、思い出したように振り返った。

「そうだ、瑠璃ちゃん」

「はい」

「元樹に連絡しないでくれなんて、あいつと喧嘩でもした？」

「……なっ！」

真子の言葉に瑠璃子は大いに焦り、鼓動が一気に速くなる。元樹の名前が出ただけで、再び頬に熱が集まってきてしまった。パブロフの犬並みの素直な反応を示してしまう自分が悔しい。

「喧嘩とかそういうのじゃなくって……。その、ただ、迷惑をかけたくないと言いますか、わ、私もいつまでもお兄ちゃんに甘えているわけにはいかないと言いますか……」

「……ふうん」

腕を組み、じろじろと見つめてくる真子の視線が痛い。なんだか色々なことを見透《みす》かされてしまいそうな気がして、瑠璃子はそんな真子の目を見つめ返すことができなかった。

「そうだよね、瑠璃ちゃんだっていつまでも子どもじゃないもの。自立心が芽生えて当たり前よね。元樹って、本当に過保護だし。……ただ、それを元樹が受け入れられるかしら……？」

ため息まじりに呟かれた真子の言葉に、ドキッとする。

元樹と一緒にいる時間のほうが長かったとはいえ、真子も昔から瑠璃子のことをよく知っている。それに元樹のことなら、瑠璃子以上によく知っている。だから、なにも言わなくても元樹との間に起こってしまったことが、真子にはバレている気がして怖くなってきた。

――いっそ、お兄ちゃんとの間にあったことを、真子先生に相談してみる……とか？

真子ならば、適切なアドバイスをしてくれるのではないか……と、一瞬本気で思った。けれどやっぱりそれは言えない。どうしても言えない。あれほどお兄ちゃんと慕《した》ってきた相手と、一線を越えてしまっただなんて。

「まあ、元樹から自立する気なら、鉄の意志を持って接しないと、すぐに元樹に懐柔《かいじゅう》されるわよ」

――懐柔というか、もう色々と好きにされてますが……

とは、やっぱり言えずに、瑠璃子は真っ赤になって俯《うつむ》いた。

「あ、引き留めちゃってごめんね。とにかく気を付けて帰って、今日はゆっくりと休むのよ？　いいわね」

「……はい。明日までには体調を整えてきます。ご迷惑をおかけして本当にすみません」

「大丈夫よ。お疲れ様」

手を振りながら部屋を出て行く真子の背中を見送り、瑠璃子も着替えを済ませて家路《いえじ》に就いた。

ずっと遠くのほうでなにか甲高い機械音がした気がして、瑠璃子の意識は深い眠りから浮かび上がった。

家に帰った途端に疲労感がどっと襲ってきて、瑠璃子は部屋着に着替えて布団《ふとん》に潜《もぐ》り込んだのだった。

徐々に意識がはっきりしてきて、さっきから聞こえる機械音はチャイムの音だと気が付く。

体が重くて、そんなチャイムは無視する気でいた。けれどそれは一定の間隔を置いて、何度も何度も鳴らされるのだ。

瑠璃子は布団《ふとん》の中から手を伸ばし、枕元のデジタル時計を見る。その時刻を確認して、弾《はじ》かれたように身を起こした。

その間にも、チャイムの音が部屋に響く。

「……お兄ちゃん」

口の中で小さく呟いて、瑠璃子はカーディガンを引っかけると、のろのろと寝室を出た。いつも元樹が仕事から帰ってくる時刻。きっと真子からなにか聞いてやってきたのだと確信する。

元樹がくるだろうとは思っていた。真実か冗談かはわからないが、まだ持っているという合い鍵対策のためにドアバーもかけてある。電話を鳴らされるのも面倒なので、携帯の電源も切った。

だから、無視する気になれば、完全に無視することもできるのだ。

けれど……と瑠璃子は思う。

きっと元樹は瑠璃子からの応答を得られない限り、いつまでも帰ってくれないだろう。瑠璃子が返事をするまで、何時間だって……

「……どなたですか？」

どなたかの心当たりは大いにあるというのに、瑠璃子はわざと玄関の外に向かってそう声をかけた。

「瑠璃子、俺だよ。姉さんから聞いた。体調が悪いんだって？　ちょっと開けてくれないか？」

案の定聞こえてきた元樹の声に、瑠璃子は片眉を持ち上げる。

「この前のように、勝手に作った合い鍵で入ってきたらいいんじゃないの？」

「……ドアバーかけてる奴がそういうことを言うか」

ドアバーがかかっているのを知っているのは、一度合い鍵を使ったということに他ならない。そうでなければ、内側からドアバーがかかっているなど元樹が知りようもないのだから。

まさか本当にまだ合い鍵のスペアを持っていたとは……と、瑠璃子の顔は思わず引きつる。

「お兄ちゃんもわかったと思うけど、防犯対策はばっちりですので、ご心配なく。寝ていれば大丈夫よ。それに……大したことはないから。だから、心配しないで」

瑠璃子は扉に寄りかかって静かな声でそう言った。できることなら、大人しく引き下がってくれはしないだろうかと思いながら。長年の付き合いだ。瑠璃子が元樹と顔を合わせたくないことくらい、わかるに違いないのだから。けれど。

「……瑠璃子、俺のせいだよな？」

どこか切羽詰《せっぱつ》まった元樹の声が、扉一枚隔《へだ》てた向こう側から聞こえてくる。

その声は苦しげで、苦い後悔を含んでいるようにも感じられた。金曜日に元樹にあんなことをされる前の瑠璃子ならば、きっとあっさり騙《だま》されていたに違いない。でも、今はわかってしまう。

「お兄ちゃん。そんなしおらしい声を出したって私にはわかるんだから。お兄ちゃんは、自分が悪いなんて思ってないでしょう？」

悪いと思うどころか、瑠璃子を好きにするのは、当然の権利だと思っている気さえする。

「……そんなことはないよ」

扉の向こう側から聞こえてくる元樹の声から、感情が消え去る。どうしてか、そんな声の調子に瑠璃子はぎくりとした。長年培《つちか》ってきたカンというやつかもしれない。

「と、とにかく、本当に全然大したことはないの。寝ていればよくなるから。だから、お兄ちゃんに心配してもらうようなことはないから。じゃあ、私はもう少し休むね」

早口でまくし立てるようにそう言って、瑠璃子はさっさと扉に背を向けた。早くこの場を切り上げなければ、取り返しが付かない気がして。

「……そうか。本当に悪いと思ってたんだけどな」

数歩進んだところで扉の向こう側からやけに静かな声が聞こえてきて、瑠璃子はぎくりと足を止めた。早くこの場を離れたいという思いを、ここを離れてはいけないという直感が上回る。

「そうだ、瑠璃子がドアを開けてくれるまで俺はここで懺悔《ざんげ》することにするよ。俺が瑠璃子にどんなことをして、お前をどんなふうにしてしまったのかを……ね」

言葉の最後のほうに、「くすっ」という笑い声が聞こえたのはきっと気のせいではない。面白がっているのだ。面白がって……でも、元樹なら絶対に実行する。

「……やめて」

考えるよりも先に、瑠璃子はドアを開けていた。大きく開け放ったドアの向こう側で、元樹がにっこりと余裕の笑みを浮かべていた。けれどカーディガンを羽織った瑠璃子と、その背後にある真っ暗な部屋を見て、その表情から笑みが消える。

「……本当に寝てたのか？」

「そうよ。お兄ちゃんがうるさくチャイムを鳴らしたりしなかったら、明日の朝まで寝ているつもりだったんだから」

本当はそんなつもりはなかったが、大げさにそう言って瑠璃子はぷいと顔をそむけた。

「……てっきり仮病《けびょう》かと思ったのに」

「け、仮病だなんて人聞きの悪い。だ、だいたい、どうして私が仮病なんて使わなきゃいけないのよ……」

確かに体調はあまりよくなかった。けれど、仮病ではないと胸を張って言いきれるかと言うとそうでもない。瑠璃子の言葉尻は、ごにょごにょと誤魔化すように小さくなる。その原因である元樹に言われているのだからなおさらだ。というか、よくもそんなことが言えたものだと心の中で悪態をつく。

「そうか、そうだよね。あんな程度のことで仮病を使われても俺としても困るし。……たかがあんな程度で……ね」

「……っ」

元樹の口元が妖《あや》しく笑みを浮かべ、思わず瑠璃子は息を呑んだ。

――あれくらいのことで音《ね》を上げられたら困るよ。これからが本番なんだからね。

と、言外に言われている気がする。いや、きっと言った。絶対言ってる。

「まあ、とにかく上がらせてもらうから」

「……あっ」

言うが早いか、元樹はさっさと靴を脱いで部屋に上がり込んでいる。そして勝手に電気を点《つ》けると、キッチンに向かった。

「今、なにか食べやすいものを作ってあげるから、瑠璃子は寝てなさい」

そう言いながら、腕をまくって手を洗い出す。さっきはほんのすこーしだけ動揺していたせいで気が付かなかったが、元樹が持ってきた買い物袋がキッチンの片隅に置いてあった。

「べ、別にいいよ。その、そんなにお腹空いてないから」

「昼もほとんど食べてなかったって姉さんから聞いたよ。瑠璃子が食べられないなんてよっぽどだろう？」

――その「よっぽど」の原因を作ったのは、お兄ちゃんなんだけど……

という心の声が喉まで出かかったが、さすがにその言葉は呑み込んだ。

「で、でも……」

「休んでなさい。自分でベッドまで行けないようだったら、俺が連れて行ってやろうか？」

せっせと手を動かしながらも、ちらりとこちらを流し見る元樹の瞳が妖《あや》しく光った気がして、瑠璃子は思わず数歩後ずさった。

ベッドまで運ばれたら、きっとすぐには寝かせてもらえない。

「……わ、わかった」

「食事ができたら呼ぶから。それまでしっかり布団《ふとん》を被《かぶ》っているんだよ。やっぱり俺が運んであげようか？」

「自分で行けますっ」

そう返事をし、瑠璃子は慌てて回れ右をした。声が裏返ってしまったのは誤魔化しようもなく、背後から聞こえる小さな笑い声が胸に痛い。

部屋に戻った瑠璃子は、言いつけ通り頭から布団《ふとん》を被《かぶ》って横になっていたが、元樹の動向が気になってちっとも休まらない。そうこうしているうちに、「準備ができたよ」と声をかけられ、のっそりと布団から抜け出す。

部屋の真ん中にあるローテーブルの上には、玉子粥《たまごがゆ》が温かそうな湯気を上げていた。なんとも言えないいい香りが漂《ただよ》っていて、瑠璃子のお腹は急に空腹を訴え出した。

「ほら座って。お腹が空いてきた？　食べられそうかい？」

取り皿と小さめのレンゲを準備しながら、元樹が穏やかな笑みを浮かべる。さあさあと促《うなが》され、瑠璃子は定位置に座り込んでちらりと元樹を見上げた。元樹は通勤用のきちんとした服装をしていた。きっと帰りに買い物をし、自室に戻ることなく瑠璃子の部屋にきたのだろう。

――自分だって、仕事で疲れているはずなのに。

そんな様子は微塵《みじん》も見せずに、こうして瑠璃子のためにお粥を作ってくれた。優しくされると、自分が疎《うと》まれていたなんてことを忘れてしまいそうになる。

……忘れたく、なる。

「……ありがとう。いただきます」

瑠璃子は素直にそう言って手を合わせると、取り皿とレンゲを手にした。けれどそれはすぐに、隣に座り込んだ元樹によってかっさらわれてしまった。

「あ、あの。お兄ちゃん？」

瑠璃子の手から奪った取り皿にお粥を入れると、元樹はそれをひと匙《さじ》すくって息を吹きかける。そして、茫然《ぼうぜん》とその様子を見ていた瑠璃子に向かって、それを差し出してきた。

「瑠璃子。はい、あーん」

にっこりと、それはそれは優しい笑みを向けられ、しかもお粥の乗ったレンゲまで向けられ、瑠璃子は何度も目を瞬《またた》かせた。

──これは……口を開けろと言っているの？

「瑠璃子、あーんは？」

「………あの、お兄ちゃん。私、自分で食べられるけど」

至極当たり前のことを瑠璃子は真顔で口にした。冗談にしても笑えない、そう思ったのに。

「だからなに？　ほら、口開けて？」

真顔の瑠璃子に対して、元樹は笑みを崩さなかった。完璧に整ったその笑顔が、胡散《うさん》臭《くさ》くて仕方ない。

「あの……本当に、自分で――」

「俺が食べさせてあげるって言ってるんだから、瑠璃子は黙って口を開けていればいいんだよ。早く元気になってもらわないと困るからね」

――元気にならないと……なにが困るの……？

元樹の口調は至って穏やかで優しいのに、瑠璃子はどっと冷や汗が出るのを感じた。

ごくんと息を呑む音が、ひどく大きく聞こえる。そんな瑠璃子の様子に気が付いたのか、元樹は更に笑みを深めて言う。

「大丈夫、今日はなにもしないから。それは瑠璃子が元気になってからの楽しみに取っておくよ。それとも……もう元気だって言うなら、遠慮はしないけど……？」

「げ、元気じゃない、です」

優しい笑顔なのに、その目は猛禽類《もうきんるい》のごとく鋭い。それが怖くて、瑠璃子はぶんぶんと首を振った。ここで答えを間違えようものならば、今すぐにでも襲われると確信する。

「そう。だったら、大人しく食べさせてもらってたらいいんじゃないか？　……ほら、あーん」

再びレンゲを差し出され、瑠璃子は一瞬迷った。レンゲと笑っていない元樹の目を交互に見てから、ゆっくりと口を開ける。

「いい子だね。しっかり食べるんだよ」

瑠璃子の口にお粥《かゆ》を流し込み、元樹は満足げに微笑んだ。笑っていなかった目元も、やっと和《やわ》らぐ。

元樹はお粥をすくい、息を吹きかけ、それを瑠璃子の口に入れるという作業を、いかにも楽しそうに続けた。瑠璃子は促《うなが》されるままに口を開け、流し込まれたものを呑み込む。なんだかもう、味もなにもよくわからない。

お粥を全部平らげた後は、フルーツまで振る舞われた。もちろんそれも、同様に元樹の手によって口に運ばれる。

「なんだか親鳥にでもなった気分だよ」

お皿に盛られた最後のイチゴを瑠璃子の口に運びながら、元樹はくすっと笑った。

「これから毎日でも、こうして食べさせてあげようか？」

その言葉に、瑠璃子は即座に首を左右に振る。大好きなイチゴの味を楽しむ心の余裕さえない。こんな食事が毎日続いたりしたら、胃に穴があいてしまいそうだ。

「遠慮しなくてもいいんだよ」

「だ、大丈夫……。自分で食べられるから」

「そう、残念。でも俺はいつでも大歓迎だから、食べさせて欲しくなったら遠慮せずに言うんだよ。そう言えば……」

元樹の手が伸びてきたかと思うと、額《ひたい》にかかった前髪がよけられ、こつんと瑠璃子の額《ひたい》に元樹の額が触れた。

「……熱はないみたいだね。顔色も悪くはないし」

睫《まつげ》が触れ合ってしまいそうなほど元樹の端整な顔が迫り、瑠璃子はフリーズしてしまう。一瞬の後、瑠璃子は飛び退《の》くように元樹から離れた。

「ち、近過ぎるっ」

顔面に一気に血が集まり、頬が痛いほどに熱い。心臓だって、胸から飛び出さんばかりに早鐘を打っている。

「そんなことはないだろ？　それなら、昨日とか一昨日とかのほうが、よっぽど近かったと思うけど……？」

艶《つや》を纏《まと》った元樹の目に見つめられ、瑠璃子の体の奥でずきんと小さな疼《うず》きが生まれた。そんな目で見つめられるだけで、瑠璃子の体は、元樹によって植え付けられた快楽を思い出してしまう。

そんな自分をどうしていいのかわからず、瑠璃子は視線を床にさまよわせた。

その直後、瑠璃子は元樹に軽々と抱え上げられた。横抱きの格好で体が浮き上がり、

「ひゃあ」と小さく叫び声を上げる。

「少しよくなったとしても、油断をしたらまたぶり返すかもしれない。瑠璃子はもう休むといいよ。ベッドまで運んであげるから」

「ちょ……っ、お兄ちゃん。だから、大丈夫よ。自分で歩けるってば……っ」

「無理しないほうがいい。仕事だって早退してくるほど体調が悪かったんだろう？　お前になにかあったら、俺は……」

それまで優しげに微笑んでいた元樹の顔が、一瞬だけ苦しげに歪《ゆが》んだ。けれどそんな表情はすぐに消え去り穏やかな笑みに取って代わる。だから、瑠璃子がそんな元樹の表情に、気付くことはなかった。

「ひとりは寂しいだろ？　お前が寝るまでそばにいるよ。昔から瑠璃子は寂しがり屋だもんな。熱を出して寝込む度《たび》、ひとりじゃ寂しいからそばにいてって、俺の服の裾《すそ》を掴《つか》んでたよな」

そう、いつだって、元樹は瑠璃子の願いを聞き入れてくれたのだ。その度、どれだけ安心したかわからない。あの頃の瑠璃子にとって、元樹は一番そばにいて欲しくて、そして実際に一番そばにいてくれる存在だった。

「小さな熱い手で、俺の手をぎゅっと握って。そばにいてあげなくちゃいけないって、そう思ったよ」

――だけど、そんな私の手を離したのはお兄ちゃんのほうでしょう。

ふとそんな気持ちが胸のずっと奥のほうから湧き上がって、瑠璃子はひどく嫌な気持ちになった。けれど、どうして自分がそう思ったのかもわからなくて混乱する。

「……そ、そんな小さい頃のことなんて、覚えてないよ。それに私、もう大人だって何度も言ってるじゃない」

もやもやと嫌な気持ちを引きずったまま口にした言葉は、思った以上に尖《とが》っていて、言ってしまってからはっとした。

「……俺には今も昔も変わらないって言わなかったっけ？」

――今も昔も、お兄ちゃんにとって私は、手のかかる小さな子ども。いつまでたっても、きっと対等には見てもらえない存在……

胸の奥がちくちくして、いがいがして、もやもやして……。どうしてこんなにも胸がざわつくのか、その理由はやはりわからないまま、瑠璃子は唇を噛んだ。

「……やっぱり調子悪いかも」

「それはいけない」

ぼそりと呟いた瑠璃子の言葉に、元樹は大げさと言っていいほど反応し、慌てて寝室へ行って抱き上げていた瑠璃子の体をベッドに下ろす。そして肩までしっかりと布団《ふとん》を引っ張り上げて、ベッドの傍《かたわ》らにしゃがみ込んだ。

「……早くよくなるといいな」

そう言うと元樹は手を伸ばして、そっと瑠璃子の髪の毛を撫でた。その手つきはまるで壊れものに触るかのようだ。つい先日、あれほど強い力で瑠璃子の全てを奪った人間と同じとは、とても思えない。

元樹のことならなんでもわかっている思っていた。ずっと……つい数日前まで。でも今は、誰よりも元樹のことが、瑠璃子にはわからない。

なにを考えているのか、どうしたいのか。そして瑠璃子自身、この先元樹との関係をどうしたいのか……。離れたいのか、元に戻りたいのか。

「……少し、眠るね」

ひとりにして欲しくて、瑠璃子は元樹に背中を向けて丸くなる。なんだかもう、状況があまりにも変化してしまって、気持ちが追いつかない。

数日前まで過保護で心配性な元樹から、どうやって自立しようかとそんなことを考えていた。それだって半分は本気だったが、残りの半分はまだまだこのままを望んでいた気がする。なのに。

「……お休み、瑠璃子。隣の部屋にいるから、なにかあったらいつでも声をかけるんだよ」

背後から気遣わしげな声がかけられた後、ドアが閉じる音が聞こえた。

部屋の中から完全に元樹の気配が消えて、瑠璃子はやっと息をついた。そばにいられるのが嫌なわけじゃない。でも、なんと言うか、落ち着かないのだ。今までのように安心できない。仕方がないのかもしれないが、それは少しだけ寂しい気がした。

「……どうしてこうなっちゃったかなぁ」

瑠璃子は闇を見つめて、口の中でそう呟いた。

元樹には調子が悪いと言ったが、本当はそんなことはなかった。そう言えば、ひとりにしてもらえると思っただけだ。だから、眠くもなかったはずなのだが……

温かいお粥《かゆ》を食べたせいだろうか、やがて瞼《まぶた》は重くなり、瑠璃子は転がるように眠りに落ちていった。


そこは真っ暗で、上も下もなにもわからなくて、真っ直ぐ立っているのかさえよくわからなかった。

——お兄ちゃんっ。

幼い声が聞こえて、瑠璃子ははっと振り返る。闇を切り裂いて、ひとりの少女が駆けてくるのが見えた。それは、間違うはずもない、幼い頃の自分だ。

幼い瑠璃子はなにかを追いかけるように、必死に走っている。

——お兄ちゃんっ、お兄ちゃんたら……っ！

瑠璃子が「お兄ちゃん」と呼ぶのは、今も昔も元樹ただひとりだ。必死に、泣きながら、幼い瑠璃子は元樹を呼んでいる。

——お兄……ちゃん。

けれどやがてその足は止まり、幼い瑠璃子はその場にうずくまって泣き出してしまった。ひっくひっくと肩を震わせ、けれど必死に声を押し殺して泣いている。

どうして泣いているのだろうと思った。泣かなくたって、元樹は瑠璃子が呼べばいつだってすぐに駆けつけてくれるのだから。「大丈夫だよ」と、優しい笑顔と言葉をくれるのだから。

だから、泣く必要なんてないんだよ、とその小さな肩を叩こうと瑠璃子は思った。けれど。

——もうお兄ちゃんにとって、瑠璃子は邪魔なんだ。……いらないんだ。

幼い瑠璃子の口から零《こぼ》れた言葉に、瑠璃子の指先はその小さな肩に触れる前にぴたりと止まってしまった。どうしてか、胸が痛くなった。瑠璃子の記憶の中には、こんなふうに泣いた自分はいないはず。なのに、胸が張り裂けそうに痛いのだ。

動けずにいると、ふと幼い瑠璃子が顔を上げて真っ直ぐに見つめてくる。そのガラス玉のような瞳に、瑠璃子の背筋には冷たいものが走る。

——お兄ちゃんにとって、私なんて邪魔なだけなんだよ。

幼かったその姿はどんどん大きくなり、毎日鏡の中で見ている自分と同じ姿になった。

ごくりと息を呑む瑠璃子に、もうひとりの瑠璃子が悲しげに笑いかける。

——お兄ちゃんは私の手を離した。きっといつかまた、お兄ちゃんは私の手を離すの。あの時みたいに……

あの時。それがいつのことで、なんのことなのか、瑠璃子にはわからなかった。それが知りたくて、目の前の自分に問いかけようとしたが、少しも声が出ない。

——あんな思いをするくらいなら、もう……

ふわりと体が浮き上がる感覚と共に、もうひとりの自分の姿が急速に遠ざかりはじめた。聞きたいことが、知りたいことがあるのに、瑠璃子の視界は真っ黒に塗りつぶされていく。

夢から覚めるんだと、なんとなくわかった。


カチリとドアノブが回された音を、遠くに聞いた気がした。そしてそっと静かな足音が近づいてくる気配。

誰かが……きっと元樹が部屋を覗きにきたんだろうと頭ではわかっていても、意識はまだ眠りの狭間《はざま》をさまよっていて、目を開けることができない。いや、そもそも今感じている気配が夢なのか現実なのかも、瑠璃子にはわからなかった。

「瑠璃子……」

聞き慣れた静かな声が鼓膜を震わせ、やっぱりお兄ちゃんだと瑠璃子は思う。

元樹の気配が更に近づいて、冷たい手が額《ひたい》に触れた。そしてその手はゆっくりと瑠璃子の髪の毛を撫ではじめた。そっと、優しく触れるその手が心地よくて、瑠璃子の意識は再び眠りに落ちていく。髪を撫でる感覚を遠くに感じはじめた頃だった。

「……ん」

唇に柔らかくて温かななにかが触れた。それは数秒瑠璃子の唇に触れてから、ゆっくりと離れていく。

「……お前は誰にも渡さない」

そう囁《ささや》かれた声に含まれるのは、静かな怒りだろうか。その声を残して、元樹は部屋から出て行った。

ぱたん、と閉じたドアの内側で、瑠璃子はゆっくりと瞼《まぶた》を開ける。そして指先でそっと唇に触れた。……さっきまで元樹の唇が触れていたそこに。

その感触を瑠璃子は何年も前から知っていた気がする。うたた寝をしてしまった時、唇に触れる柔らかな感触を。それは元樹といる時に限って感じていた。ずっと夢だろうと思っていた。気のせいだろうと思っていた。けれど……

……お前は誰にも渡さない。

元樹の声が耳の奥で蘇《よみがえ》って、瑠璃子は唇を噛んだ。何度思い返してみても、その声は怒りの感情を含んでいて……

なにに怒っているのか、瑠璃子にはわからない。やっぱりずっと元樹の自由を奪ってきたことに怒っているのだろうか。瑠璃子のせいで、恋愛も自由にできなかったことに怒っているのだろうか。

——だったら、どうしてキスなんてするんだろう……

考えても元樹の考えていることがわかるはずもない。それでも考えずにはいられない。

さっきまで心地よく感じていた眠気は、もうすっかり消え失せている。瑠璃子はため息をつき、今夜も長い夜になりそうだと寝返りを打った。

・

かちかちと壁に掛かった仕掛け時計が時を刻んでいく。現在、午後七時になる少し前。

瑠璃子は受付のカウンターを拭く手を止めて、深々とため息をついた。

「瑠璃ちゃん、もうすぐ王子様のくる時間じゃない？」

待合室の床を掃除していた同僚、西岡《にしおか》さなえも時計を見上げ、からかうような口調でそう言った。さなえは瑠璃子よりも二歳年上だ。面倒見がよく、気さくで、瑠璃子がこのクリニックに勤めはじめてから本当によくしてもらっている。

「さなえさん……王子様じゃないですってば」

瑠璃子は苦々しくそう言うと、片手に持った除菌剤をカウンターに吹き付け、半ばやけっぱちでそこを拭きはじめる。

「あら、王子様ってかなりぴったりな表現だと思うけど。だって、顔はきれいだし、態度は紳士的だし。ああでも、王子様ってよりは、瑠璃ちゃんの騎士様ってほうがしっくりくるかもしれないわね」

「……さなえさん……だから、王子様でも騎士様でもなくて、あれは幼なじみのお兄ちゃんです。ついでに言うなら、真子先生の弟さんです」

真顔でそう反論すると、さなえはくすくすと笑った。

「そんなのわかってるってば。ちょっとからかっただけじゃないの。でも、そのお兄ちゃん、最近どうしてここまで迎えにくるようになったのかしらね？　前まではクリニックの外で待っていたでしょ？」

元樹は瑠璃子が仕事を早退して帰ったあの日から、毎日帰る時間になるとわざわざクリニックまで迎えにくるようになっていた。今までは外で待っていて、クリニックの中に入ってくることはなかったのに。

「え？　さなえさん、お兄ちゃんが外で待っていたの、知っていたんですか？」

さなえの言葉に瑠璃子は驚く。そんな瑠璃子に、さなえは苦笑いを浮かべた。

「……まさかだけど瑠璃ちゃん、知られてないとでも思ってたの？　確かに離れたところにはいたけど、一緒に帰ってる姿はよく見てたし、知ってるわよ」

「そ、そうだったんですか」

「で、そのお兄ちゃん、最近はどうして……」

さなえがそう言いかけた時、入り口のドアがガチャリと開いた。そしてドアの隙間から、すらりとした長身の男が姿を現す。

「お疲れ様です。瑠璃子、もう終わるかい？」

「陣内先生こんばんは。瑠璃ちゃんなら、もうすぐ終わりますから」

優しい笑みのお手本のような元樹の笑みにつられ、さなえも笑顔で愛想よく答える。一分《いちぶ》の隙もなく整った元樹の笑顔に、その顔はずるいと、瑠璃子は心の中でひっそり文句を言った。

元樹の笑顔は、見慣れている瑠璃子でさえドキッとしてしまう魅力がある。それを誰にでも向けるのは、無差別テロのようなものだ。だから……誰にもそんな笑みを向けるべきじゃないんだと……

「瑠璃ちゃんは、その布巾《ふきん》を洗ったらおしまいでしょう？」

さなえの声に、瑠璃子ははっとして肩を揺らした。

「あ、はい、そうです。あ、じゃあちょっと洗ってきますね」

「慌てなくていいからね」

掃除道具を片付けるために回れ右した瑠璃子の背中に、元樹の声がかかる。その声から逃《のが》れるように、瑠璃子は小走りにその場を去った。

――私、なに考えてるの。あれじゃあ嫉妬《しっと》みたいじゃない……っ。

誰にも……自分以外の誰かに、元樹が微笑みかけているのが嫌だと思うなんて、どうかしている。元樹が誰に笑いかけようと、そんなものは元樹の自由のはずだ。でも……

わかっているが、無意識に嫌だと思ってしまったのは事実だった。

「そ、そうよ。あのキラースマイルにやられて、勘違いする人がいるかもしれないもの。それにお兄ちゃんてば、あんなに人当たりがよさそうに見えて、実はあれだし……」

言い訳がましくぶつぶつと独り言を言いながら、瑠璃子は自分で発した言葉に頬を赤らめた。

――あんな……あんな、強引な人だなんて、きっと誰も思わない。

瑠璃子の体をベッドに縫い付け、全てを奪い尽くそうとする元樹の手の感触が体中に蘇《よみがえ》って、瑠璃子は布巾を握りしめたままで俯《うつむ》いた。思い出すだけで、体が熱くてたまらない。

「……って、ああもうっ。なに考えてるのよ」

頭の中を占める元樹の姿を追い払うように瑠璃子は首を振り、手に持っている布巾をごしごしと洗った。掃除道具を所定の場所に片付け、診察室をぐるりと見回し最終確認をする。そして着替えをして待合室に行くと、既に着替えを終えたさなえと元樹が楽しそうになにやら話しているところだった。

ふたりの姿を見て、どうしてか胸の奥にもやっと黒い影が広がった気がした。

「ああ、瑠璃ちゃん。遅かったのね」

なにを楽しそうに話していたのだろう……。そう思うと、黒い影が胸の中で更に広がる。

「あの、診察室の確認をしに行っていたので……」

自分の口から出た声は、かなりぶっきらぼうなもので、瑠璃子は自分の声にひどく驚いた。そして慌てて明るい調子で続ける。

「電気も全部消してきたので、大丈夫ですよ」

「そう。じゃあ後は施錠して帰りましょうか」

気付いていない様子のさなえにほっとしながら、瑠璃子は入り口に向かう。そんな瑠璃子に、元樹は手を差し出してきた。

「鞄、持ってあげるから」

「いや、だから、鞄くらい、自分で持てるったら。そ、それに重くもないんだから」

「いいから」

「あ、ああっ」

元樹は大股で瑠璃子に近づくと、手にしていたトートバッグを引ったくってしまった。

クリニックに迎えにくるようになってから、毎日このやりとりを繰り返している。もう、一週間以上もずっと拒否しているというのに、結局最終的にはこうして鞄を奪われてしまう。

「瑠璃ちゃん、せっかく言ってくれてるんだから、素直に持ってもらったらいいのに」

ふたりのやりとりを見ていたさなえのため息まじりの言葉に、瑠璃子は曖昧《あいまい》な笑みを浮かべた。

ただ持ってくれるだけならば、瑠璃子だってこんなに拒否したりはしない。けれど、この後鞄は瑠璃子に返されることなく、元樹の部屋まで持ち込まれるのだ。

そして鞄を取り戻すため、瑠璃子も結局は元樹の部屋に上がらなければならなくなるのだから、拒否だってしたくなる。

「瑠璃子は意地っ張りなんですよ」

「それにしても、陣内先生。最近はどうしてここまで迎えにくるようになったんですか？」

突然のさなえの質問に、瑠璃子はフリーズする。それは瑠璃子が聞きたいと思いながらも、聞けずにいたことだ。元樹は一瞬その顔から表情を消したが、すぐににっこりと微笑む。

「……聞いてるかもしれませんが、瑠璃子のお母さんから彼女のことはよくよく頼まれているんですよ。だから、悪い虫が付かないように目を光らせているんです。それに、この前は具合が悪くて早退したりもしているし、心配で」

「随分、過保護なんですね」

元樹の言い分に、さなえは呆《あき》れたような声を出す。確かに最近の元樹は輪をかけて過保護に見えるだろう。けれど、今の元樹のそれは、過保護とは少し違う気がしていた。

「過保護ぐらいじゃないと。瑠璃子ってほら、鈍くさいじゃないですか。だから見ていてあげなくちゃって気になるんですよ」

「あー、なるほど、そういうことね。それは納得です」

「さなえさんってば、そこで納得しないでください」

おかしそうに笑うさなえに、瑠璃子はむっと口を尖《とが》らせた。

「ごめん、ごめん。でもあれね、瑠璃ちゃん。心配してくれる人がいていいわね」

「そ、それは……そう、かもしれませんけど……」

さなえの言葉に瑠璃子は思わず口ごもる。確かに元樹がそばにいてくれて、ありがたいと思ったことは何度もある。今だって……そう思っている。でも、もうそれだけじゃなくて。

「まあとりあえず、こんなところでいつまでも立ち話しているものじゃないわよね。それじゃあ、瑠璃ちゃん、陣内先生お疲れ様でした」

「あ、お疲れ様です」

手を振りながら出て行くさなえを見送って、瑠璃子も手を振る。ドアがパタンと閉じられると、元樹が再び瑠璃子に向かって手を伸ばしてきた。

「じゃあ、瑠璃子。俺たちも帰ろうか」

「う、うん」

自分に向かって伸ばされた手の意味を瑠璃子は知っていたが、わざとそれを無視して元樹の前をすり抜けドアに手をかける。けれどほんの少し開いたドアは、元樹の手によって閉じられてしまった。

「瑠璃子。ほら」

少しだけ怒った顔でなおも手を差し出してくる元樹に、瑠璃子は俯《うつむ》いて首を振る。

「だ、大丈夫だから。本当に大丈夫。子どもじゃないんだったら」

「子どもよりもタチが悪いだろう？　誰もつまずかないような段差で転ぶ奴なんだから、瑠璃子は。この前だって、カーペットにつまずいたの誰だよ」

くすくすと肩を揺らして笑いながら、元樹が強引に瑠璃子の手を取る。そして、しっかりとその手を握りしめた。

「瑠璃子は危なっかしいから、こうして掴《つか》まえておかなきゃね」

握りしめてくる大きな温かい手を、瑠璃子は握り返さない。けれど、振りほどくこともしなかった。

振りほどいたところで、元樹はまた瑠璃子の手を掴まえる。だから、このまま行くしかないのだ。

「じゃあ、また買い物して帰ろうか」

瑠璃子は元樹について歩き出した。

「あっ。あの、本屋さんに寄ってもいい？　今日、予約していた本の発売日なの」

元樹とこんなことになる前、すごく読みたいと思って予約していた本だ。発売日は覚えてはいたが、正直なところ今となっては読書をする気力もない。けれどそのままにしてもおけない。

「本？　いいよ、いつもの書店？」

「うん。すぐに済むから」

「構わないよ。俺も久しぶりに覗きたいし」

にこやかに答える元樹に手を引かれ、近くの書店に立ち寄る。

「じゃあ、俺はちょっとあっちを見てくるから」

やっと手が離されたことにほっとしながらも、瑠璃子はその場を立ち去ろうとしている元樹の背中に慌てて声をかけた。

「あ……っ！　お兄ちゃん、鞄っ」

「ああ、そうだったね。財布がないと困るね。はい」

元樹は勝手に瑠璃子の鞄の中を探ると、財布だけ取り出して差し出してきた。

「……鞄ごと渡してくれたらいいじゃない」

財布を受け取りつつもぼそりとそう言うと、元樹はにやりと悪魔のような笑みを浮かべた。

「鞄ごと返したら、瑠璃子が隙を見て逃げ出すかもしれないからね」

「そ、そんなことしないもんっ」

本当にそんな企《たくら》みは考えもしていなかった。なのにそんなふうに疑われ、瑠璃子はかっとして反論した。口元をへの字に曲げている瑠璃子に、元樹はふっと相好《そうごう》を崩す。

「うん。どうやらそのつもりはなかったようだね。まあ瑠璃子がそんな小狡《こずる》いこと考えられるとは思ってはいなかったんだけど、一応……ね。じゃあ、また後で」

上機嫌で片手を上げて去って行く元樹の背中を見つめながら、瑠璃子はがっくりと肩を落とした。

――ダメだ。逃げる気なんてなかったけれど、逃げようと思っても逃げられない……っ。

そう悟る。元樹は瑠璃子よりもずっとずっと頭の回転がいいのだ。しかも瑠璃子の行動パターンを熟知している。とても逃げられるはずがない。

こうやってなにをしても無駄なのだと思い知ることで、逃げる気力ごと根こそぎ奪われてしまう気がする。いや、きっと奪う気なのだ。

――ううん！　でも、いつかきっと。

そう決心はするものの、そのいつかの見当も付かない。

瑠璃子はファッション誌を確認した後に、予約した本を受け取るため会計カウンターへと向かった。

「すみません。先日本を予約していた崎本と言いますが……」

「あ、今確認しますね」

対応してくれたのは、見慣れない若い男性店員だった。

「崎本様ですね」

そう言いながらパソコンを操作する男性店員は、「ええっと」だとか「こっちじゃない」とか言いながら焦った表情をしはじめた。きっとまだシステムを覚え切れていないのだろう。

「す、すみません。不慣れで……」

必死にモニター画面に視線を走らせながらも、彼は申し訳なさそうにそう口にする。

瑠璃子は大きく首を振った。

「いえ。大丈夫です。私もパソコンは苦手なんで」

仕事の時にもよくする作業ならば問題はないが、時々しかしないような操作の時には説明書を引っ張り出すことも少なくない。説明書を見たってわからなくて、助けを求めることだってある。

「急がなくても大丈夫ですから」

「ありがとうございます……っ、あった！」

やっと探していた画面にたどり着いたのか、男性店員はほっとした表情で顔を上げる。

瑠璃子と目が合い、どちらともなくふっと笑みが浮かんだ。

「お待たせしてすみませんでした。こちらで間違いないですか？」

「はい。ありがとうございます」

「本当にお待たせしてすみませんでした」

「いえ。大丈夫ですよ」

小さなトラブルがあったせいだろうか、それともパソコンが苦手な自分と重ねて見てしまっているせいだろうか、瑠璃子は妙にこの店員に親近感を感じた。心の中で「頑張ってね」とエールを送りつつにっこりと微笑んで本を受け取る。

「瑠璃子」

本を受け取って会計のカウンターから離れてすぐに、背後から元樹に声をかけられ、手にしていた財布と本を引ったくられる。そして元樹は、それらをさっさと瑠璃子の鞄の中に仕舞った。

「お兄ちゃん。もう本は見終わったの？」

「うん、欲しい本がなかったからね。さあ、行こうか」

元樹は瑠璃子の手を再びしっかり握ると、足早に歩き出した。

「え？　あ、あの、お兄ちゃん、ちょっと……」

「なに？　もう用事は済んだんだよね？」

元樹はそう言って振り返ったが、その足を止めてはくれなかった。しかもにっこりと微笑んでいるが、答えを間違えばこの場で食べられてしまいそうな雰囲気をびしびしと放っている。

「う、うん。済んだ」

「だよね。だったら行こう」

本当はもう少し見たかったとは言えず、瑠璃子は引っ張られながら書店を後にした。

それからいつものように夕食の買い物をして、元樹の部屋に入る。鞄を人質に取られているので、そうするより他ないとも言えるのだが。

ちなみにポストの奥に貼り付けておいた鍵はあっさり見つかり、防犯上よくないからという理由で没収されてしまった。

そしてこれまたいつものようにふたりでキッチンに立ち、夕食の準備をする。出来上がったら、一緒に「いただきます」をする。何気ない日常の会話をしながら夕食を取り、ふたりで後片付けをする。

これだけならば、今までとなんら変わりない日常だ。こんな時間だったら、瑠璃子だって大歓迎なのだけれど……

「瑠璃子、はい、口開けて」

「……お兄ちゃん」

「なんだい？」

元樹は一口サイズにしたロールケーキを乗せたスプーンを瑠璃子に差し出しながら、首を傾《かし》げる。

「なんだかこれ……おかしいよね？」

「おかしくないと思うけど」

真顔でそう言われ、瑠璃子は肩から力が抜けてしまった。長いため息が口から漏れる。

「そんなことよりも、せっかく瑠璃子のために取り寄せたんだから、食べてみなよ。ほら、あーん」

調子が悪くて早退したあの日、瑠璃子にお粥《かゆ》を食べさせたことで母性でも目覚めてしまったのだろうか。元樹はなんだかんだと言っては、瑠璃子にこうして食べさせたがる。

この年になって「あーん」を強要されるとは思っていなかったが、問題はそれだけではなかった。

「お兄ちゃん、わかった。百歩譲って『あーん』は受け入れる。だけど、なにも膝の上に座る必要はないんじゃない？」

そう、元樹は瑠璃子になにかを食べさせようとする時、必ず自分の膝の上に座らせるのだ。そして現在、瑠璃子はソファに深く腰掛けた元樹の膝の上に、横向きの姿勢で乗せられている。

ぴたりと体が密着し、速まる鼓動が伝わってしまいそうでひどく居心地が悪い。

「百歩譲るなら、もう一歩譲ってこれもいいことにしたらいいだろう?」

「あ、あと千歩くらい譲らないと無理だってばっ」

「だったら千歩譲ればいい。俺はもう何年も前から瑠璃子には譲りっぱなしだよ? それこそ千歩じゃ足りないくらい……ね」

「……うっ」

それを言われてしまうと、瑠璃子は反論できない。元樹はずっと自分のことそっちのけで瑠璃子の世話を焼いてきてくれたのだ。その厚意に甘えまくってきたからこそ、元樹の中のなにかが切れてしまったのだろうから。

元樹をこんなふうにしてしまったのは、他の誰でもない瑠璃子自身。

そう思うたび、胸がずきりと抉《えぐ》られるように痛む。

「わ、わかったわよ。仕方ないから千歩譲る」

「最初からそう言っていれば可愛いのに。本当に瑠璃子は意地っ張りで困るね。はい、じゃあ口開けて」

口元にスプーンを寄せられ、瑠璃子は大人しく口を開けた。そして、差し出されたスプーンをぱくりと口にする。途端、ふんわりと優しいクリームの味が広がった。

「……美味《おい》しい」

「そう、よかった。きっと瑠璃子の好みだろうと思ったんだ。ほら、まだあるよ」

嬉しそうに微笑みながら、元樹はスプーンを差し出してくる。瑠璃子は再び口を開けてそれを受け入れた。柔らかなスポンジが口の中で解《ほど》けて、控えめな甘さを楽しむ。

初めのうちは味を楽しむ余裕などなかったが、今では悪い意味で馴らされたのか、口の中に入れられたものを味わうことができるようになってしまった。

「……お兄ちゃん。その、ロールケーキはとっても美味しいんだけど、こうも毎日甘いものを食べてたら、さすがに太っちゃうわ」

昨日はフルーツゼリー、その前は果肉入りのストロベリーアイス、その前はマカロンだとか、チーズケーキだとか……もう思い出せない。

「しかも、自分は食べないくせに」

「俺は瑠璃子が太っても全然構わないよ。むしろ太ったらいいんじゃないか？　今は少し細過ぎるんだ。はい」

くすっと笑いながら、元樹は瑠璃子の口にスプーンを差し入れる。

「俺は瑠璃子が美味しそうに食べてくれたらそれで満足だし。……それに」

ふとそれまで優しかった元樹の瞳が、妖艶《ようえん》な光を放った。口の中のロールケーキを呑み込んでいた瑠璃子は、思わずむせそうになる。

ドキッと鼓動が跳ね上がる。

「瑠璃子。クリーム付いてる」

「……あ」

それまで瑠璃子の腰を支えていた元樹の手が後頭部に添えられた。端整な顔が間近に迫って、瑠璃子の唇の端をぺろりと舐《な》め上げる。

睫《まつげ》さえ触れ合ってしまいそうなほどの至近距離で、元樹はクリームよりも甘く囁《ささや》く。

「甘いものは苦手だけど、お前が甘いのは大歓迎だ」

「……ん、ふ」

後頭部に添えられた元樹の手が瑠璃子の頭を引き寄せ、唇が重なった。深く重なった唇の間から元樹の舌先が瑠璃子の口内に忍び込む。そしてそれは瑠璃子を味わうように、くまなく口内を探っていく。

ピチャピチャと濡れた音を立てて舌先が絡まる度《たび》に、瑠璃子は頭の芯がぼんやりとしていくのを感じていた。吐き出す息が、熱く弾《はず》み出す。

「……美味《おい》しい」

——それはクリームが……？　それとも、私が？

そんな疑問が頭をよぎった。

「瑠璃子、すごく色っぽい顔をするようになったね。そんな顔、絶対に誰にも見せてはいけないよ」

元樹は口元に薄く笑みを浮かべ、濡れた瑠璃子の唇を指先で拭《ぬぐ》う。

「そ、そんな顔……して、ない」

「してるよ。その顔は誘ってるって思われたって仕方がない。鏡で見せてあげようか？」

「い、いいいっ」

瑠璃子は慌てて両手で顔を覆って俯《うつむ》いた。鏡なんて見せられなくたって、自分でもよくわかっている。頬は赤く火照《ほて》っているし、瞳はうっすらと潤《うる》んでいるはずだ。誘っているつもりなどないが、そう思われても仕方のないほど、蕩《とろ》けた表情をしているに違いない。

「……まあ、瑠璃子はどんな顔をしていても可愛いから大丈夫だよ」

くすっと耳元でそんなことを囁かれても、慰《なぐさ》めているようには聞こえない。それどころか、煽《あお》られている気さえする。それとも、面白がっているのだろうか。

「今日は疲れた？」

「え？　う、うん。疲れた……かな」

突然に話の流れが変わったことにほっとしながら、瑠璃子は手のひらで覆ったまま、少しだけ顔を上げた。「疲れた」そう答えておくのが無難だと思ったのだが、自分を見つめる元樹の瞳に、その答えがまったく無難ではなかったことを知らされる。

「疲れた顔をしていると思っていたんだ。だから、俺がお風呂に入れてあげるよ」

「ええっ？　あ、ちょ……っ」

元々横抱きの姿勢で元樹の膝に座っていたせいで、抵抗する暇もなく瑠璃子の体は抱き上げられてしまった。

「暴れると落としてしまうかもしれないよ。お尻から落ちたら痛いよね、きっと」

その言葉で、暴れようとしていた瑠璃子の体は、ぴたりと止まった。元樹の身長は平均的な男性のそれよりも高い。しかも足元はフローリング……。確かに落ちたら相当痛い思いをするだろう。

――それに、今更逃げようと思ったって、お兄ちゃんが逃がしてくれるわけないか……

そう思うと、抵抗すること自体が無駄なことに思えて、瑠璃子は手足から力を抜く。

大人しく腕に収まる瑠璃子に、元樹は満足げな笑みを向けてきた。

「そうそう、そうやって大人しくしていればいいんだよ。それに、別に初めてってわけでもないんだから、今更恥ずかしがることもない」

「……っ」

それを言われてしまうと、瑠璃子としてはなにひとつ反論できない。確かにもう何度もこうして元樹に浴室まで運ばれてしまったが……恥ずかしいことには変わりはなかった。

――恥ずかしいから許して……ってお願いしたら、許してもらえるかな？

「俺の好きにしていいんだろ？」

甘い考えが首をもたげたのを見透《みす》かしたように、元樹が試すような口調でそう言った。

「だから、女に二言はないって何度も言ってるでしょうっ？　好きにしたらいいじゃない。どうぞどうぞ！」

条件反射のように啖呵《たんか》を切ってから、瑠璃子は激しく自己嫌悪に陥《おちい》った。意地っ張りもここまでくると救いようがない。

「うん、きっとそう答えてくれると思っていたよ。瑠璃子は素直で可愛いね」

こらえきれないとばかりに元樹がくすくすと肩を揺らす。

──素直で可愛いなんて。単純でおばかだって言いたいんでしょうがっ。

と、心の中で毒づく瑠璃子だったが、自分でもばかなのは重々承知なので、反論できなかった。そしてもう、この台詞《せりふ》を言ってしまった後では、どんなことをされても、反論も抵抗もできない。

「さあ、脱がせてあげるから腕を上げて」

「…………はい」

脱衣所に連れてこられた瑠璃子は、元樹の言葉に従って渋々腕を上げた。裾《すそ》からめくり上げられ、あっという間にカットソーを脱がされてしまう。ブラ一枚にされ、やはり恥ずかしくて瑠璃子は腕で胸元を隠した。

「はい、次はストッキング。足を上げて」

元樹の指先が丁寧に、瑠璃子の足からストッキングを脱がしていく。するすると足を滑っていく指の感触に、腰の奥がぞくりと波打ったのはきっと気のせいだ。

ストッキングに続きスカートもあっさりと脱がされ、下着だけの姿になる。必死に腕で胸元と下腹部を隠そうとしていた瑠璃子だったが、その手はさっさとよけられ、元樹に下着もはぎ取られてしまった。

「ほら、先にお風呂に入って温まっていなさい。お湯はもう入っているから」

――既にお湯がたまっているってことは、私がどんな返事をしようとも、初めからここに連れてくる気だったのね。なんて狡猾《こうかつ》な……っ。

と、文句のひとつも言ってやりたいところではあったが、一刻も早く裸の体をお湯に沈めてしまいたかったのでそれは泣く泣く諦める。

……と言うか、ヘタな反抗心を出さないほうが利口であるということを、さすがの瑠璃子も学習していた。

ざぶりとお湯に浸《つ》かっていると、ほどなくして元樹も浴室に入ってくる。そして、すぐに体を洗いはじめた。続いて髪の毛も洗い終えると、にっこりと笑って湯船の中の瑠璃子を見た。

「瑠璃子、おいで」

促《うなが》され、瑠璃子はやはり胸と下腹部を腕で覆い隠しながら、湯船を出る。そして、元樹の前にあるプラスチックの椅子にちょこんと腰掛けた。

「お湯、かけるよ」

今にも鼻歌でも歌い出しそうな上機嫌な声と共に、熱いお湯が背中を叩いた。

「熱くないか？」

「……大丈夫。それよりも、お兄ちゃんのほうこそ寒くないの？」

シャワー派の元樹は、お湯に浸《つ》かっているのが苦手らしく、湯船には入ってこない。それほど広くない湯船に、大人がふたりも入ってしまっては色々なところが密着してしまうので、それはありがたいのだが……

瑠璃子の体が冷えるのを心配してばかりで自分の体のことを気にしていない元樹が、瑠璃子としては時々心配になってしまう。

「たまには自分の体にもかけないと、冷えちゃうよ。……って、べ、別に心配してるわけじゃないからね。もしお兄ちゃんが風邪でも引いたら、私のせいみたいで気持ちが悪いだけなんだからねっ」

こんな状況で元樹の心配をしてしまった自分がなんだか悔しくて、瑠璃子は思いきり早口でツンデレを炸裂させる。

けれどやっぱりそんな気持ちさえ見透《みす》かしているかのように、背後から楽しそうに「くすっ」と笑う声が聞こえた。

「ああ、大丈夫だよ。大人なんだから、それくらいちゃんと気にかけてるさ。風邪なんて引かないよ」

「……な、ならいいの」

「うん、大丈夫」

それ以上口にする言葉が見つからなくて、瑠璃子はきゅっと唇を噛んだ。元樹にされるがままに髪の毛を濡らされながら、瑠璃子はなにか話題はないかと脳細胞をフル回転させていた。

沈黙が苦しくてたまらない。黙っていると、これから自分が元樹にされるであろうことを想像して、体中の細胞がその感覚を思い出してしまいそうで……

――やだ、これじゃあまるで、期待してるみたいじゃない。そんなわけ、ないんだから……そんなわけ……。ない、よね?

「……っわぷっ」

シャワーのお湯が頭のてっぺんからかけられ、頭に浮かんでいた思考は泡のようにぱちんと弾《はじ》けてしまった。

「瑠璃子、髪の毛洗ってるんだから、ぼうっとしない。ほら、しっかり目を閉じて」

「わ、ん、うん」

——助かった。

考えたくないことを考えずに済んだと瑠璃子は思った。同じことをもう考えないように、瑠璃子はぎゅっと目を閉じる。耳の横を流れ落ちる水音が止まり、柔らかな感触が頬に触れて目を開けた。肌触りのよいタオルが、瑠璃子の顔を濡らす水滴を丁寧に拭《ぬぐ》っていく。

「大丈夫？　目に入らなかった？」

「……う、うん」

向けられる優しい瞳に、くらりとするほど心臓が大きく高鳴った。

「シャンプーの泡が入ったら大変だから、タオルで目を覆っておくといいよ」

そう言いながら、元樹は手のひらで丁寧に泡立てたシャンプーを、瑠璃子の髪に広げていく。ゆっくりと壊れものを扱うような手つきで髪の毛を洗われるのは、何度されてもやはり照れくさい。

裸を見られるのとは別の恥ずかしさだ。なんと言うか……そう、自分自身よりも瑠璃子を大切に扱ってくれている気がして。

「ほら、終わったよ」

コンディショナーを洗い流し、元樹は瑠璃子の手からタオルを取ると、濡れた髪の毛を拭う。その間も瑠璃子の体が冷えないように、熱いシャワーを全身にかけ続けている。

「目は痛くない？　寒くはないか？」

されるがままになりながら、瑠璃子は首を左右に振った。本当に大事に扱われ、どうして元樹とこうなっているのかという経緯さえ忘れてしまいそうになる。いや、忘れたくなる。

「……お兄ちゃん、甘やかし過ぎだよ。甘過ぎ」

ふん、と強気に言い放つつもりだったのに、瑠璃子の声は消え入りそうなほどに弱々しかった。いつも通りの強気な態度を貫けなかったのは、きっとのぼせてしまったせいだと自分に言い聞かせる。決して、本当は元樹に疎《うと》ましがられている事実に傷付いているからじゃない。

「甘いかな？」

背後にいる元樹がどんな顔をしているのか、瑠璃子にはわからない。けれど同時に、元樹からも今瑠璃子がどんな顔をしてるのかわからない。それはありがたかった。傷付いた表情を隠しきる自信が、今はない。

「うん、甘いよ。こんなに甘やかさないで。前にも言ったけど、人としてダメになっちゃうから」

必死になんでもない声を出そうとしてみたが、いくらか声が震えてしまった。どうか気が付かないでと祈る。

「ダメになればいいって、前にも言わなかったっけ？　いっそダメになってしまえばいいんだよ、瑠璃子……」

「あ……んんっ」

背後から長い腕に絡め取られ、覆い被《かぶ》さるように唇が塞《ふさ》がれた。こじ開けられるまでもなく、うっすらと開いた唇を割って、元樹の舌が口内に差し入れられる。もう何度となく唇を重ねてきたせいか、無意識に瑠璃子の舌は元樹の舌の動きを追ってしまっていた。

舌先が絡まり、吸われるその度《たび》に、シャワーの熱とは別の熱さが体の奥から湧き上がってくる。それとは対照的に背後から抱きしめてくる元樹の腕と体は、ひんやりと冷たい。

「お兄ちゃ……体、冷たい」

「大丈夫だよ」

やっと真っ直ぐに絡み合った元樹の目は、体の冷たさとは対照的に熱い欲望を秘めているように見える。

「とりあえず、今すぐ瑠璃子をダメにしてしまおうと思うんだけど、構わないか？」

「……それ、拒否権ってあるの？」

瑠璃子の言葉に元樹は逡巡《しゅんじゅん》した後、苦笑いを浮かべた。

「ないな。それに……」

そう言うと元樹は目を細めて、射貫《いぬ》くような視線を投げかけてくる。

「お仕置きもしなくちゃいけないからね」

「お、お仕置き？」

その不穏な響きに、瑠璃子の声は思わずひっくり返る。そんなことをされる原因に、心当たりは欠片《かけら》もない。多分……おそらく、ない、はず。

そうぐるぐる考えていると、不意に体の向きを変えられ、元樹の膝の上に横向きに抱えられてしまった。瑠璃子は小さな悲鳴を上げて、咄嗟《とっさ》に腕で体を隠す。何度見られても、恥ずかしいことには変わりがない。

「わ、私がなにをしたって言うの？」

恥ずかしさで赤く染まった顔を見られないように俯《うつむ》き、瑠璃子はそう言った。今日一日あったことを思い返してみたのだが、やはりお仕置きなんてされる理由が思い浮かばない。ちらりと元樹を見上げると、彼はぐっと眉間に力を込めた。

「……なにを楽しそうに話してたんだ？」

「え？」

元樹の長い指が瑠璃子の顎《あご》をとらえ、俯けていた顔を持ち上げる。元樹の瞳の奥に、ゆらりと炎が揺れている気がした。

「さっき……あの書店で。あの店員と随分楽しそうだったね」

「あ、あれは、あの店員さんが予約の確認に手間取って、それで……」

やましいことなどなにもないのだと、瑠璃子は必死に説明しようとした。けれどそれを遮《さえぎ》るように元樹の指が瑠璃子の唇に押し当てられる。

「理由なんてどうでもいいんだよ、瑠璃子。俺以外にあんな笑顔を向けたらダメだろ？　お前は俺にだけ笑っていればいいんだ。だから……お仕置き」

「な、なにそれ……っ」

——お兄ちゃんだって、さなえさんと楽しそうに話をしていたじゃない！　キラースマイル振りまいていたじゃない！　自分はよくて私はダメって、そんなの勝手過ぎない!?

文句ならば山ほどある。けれど自分を見つめてくる元樹の瞳を見ていると、どれも言葉にはならなかった。

——それは独占欲？　まるで嫉妬《しっと》されてるみたい。

そんな誤解をしてしまいそうになって……

だけど、そんなはずはない。元樹はただ、自分が味わった窮屈さを瑠璃子にも味わわせたいだけだろう。

「だからお仕置きだよ。いいね？」

——いいはずないじゃない。

瑠璃子のそんな気持ちは、元樹の唇によって掻き消された。

元樹の唇が触れ、舌が絡み合うだけで、思考は鈍《にぶ》っていく。瑠璃子の体はそんなふうに変えられてしまったのだ、元樹の手で。

深く口づけを交わしながら、瑠璃子の体は持ち上げられ、脱衣所に連れて行かれた。タオルで体を拭かれつつも、互いを混ぜ合うように唇を重ね合う。

「あ……ふ……」

それだけで瑠璃子の呼吸は甘く色づき、膝から力が抜けていくようだ。かくんと崩れ落ちかけた体をそのたくましい腕で抱き留められる。そしてそのまま裸の体を抱え上げられ、ベッドルームに運ばれてしまった。

シーツの海に沈められて……何度もそうされたように、瑠璃子の素肌を元樹の指が、唇が、舌がくすぐっていく。それでなくてもお風呂で温まっていた体は、あっという間に熱くなった。

「や……んっ、んあ……っ」

元々感じやすいのか、それとも元樹にそういう体にされてしまったのか。吐息がかかるだけで、びくんと体が浮き上がるほどに反応する。

「可愛いね、瑠璃子。全身真っ赤だ」

「ん……っ、んんっ」

胸の先を執拗《しつよう》に舐《ねぶ》っていた元樹の唇が、柔らかく肌に触れながら下腹部に向かって下りていく。足の付け根にきつく吸い付かれ、その刺激に瑠璃子の背中は思わず仰《の》け反《ぞ》る。それからも元樹の唇はちゅっと小さな音を立て、何度も瑠璃子の下腹部や足の付け根に吸い付いた。

「あ……っ、や、んっ。ん、だ、ダメ……」

そうされる度《たび》、まだ触れられてもいないのに体の奥へと続く場所が、ずきずきと痛みを伴って疼《うず》き出す。

――やだ、これじゃあ欲しがってるみたいじゃない。そんなんじゃないのに。

熱に浮かされたようにぼんやりした頭で、瑠璃子は必死に快楽に絡めとられた自分を否定しようとした。けれど。

「ほら瑠璃子。全部見せてごらん」

「あ……っ、ヤダ……」

嫌だという言葉とは裏腹に、元樹の手で簡単に大きく足を開かれてしまう。抵抗しようと思ってはいるのだ。けれどもう力が抜けて、咄嗟《とっさ》には体が動かなくて……大きく開かれた足の間に、元樹の頭が埋《うず》められた。

ぬるりと生暖かい舌先が敏感な花芯に触れ、全身に痺《しび》れるほどの強烈な快楽が駆け抜ける。

「あ……っ、ああ！」

花芯をゆっくりと舐《ねぶ》られる度《たび》、自分を保てなくなってしまうほどの官能に身を焼かれ、瑠璃子は無意識にきつくシーツを握りしめた。そうしていないと、本当にどこか遠くに飛ばされてしまいそうで、怖くなる。

そして膨《ふく》らんだ快感が体の奥でパチンと弾《はじ》け、瑠璃子は全身を硬直させて小さく痙攣《けいれん》した。軽く達してしまった体は鉛《なまり》のように重たい。もう休みたい、そう思ったが、元樹がそう簡単に休ませてくれるはずもない。

「まだ寝かせてあげないよ」

瑠璃子の考えていることを読んだかのように、元樹は足の間に埋《うず》めていた顔を上げ、にやりと妖《あや》しげな笑みを浮かべた。その妖艶《ようえん》ともいえる笑みに、さっき達してしまったばかりの体がきゅんと疼《うず》く。

「だってほら……瑠璃子だって欲しいんだろ？」

「そ、そんなんじゃ……ふ、ぁああっ！」

そう口では否定しても、体は嘘がつけない。すっかり蜜で濡れた瑠璃子の花びらは、簡単に元樹の熱い杭《くい》を呑み込んでしまう。

一気に最奥まで穿《うが》たれ、呼吸さえできなくなる。目の前も頭の中も真っ白になるほど、与えられる快感に絡め取られ、支配される。

「あ……っ、ああっ、ダメ……っ、んく……っ！」

何度も何度も激しく中を抉《えぐ》られ、止めようもなくはしたない声が口から零《こぼ》れた。元樹と繋《つな》がっている場所からは高く濡れた音が響いているが、もうそれを恥ずかしいと思う余裕さえない。

腰を高く持ち上げられ、背後から深い場所を突き上げられる。内側から喰い尽くさんばかりの凶暴な快楽が膨らみ、瑠璃子は歯を食いしばりシーツを握りしめた。

「も、もう……ダメ……ぁあっ！」

限界ぎりぎりまで追いつめられた体は、けれど元樹が動きを止めたせいで強制的に快楽を解放することを止められてしまった。

そうされるのはもう何度目だろうか。さっきから瑠璃子が達しそうになると、元樹はこうして動きを止めてしまう。熱く切ない疼きが膨らむだけ膨らんで、今にもどうにかなってしまいそうだ。瑠璃子は、体を小さく震わせた。もう、我慢できない。

「……お、にいちゃん……。もう、苦しい……許して」

自分から強請《ねだ》るような言葉に、これ以上熱くなりようもないと思っていた頬がかっと熱くなる。恥ずかしさで視界が潤《うる》んだが、我慢できないほど苦しくて仕方がない。どうにかして体の中に膨らんだ熱を解放して欲しかった。

背後からくすっと笑う気配を感じる。だけどそんな元樹に「笑わないで」と文句を言う気力ももうなかった。

「そんなに欲しい？」

元樹の舌が首筋を舐《な》め上げ、瑠璃子の背中は弓なりに仰《の》け反《ぞ》った。

「も……許して」

首を捻《ひね》って見上げた元樹の顔は、美しい悪魔のようだ。

「これはお仕置きだって言っただろう？　俺の感覚をきちんと覚えるまでやめる気はないよ」

「そ、そんなの……」

――もうすっかり覚えてる。

そう言おうと思ったが、元樹が再びゆっくりと瑠璃子の中で動きはじめ、一瞬でなにを言おうとしていたのかもわからなくなってしまった。じらすような緩慢《かんまん》な動きは、じわじわとした快楽を与えてくる。だけど最後まで達することは許されず、むしろ責め苦のようだ。

「ねえ、瑠璃子。ちゃんと俺の感覚を覚えた？」

元樹の問いに、瑠璃子は何度もうなずく。

「俺以外の男に体を開いたりしないね？」

言われるまでもない。こんな恥ずかしい姿、他の誰にも見せられない。そう思いながら、またうなずく。

「ちゃんといかせて欲しい？」

その質問に、瑠璃子はほんの少しの間を置いてうなずいた。僅《わず》かに残っている理性は、もうなんの役にも立たない。

「じゃあ、もう他の男に笑いかけたりしないんだよ？　約束できる？」

自分はキラースマイルを振りまいているくせに、なんて勝手な約束なんだろう――、そう思ったけれど、もう今にも弾《はじ》けてしまいそうな快楽が苦しくて苦しくて……。瑠璃子は結局、ここでもうなずいた。

「そう、約束だよ。いい子だね」

「あっ……ああ！」

緩慢だった動きは一転し、激しく瑠璃子の中を抉《えぐ》ってきた。何度も何度も甘い疼《うず》きに体を貫かれ、目の奥で白い火花が弾ける。

既に限界間際まで追い込まれていた体は、あっという間に高みに昇らされてしまった。

「…………………っ!!」

もう声も出せずに、大き過ぎる快楽の波に呑み込まれる。それでも止まらない元樹の動きに、弾けたはずの快楽が再び体の奥で膨《ふく》らんでくる。

「あ……ああっ、も、もう……ダメ……ねえ、あ、ん、ぁああ……っ」

「ダメじゃないだろ、瑠璃子。まだだよ、もっとだよ、もっと。じゃないとお仕置きにならない」

もうこれ以上は無理だと思うのに、瑠璃子の体は貪欲《どんよく》に幾度となく元樹を受け入れ、その度《たび》に自分そのものが壊されてしまわんばかりの快楽に身を震わせた。

「……ふ、ぁああ、ん、んあああっ！」

もう何度目かになるかわからない絶頂に、がくがくと体を痙攣《けいれん》させた後、瑠璃子の体からは完全に力が抜け落ちてしまった。もう指先ひとつも動かせず、それどころか意識も半分落ちかけている。

「瑠璃子」

弾《はず》む熱い吐息が耳朶《じだ》を掠《かす》め、もう動きようもないと思っていた瑠璃子の体はひくんと小さく震えた。思考回路はもうすっかり麻痺《まひ》してしまっているというのに、体の感覚だけは一向に麻痺する様子もなく、僅《わず》かな刺激にさえ簡単に反応してしまう。

「……お休み」

そう言って抱き寄せてくる元樹の体は、もう少しも冷たくはなかった。それどころか熱いくらいだ。なのに、その体は小さく震えている気がした。

頬を掠める元樹の熱い吐息が、深く規則的なものに変わるまで時間はかからなかった。半分意識の落ちかけていた瑠璃子も転がるように眠りに落ち、元樹の体が震え続けていることには気付かなかった。

遠くのほうで耳障《みみざわ》りな音が聞こえた。けれど、まだ眠い瑠璃子はその音を無視して布《ふ》団《とん》を被《かぶ》る。それでも、その音は徐々に大きくなり、最終的にはとても無視できるレベルではなくなった。

「……っあー、もうっ、うるさい！」

被っていた布団をはね除《の》け、瑠璃子は勢いよく体を起こした。そしてそこで初めて自分が全裸だということに気が付き、再び布団の中に潜《もぐ》り込んだ。その間も耳をつんざくような電子音は鳴り響いている。

布団から頭と手だけを出し、瑠璃子はその電子音の元と思われる目覚まし時計を止めた。そしてやっとアラーム音から解放され、少しだけ落ち着いてぐるりと部屋の中を見渡す。

目を覚ましたばかりで一瞬記憶が混乱していたが、すぐに色々な出来事が繋《つな》がった。

昨日もいつものように元樹と夕食を食べて、デザートを振る舞われて、お風呂に入れられて、それから……

かあっと頬が熱くなる。

その先の記憶は曖昧《あいまい》だったが、さんざん喘《あえ》がされ、何度となく高みに連れて行かれたことだけはおぼろげながら覚えている。

思い出すだけで恥ずかしさといたたまれなさに襲われ、瑠璃子は真っ赤な顔で頭を抱え、「ううっ」と小さく呻《うめ》いた。

元樹の部屋で目覚めるのは、もちろん初めてのことではない。そのたびに、こうして頭を抱えてしまう。

けれどいつまでもそうしているわけにもいかず、ベッドのそばにきれいにたたんで置かれていた自分の衣服を身に纏《まと》って、リビングへ向かった。

「……おはよう」

そっとドアを開け、小さな声で呼びかけてみたが返事がない。いつもならば、元樹がすぐに瑠璃子に気が付いて「お腹は空いていないか」とか「どこか痛いところはないか」とか、うるさいくらいに世話を焼いてくるというのに。

「……お兄ちゃん？」

声をかけながらリビングに入っていったものの、やはりその姿はどこにもなかった。

その代わり、ダイニングテーブルの上に、ラップをかけられた朝食と書き置きを見つけた。

「……先に行ってる？」

先に行っているから、朝食をしっかり食べておくように――という書き置きに、瑠璃子は眉をひそめた。どういうつもりなんだろう。

最近の元樹は仕事の帰りだけでなく、行きも瑠璃子と一緒だった。どうしても時間が合わない時などは、くどいくらいに寄り道はしないようにだの、知らない人には付いていかないようにだの、小学生でもわかっているようなことを言い含められた。

それがこんな書き置きひとつ残して先に行っているなど、なにか企《たくら》みがあるのではないかと、ついつい勘ぐってしまいたくもなる。

——例えば、今すっごくほっとした顔をしたら、どっかから「なにをそんなにほっとしてるの？」とか言いながら、お兄ちゃんが現れるとか……っ？

そんなことを考えて一瞬身構え周囲を窺《うかが》ったが、一向に元樹が現れる様子もなければ、家の中に人の気配も感じない。

「本当にいない……んだ」

そう呟いて、瑠璃子は体から力を抜いた。ヘンに勘ぐった自分がばからしく思えて、恥ずかしくなる。

「……なによ、いつもうるさいくらいなのに。本当にお兄ちゃんてば勝手なんだから」

ぶつぶつと文句を言いながら、食卓に着く。

——朝食は一日の活力になるんだから、しっかり食べなさい。好き嫌いはダメだよ、偏《かたよ》ったもの食べてると、肌がぼろぼろになってしまうからね。俺は瑠璃子の健康を考えて作ってるんだから、とにかく全部食べる！

バターを塗ったトーストを口に運んでいると、毎朝のようにうるさいくらいにかけられる元樹の声が耳の奥でリピートされ、瑠璃子の顔には思わず苦笑いが浮かんだ。

この部屋に泊まるようになってから、元樹は嬉々として瑠璃子の朝食を作ってくれている。それまで朝食を食べる習慣のなかった瑠璃子は、初めの頃こそ苦労して食べていたのだ。しかし今となっては、栄養バランスの取れた朝食のおかげか、朝からすこぶる元気に仕事ができるようになった。それまでは、低血圧で朝は全然ダメだったというのに……

「なんだか今日は、妙に静かでヘンな感じ……」

ぼそっと呟いた自分の声が、どことなく寂しげな響きを含んでいた気がして、瑠璃子は大いに焦った。

「べっ、別に寂しいわけじゃないものっ。ただ毎日聞いてる声が聞こえないから、ちょっとヘンな感じがしただけなんだからっ。それだけ、なんだから……」

わざと声に出して自分の気持ちを誤魔化したかったのに、それは逆効果でしかなかった。言葉にしてしまったせいで、かえって「本当は寂しい」と思っている自分の気持ちに気付いてしまう。

知らず、ため息が漏れた。

元樹との関係が変わってしまったあの日から、ほとんどの時間を彼と共に過ごしている。一緒じゃないのは、仕事中くらいではないだろうか。

だからもう、ふたりでいるのが当たり前になってしまって、ひとりでいる時間をどう過ごしていたのか思い出せないようにすらなっている。ひとりで朝食を食べるのが、こんなにも寂しいとは。

――一緒にいることが当たり前だと思ったりしちゃ、いけないのに。こんなことで寂しいなんて思っていたら、この先自立なんてできないじゃない……

ふと、こんな調子で自立なんてさせてくれるんだろうかという疑問が湧き上がる。けれど、瑠璃子はすぐに、頭を左右に振った。そんな心配は、きっとない。

――だって、お兄ちゃんは私に責任を取らせたいだけなんだから。気が済んだなら、私のことなんて必要なくなる。

そう思った途端襲ってきた胸の痛みは、なにかに突き刺されたかのように鋭くて……

瑠璃子は必死に、その痛みに気付かない振りをした。

陣内審美歯科クリニックのがらんとした待合室で、私服に着替えを済ませた瑠璃子は、ひとり時計を見上げていた。時刻はもう夜七時を回っている。他の職員は既に帰宅していた。

いつもなら元樹が迎えにきていてもおかしくない時間だというのに、彼は姿を現していない。

瑠璃子は膝の上に置いたバッグの中から携帯を取り出し、ディスプレイを表示する。

そこには電話の着信もメールもなく、瑠璃子は眉をひそめた。

「仕事、長引いてるのかな？　でも……だったら、メールくらいくれるはずだし……」

元樹は仕事でなにかあった時は、必ずメールを入れてくれる。こんなふうに連絡のひとつもなく迎えにもこないなんてことは、今まで一度だってなかった。だからどうしていいのかわからない。

「……帰ろうかな」

と、瑠璃子は独りごちる。約束をしているわけでもないのだし、待っている必要なんて本当は少しもない。頭ではそうわかっているのに、瑠璃子は動けずにいた。

先に帰ってしまったことを、後から責められるのが面倒だ、という思いも確かにある。

お仕置きと称するあんなことやこんなことをされるのも怖い、というのもある。けれどそれ以上に……

――なにかあったのかな。

と、元樹の身を案じてしまう。そうでもなければ、連絡の一本もないなんてありえないと瑠璃子は思っていた。

瑠璃子はもう一度時計を見上げた。もう七時半になろうとしている。

やっぱり、遅過ぎる――

「ちょっと見てこようかな」

そう言って立ち上がり、瑠璃子は外に出た。陣内歯科医院はすぐ上だ。

――電気が消えていたら……

それは元樹が瑠璃子に連絡のひとつも入れずに、先に帰ってしまったということを意味している。自立しようと思っている瑠璃子にとっては好都合のはずなのに、想像するだけでひどく嫌な気持ちになってしまうのはなぜだろうか。

重たい足で一歩一歩階段を上っていると、誰かが階段を下りてくる音が聞こえた。すぐに見えた人影は、陣内歯科医院の歯科助手の女性だった。世間話をする相手ではないが、何度も挨拶《あいさつ》は交わしたことはある。

「こんばんは」

と声をかけると、相手も瑠璃子に気が付き「こんばんは」とにこやかに足を止めてくれた。

「あの、今終わったんですか？」

そう尋ねると、女性はいかにも疲れていますといった表情でため息をついた。

「そうなのよ、今日陣内先生が急にお休みしてしまって……それでもう、ばたばたして大変だったわ」

そう答える女性の言葉に、瑠璃子は目を丸くした。

「……お兄……陣内先生、お休みしたんですか？」

「風邪ですって。熱が相当高いそうよ。陣内先生になにか用事でもあった？」

「いえ、別になにもありませんっ。お疲れ様でしたっ」

詮索されると厄介なので、瑠璃子はそう言って深々と頭を下げてから、階段を駆け下りた。


——風邪……？　熱が相当高い……？

ビルの入り口を飛び出し、路地に入ったところで走っていたスピードを緩め、瑠璃子は昨夜のことを思い出した。思い当たる節ならば、いくらでもある。

お風呂場で自分の体を洗った後、元樹はずっと瑠璃子の体にお湯をかけ、自分は体を冷やしていた。触れた肌がひどく冷たかったのをよく覚えている。それに、布団《ふとん》も掛けずに裸のまま瑠璃子を抱きしめて眠っていた。くるまれていた瑠璃子は温かかったが、明け方、元樹がぶるっと震えて布団を引っ張り上げていたのをなんとなく覚えている。

「風邪……風邪？　なによ、だったらどうして私に連絡してこないの。仕事にもこられないくらい熱が高いなら、どうして助けを求めてこないのよ……っ」

——散々自分は過保護に振る舞うくせに、どんなことにだって口出しをするくせに。

それなのに、自分が助けが必要な時には連絡の一本も寄越さないなんて。元樹のこの態度に瑠璃子は腹が立って仕方がなかった。

今までずっと、瑠璃子は元樹を頼り、甘えてきた。だからこそ病気の時くらい頼って欲しいのに。それとも瑠璃子では頼りにならないからと、連絡もしてこないのだろうか。

「たしかに頼りにはならないかもしれないけど、でも……」

瑠璃子は小さな頃、よく熱を出して寝込んでいたので知っている。苦しい時、ひとりきりでいることが、どれほど心細いか。そして、そばに誰かがいて手を握ってくれているだけで、どんなに心強いかを。

瑠璃子にとって、その安心感を与えてくれたのが元樹だった。

「……呼ばないなら、押しかけてやる……っ」

ぎゅっと拳《こぶし》を握りしめ、瑠璃子は唇を噛んだ。そして緩めていた歩調を再び速めた。

普段の何倍もの速さで買い物を済ませると、瑠璃子は元樹の部屋へ向かった。

部屋の前に着いた瑠璃子はチャイムに指を伸ばしかけ、けれどすぐに引っ込める。そして自分の鞄の中から鍵を取り出して、それを元樹の部屋の鍵穴に差し込んだ。鍵はなんの抵抗もなく回り、カチャリと音を立てて開いた。

『俺も持っているんだから』と、いつだったか元樹に渡された合い鍵が、こんなふうに役に立つなんて思いもしなかった。

寝ているかもしれないのでこっそり開けようとしたが、その考えはドアバーによって阻まれた。ほんの少ししかドアを開くことができない。

瑠璃子は一瞬ぴたりと動きを止めた後、パタンとドアを閉じ、再びドアノブを引っ張る。当たり前のようにドアはほんの少ししか開かない。何度か無意味に開けたり閉めたりを繰り返した後、ぎりっと奥歯を噛みしめた。

体の奥から、ゆらりと怒りの炎が上がった気がする。

――なによ、これ。なんなのよ、これ！　とことん私のことを避けようっていうのっ？　部屋に入ってくるなって、そういうことですかっ？　私のことは、ひと時だって放っておいてくれないくせに！

瑠璃子は鞄の中から携帯を取り出すと、元樹に電話をかける。長いコールの後、やっと通話が繋《つな》がった。

『……もしもし』

携帯の向こう側から、気怠《けだる》げな元樹の声が聞こえてくる。

「お兄ちゃん、こんばんは。熱出して寝込んでいるんですってね。今、お兄ちゃんの部屋の前にいるんだけど、ドアバーがかかっていて入れないの。開けてくれる？」

口から出た言葉は、思ってもいなかったほどむっとした響きを含んでいて、瑠璃子自身驚いてしまった。無意識に病人を責めるような声を出してしまうなんて――。元樹から、頼られないどころか避けられている事実を、自分がどれだけ悲しく思っているのか思い知らされた気がする。

そして受話器の向こう側から聞こえてきたため息は、瑠璃子の心を更に深く抉《えぐ》った。

『……俺のことは気にしなくていいから。寝てれば治る』

素っ気《そけ》ない元樹の言葉に、鼻の奥がつんとする。不覚にもじわりと涙が浮かんで、瑠璃子はこれ以上涙が溢《あふ》れてこないようにと、必死に眉間に力を込めた。

「……へえ、そう」

けれど、ここで泣いてしまえるほど、瑠璃子は素直ではない。特に元樹の前では。涙が流れそうになればなるほど、絶対に素直になってやるもんかと意固地になる。

「わかった。開けてくれないなら、今から真子先生に電話するね？　私がお兄ちゃんにどんなことをされたのか、事細かく報告させてもらうけど、いいよね？　……本気だから。じゃあ」

『瑠璃――』

元樹がなにか言いかけていたが、容赦なく通話を終了させる。ここまで脅《おど》して出てこなかったら、本当に真子に電話してやろうと本気で決心した時だった。ガチャリとドアが開き、中からスウェット姿の元樹が顔を覗かせた。

「……お前、性格悪いな」

「お互い様じゃない。仕事休んだんだって？　ってことは、朝私が起きた時にお兄ちゃんは、この家のどこかで息を潜《ひそ》めていたってことでしょ!? なんて性格の悪いっ!」

図星なのか、苦虫を噛み潰したような顔になった元樹には構わずに、瑠璃子はさっさと部屋に上がり込んだ。そして真っ直ぐにキッチンに向かうと、手にしていた買い物袋を置いていつも使っているエプロンを手にする。けれどそれは横から元樹に奪われてしまった。

「お兄ちゃん、なにか食べたの?」

なにも食べてないよね? という意味を込めて元樹を見上げる。

そんなの、一目瞭然《いちもくりょうぜん》だ。台所は朝、瑠璃子が片付けたままで、変わったところが一切ないのだから。

「そういうのは気にしなくていいから、瑠璃子は自分の部屋に戻れよ」

ぴしゃりとそう言われ、心が折れそうになる。

「今から作るから、お兄ちゃんは休んでなよ」

瑠璃子はそう言いながら、奪われたエプロンを奪い返した。けれどそれは再び元樹に取り上げられてしまう。

「いいから。早く帰れ」

こちらを見ることもなく、そっぽを向いたままでそう言われ、自分のしていることにどんどん自信がなくなっていく。

——迷惑、なのかな？

きっとひとりでは辛《つら》いだろうと、なにか力になれることがあるはずだと、そう思ってきたというのに。当の元樹は、迷惑そうに見える。

「……そ、そっか……」

じゃあ、ゆっくり休んでね。とでも、にこやかに答えてこの場を去ればいいのかもしれない。そうすれば、元樹はすぐにでもベッドに潜《もぐ》り込んで、ゆっくりと休めることだろう。

頭ではわかっている。元樹は病人なのだから、休むことが一番大事なのだと。こんなことを言って、元樹を困らせるべきではないと。頭ではわかっているのに、瑠璃子にはもう自分の感情が制御できなくなっていた。

「ねえ、そんなに迷惑？　そんなにすぐに追い返したいほど迷惑なの？　私はただお兄ちゃんが——」

心配だっただけ。

その言葉は瑠璃子の口から出る前に、元樹の言葉に遮《さえぎ》られてしまった。

「お前に風邪がうつったら困るだろう！」

怒鳴《どな》るように告げられた言葉に、瑠璃子は目を瞬《またた》かせた。てっきり迷惑がられているんだと思っていた思考回路は、すぐには元樹の言葉を理解できない。

「俺は別にどうだっていいんだ。風邪なんて寝ていれば治るし、これくらい大したことはない。でもお前に風邪がうつったりしたら……。瑠璃子は昔っから風邪引いたら高熱が出るだろう？　真っ赤な顔で、苦しそうで……。お前をそんな苦しい目に遭《あ》わせたくない。だから、大人しく帰ってくれ」

俺はもう休むから——と言い残して、元樹はリビングから出て行こうと背中を向ける。

瑠璃子は無意識にそんな元樹の手を掴《つか》んでいた。その手がひどく熱い。

「……だよ。心配だったんだよ？　私、お兄ちゃんのことが心配で、いても立ってもいられなくて……」

考えるよりも先に、素直な言葉が零《こぼ》れ落ちていた。そのことにはっと気が付いて、急に恥ずかしくなってくる。けれど今更誤魔化しようもないので、俯《うつむ》きながらもぼそぼそと続けた。

「だ、だから、頼りにならないかもしれないけど、私にもなにかさせてよ。その、お兄ちゃんには、昔からすごくお世話になっているんだから、こんな時くらい、私だってお兄ちゃんの役に立ちたいよ」

ちらりと見上げた視線の先で、元樹が驚いた視線を向けてくる。

「でも……お前にもしも風邪がうつったら……」

「その時は……お兄ちゃんが看病してよ、昔みたいに」

小さく微笑んでじっと元樹を見上げる。すると、突如元樹が長い腕を伸ばし、瑠璃子をその胸の中に閉じ込めてしまった。力一杯抱きしめられ、苦しい。苦しいのに、どうしてか嬉しかった。

「……お兄ちゃん。体、熱いね」

「そうか？」

「そうだよ」

瑠璃子もおずおずと腕を伸ばし、元樹の背中に触れる。そしてそっとその背中をさすった。布越しに伝わってくる温度が、かなり熱が高いことを物語っている。

「今、野菜スープでも作るから、お兄ちゃんはベッドで横になっていてよ。できたら声をかけるね」

「じゃあ、瑠璃子に食べさせてもらおうかな」

そう言って瑠璃子を見下ろしてくる目は、熱のせいかとろんとして潤《うる》み、いつも以上に甘ったるい光を湛《たた》えている気がする。そんな目を向けられると、ひどくくすぐったい気持ちになるのはどうしてだろうか。

「病人の言うことは聞いてあげる。だから、休んでて。ね？」

「わかったよ」

微笑んでいた元樹の顔から笑みが消え、熱を孕《はら》んだ瞳に射貫《いぬ》かれる。そして、その顔がゆっくりと近づいてきた。

——キスされる。

それがはっきりとわかっているのに、瑠璃子は元樹から目がそらせなかった。じっと見上げたままで動けない。間近までその整った顔が近づいてきて……

「風邪引いてるから、今日はこっちで我慢しておくよ」

そう言って、彼の唇は瑠璃子の額《ひたい》にそっと触れた。

「じゃあ、少し休んでる」

元樹はそう言うと、今度こそリビングを出て行った。

ひとり残された瑠璃子は、元樹の唇が触れた額にそっと指を当てた。元樹の熱がまだそこに残っているようで、なんだか熱い。

「さ、さあ、早く作って、お兄ちゃんに栄養つけてもらわなくっちゃ」

わざとらしく独りごちて、瑠璃子は腕まくりをする。がさがさと袋の中から食材を取り出し、料理に没頭した。


こんこんと控えめにドアをノックして、瑠璃子は部屋の中に向かって「お兄ちゃん」と声をかけた。しばらく待っても返事はなく、再びノックをして声をかける。けれど、ドアの向こうは静まりかえったままだ。瑠璃子は音を立てないように気を付けつつ、ドアを開けた。

「……お兄ちゃん？」

ベッドに横たわる元樹の姿はすぐに見つけられたが、やはり呼びかけに身じろぐこともない。

――まさか、気を失ってたりしてないよね……？

急に不安になり、瑠璃子はベッドに近づいた。ベッドの中の元樹は、少しだけ速いが静かな寝息を立てている。そのことにほっとしつつも、そっと触れた額は思っていた以上に熱く、瑠璃子は眉をひそめた。

「……ん」

元樹が僅《わず》かに呻《うめ》き、瑠璃子は慌てて手を引っ込めた。夢でも見ているのか、それとも高熱のせいなのか、その表情は苦しげに歪《ゆが》んでいる。

あまりにも苦しげで、瑠璃子の胸まで痛くなってくる気がした。どうにかしたい一心で、瑠璃子はその場に膝をつき、元樹が昔そうしてくれたように彼の両手を包み込むようにしっかりと握る。

「……大丈夫だよ、お兄ちゃん。大丈夫。私がそばにいるからね」

「……本当に？」

「え？」

思いがけず返事が返ってきて、瑠璃子は驚きつつも視線を向ける。そこにはうっすらと目を開け、ぼんやりとした視線を投げかけてきている元樹の瞳があった。

「……本当に？　瑠璃子」

浅い呼吸を繰り返しながら声を絞り出す元樹に、瑠璃子はこくんとうなずいて見せる。

「うん。大丈夫だよ、いるよ」

「……ずっと？」

その問いに、瑠璃子はほんの少しだけ戸惑った。『ずっと』という言葉の意味が、夜が明けるまでなのか、熱が下がるまでなのか、それとも……この先ずっとということなのか、瑠璃子にはわからなくて。

それでも、苦しげで、それでいてどこか切迫した表情を向けてくる元樹を、放っておけるはずがない。

「……うん、ずっといるよ」

僅《わず》かに微笑んでそう答えると、元樹はほっとしたように微笑を浮かべた。そしてぼんやりとした目は再びゆっくりと閉じられていく。

「……そうか……ずっと……やく……そく、だ……」

そう言うと、元樹は再び寝息を立てはじめる。瑠璃子はしっかりと元樹の手を握ったままで、その寝顔を見つめ続けた。

――ずっと……それがいつまでのことなのかわからないけど……でも。

この時の瑠璃子は、元樹が望むなら、「この先の未来までずっと」という意味でも構わないと、心から思ったのだった。

四　束縛する幼なじみ

午前中最後の患者のカルテを棚に仕舞い、瑠璃子は椅子に腰掛けたままで大きく伸びをした。今日は開院直後から予約がびっしり詰まっていて、いつにも増して目の回るような忙しさだったのだ。

「瑠璃ちゃん、お疲れ様」

「ああ、真子先生。お疲れ様です。今日はいつも以上に忙しかったですね」

真子はマスクを外して微笑むと、「これくらいじゃないと張り合いがないわ」と言った。その顔には疲労の欠片《かけら》も見当たらず、瑠璃子はそのバイタリティーに心底感心してしまう。

「瑠璃ちゃん、すっかりお昼入るのが遅くなっちゃってごめんなさいね。お昼休みはしっかり一時間休んでも構わないから」

「え、でもそれじゃあ……」

確かに今から昼休みに入ったのでは、三十分も休めないだろう。けれど、それは真子も同じことだ。

「大丈夫よ。先に昼に入ってた子たちだけでも問題ないわ。それに、私は仕事が趣味だから気にしないで」

それでも迷っている瑠璃子に、真子はくすっと笑って指を突きつけてくる。

「ちゃんと休んでちょうだい。じゃないと、私が元樹からドヤされちゃう。瑠璃子を過労死させる気かって」

思いもしなかったところで元樹の名前が出てきて、瑠璃子の頬は一瞬で熱くなる。

「か、過労死なんて……するわけないじゃないですか。本当にお兄ちゃんたら、なにを言ってるんだか……」

赤くなってしまった頬を隠すように俯《うつむ》いていると、「ねえ瑠璃ちゃん」と、真子が声をかけてきた。その声は、普段の明るい調子とは少しだけ異なっていて、妙にまじめな響きを含んでいる。付き合いが長いからこそ、瑠璃子には真子がなにかきちんと話をしたいと思っているとわかった。

「ねえ……最近、元樹とはどうなの？」

そんな真子の言葉に、瑠璃子の心臓はドキッと大きな音を立てた。それはもう、胸から飛び出さんばかりに。

「ど、どうって。べ、別になにも変わりませんけど……っ」

真子に到底本当のことなど言えるはずもなく、そう答えるしかない。

「そう？　元樹、なんだか最近妙に機嫌がいいみたいだから、なにかあったのかしらって。瑠璃ちゃんなら知ってるんじゃないかと思ったのよね」

「さ、さあ」

と言うのはもちろん嘘で、心当たりなら大いにある。最近の元樹と言ったら、それはもうすこぶる機嫌がいいのだ。彼が熱を出し、瑠璃子が必死にその看病をした後からだ。それまでも極甘だった瑠璃子への態度は更に甘くなり、常に瑠璃子に触れていて、ふと目が合えば微笑みかけてくる……そんな感じだった。

初めの頃のように、『責任を取れ』と強引に迫ってくることもないし、ただただ甘く穏やかな毎日が続いている。瑠璃子はそんな元樹との時間を、心地よく感じるようになっていた。

――ずっとこのままでもいいかもしれない。

そう思うくらいに。

「ねえ瑠璃ちゃん」

再びそう声をかけられる。やはりその声は真剣な響きを含んでいて、瑠璃子は僅《わず》かに身構えた。

「あのね、元樹のことなんだけど――」

「こんにちは」

真子の言葉に被《かぶ》さるように、聞き慣れない男性の声がかけられ、瑠璃子も真子も入り口のほうへと視線を向ける。ドアを少しだけ開けて顔を覗かせている男性に、瑠璃子は見覚えがあった。けれど、見覚えがあるというだけで、名前は出てきてはくれない。

――誰だっけ？

そう思った時だった。

「笹井君じゃないの。どうしたの？　こんな時間に」

――そうだ。以前、真子先生からの紹介で一度だけ食事に行った、笹井さんだ。

と、思い出す。

「真子さん、どうもこんにちは。実は仕事でこちらのほうまできたものですから、ちょっと顔を出してみたんです」

そう言いながら、笹井が瑠璃子を見る。真っ直ぐに視線が交わり、瑠璃子は慌てて立ち上がった。そしてそのまま深々と頭を下げる。

「この前はすみませんでした。慌ただしく帰ってしまって、きちんとお礼もできなくって……。お詫びをしようにも連絡先も知らなくって……」

元樹に引きずられるようにして連れ戻されたあの日、きちんとお礼もお詫びもできなかったことは、瑠璃子の胸に引っかかっていたのだ。……引っかかってはいたが、それをどうにかしようと行動するには至らなかった。そしてそのまま三週間近く経ってしまっていた。

「そんなことはいいんだ。僕も忙しくて、このところずっとばたばたしていたものだから。それより……」

笹井はそこでいったん言葉を切り、照れくさそうに鼻の頭を指先で擦《こす》った。

「その、少し話でもできたらと思ったんだけど……」

「お話……ですか？」

思いもしなかった笹井の言葉に、瑠璃子は首を傾《かし》げる。いったいなんの話があるというのか、さっぱり見当がつかない。

「時間が大丈夫なら、だけど」

「えーと……」

と言いながら、瑠璃子はちらりと真子を窺《うかが》った。昼休みなので、基本的に外に出てもいいのだが、正直どうするべきなのかわからず真子に助けを求めたのだ。

「行ってきたらいいじゃないの、瑠璃ちゃん。今から一時間は休んでいいんだから、行ってらっしゃい。その代わり笹井君、時間になったらちゃんと返してよ？」

「はい、もちろんです。……どうかな？　瑠璃ちゃん」

真子の許可も下りた今、瑠璃子としては断る理由はない。一瞬元樹の顔が脳裏を掠《かす》めたが、昼休みに少し話をするだけならば、きっとなにも言わないだろう。

「わかりました。あの、でも私お昼食べてなくって、どこかでお弁当を食べながらでもいいですか？」

笹井と話をするのは構わないが、昼食を食いっぱぐれてしまっては午後からの仕事に響く。そう、危機感を抱いての発言だったのだが、真子がぷっと噴き出した。

「な、なんですか、真子先生。私なにかおかしなことを言いました？」

「いや、別に……。なんて言うか、さすが瑠璃ちゃん、色気の欠片《かけら》もないと言うか、それが『らしさ』とでも言うべきか……」

「なんですか、それ？」

真子の言いたいことがいまいちわからず、瑠璃子は首を捻《ひね》った。そんな瑠璃子に、真子はくすっと笑って片手を上げる。

「ま、こっちの話。とにかく行ってらっしゃいよ」

「わかりました。……あ、そういえばさっき……」

――お兄ちゃんのことを、なにか話そうとしていたけど……

「なんでもないの。気にしないでね。それよりもほら、あんまり笹井君を待たせちゃダメよ」

「は、はい」

ぽんと背中を押され、瑠璃子は後ろ髪を引かれながらもその場を離れた。けれど真子が元樹についてなにを話そうとしていたのか、それがのどに引っかかった魚の小骨のように、心に引っかかっていて、自然と眉が寄ってしまう。

「じゃあ、瑠璃ちゃん。公園にでも行こうか」

「そうですね」

お弁当を持ち、瑠璃子は笹井と共に近くの公園に向かった。時々天気のいい日などはこの公園を利用するのだが、お昼から少し時間がずれているせいか、普段よりも人影が少ないようだった。

「瑠璃ちゃん、こっち空いてるよ！」

「はい」

空いているベンチを見つけ駆け出した笹井が、嬉しそうな表情で瑠璃子に向かって手を振っている。なんだか妙に少年っぽいその態度に、思わずくすっと笑みが浮かんだ。

――お兄ちゃんだったら、あんなふうに手を振ったりしないんだろうな。

無意識に元樹のことを考えている自分に、瑠璃子は気が付きもしなかった。

「笹井さんはお昼、食べたんですか？」

瑠璃子はお弁当の包みを広げながら、今更ながらそのことにはっとした。もしも食べていなかったらどうしようかと、ひやっとする。自分のことばかりで、まったく笹井のことを気にかけていなかった。

「うん、出先で済ませてきているから大丈夫だよ。瑠璃ちゃんがまだ食べていないって知ってたら、僕も食べてこなかったんだけどな」

そう残念そうに笑う顔は嘘をついているようには見えず、とりあえずほっとする。「食べてよ」と促《うなが》され、瑠璃子はその言葉に甘えてお弁当に箸《はし》をつける。

「それ、自分で作っているの？」

「はい。適当ですけどね」

ほうれん草のおひたしを口に運びながら、瑠璃子は苦笑いをした。最近では夕食も朝食も元樹が華麗に作り上げてしまうので、瑠璃子が手を出す暇もないのだ。そうやって振る舞われるのももちろん嫌ではないのだが、このままではやっと少しは上達してきた料理の腕が完全になまってしまいそうで、お弁当だけは自分で作るようにしているのだった。

——このままだったら、お兄ちゃんがいなくちゃ食事の支度もろくにできなくなっちゃう……。だってお兄ちゃん、いついなくなるかわからないんだから。あの時みたいに……

無意識に湧き上がってきた思いに、瑠璃子は箸を握ったままでぐっと眉間に力を込めた。胸の奥が、尖《とが》ったものでつつかれているようにちくちくと痛む。

「瑠璃ちゃん、どうかした？」

顔を覗き込まれながらそう声をかけられ、瑠璃子ははっとした。

「……あ、えーと……？」

「急に黙り込んで……。どうかした？」

――あれ？　私、今、なにを考えてたんだっけ？　あの時って、いつのことだろう……

「す、すみません。なんだかほうれん草、茹《ゆ》で過ぎだったみたいで美味《おい》しくなくって」

そう適当に誤魔化しながら、瑠璃子は必死に自分の考えていたことを思い出そうとした。けれど、考えれば考えるほどに、ぼんやりと霞《かす》んでいくようで、どんどん不確かなものに変わっていく。

「そう？　美味しそうだけど」

不意に、弁当箱を覗き込んだ笹井の顔が近づき、瑠璃子は反射的に体を仰《の》け反《ぞ》らせてしまった。そのことに気が付いた笹井が、慌てて身を引く。

「あ、ごめん」

「い、いえ」

――お兄ちゃんなら平気なのに……

そう思うのは、もちろん、元樹とは二十年来の付き合いだからだろう。笹井はふたりきりで会うのがこれで二度目なのだから、それと比較にもならないことくらいはわかっている。

それでも、なにかが――なにが、と聞かれるとよくわからないのだが、どうしても違う気がするのだ。瑠璃子の中で、元樹と笹井のなにかが決定的に。

急に居心地が悪くなり、瑠璃子は黙ったまま弁当を口に運んだ。沈黙が重苦しいけれど、なにを話していいのかもわからなくて言葉を発することもできない。俯《うつむ》きがちにもくもくとお弁当を食べていた瑠璃子は、ふと思い出して顔を上げた。

「そういえば、なにか話があるって言ってませんでしたか？」

「あー……うん、そうだったね」

片手で髪の毛を掻き上げる笹井は、どことなく歯切れ悪くそう答える。数瞬思いあぐねたように視線をさまよわせた後、笹井は瑠璃子を真っ直ぐに見つめてきた。真剣な瞳の中に自分の姿を見つけて、瑠璃子は思わず身構えてしまう。

「その、今日瑠璃ちゃんに会いにきたのは、もう一度会いたいって思ったからなんだ。本当はもっと早く会いにこようと思っていたんだけど、最近仕事が忙しくて……それで」

笹井はそこまで言うと、大きく息を吸い込んで、そして体中の空気を吐き出すように息を吐いた。

「友達になって欲しいとは前にも言ったけど、できれば付き合うことを前提として僕のことを見てもらえないだろうかと思って」

「……へ？」

思いがけない笹井の言葉に、瑠璃子は呆《ほう》けたような声を出した。ぽろりと箸《はし》を落としそうになったのは、なんとか寸前で回避する。

「この前一緒に食事してから、ずっと瑠璃ちゃんのことが気になって……。どうしてももう一度会いたいって思ったんだ。その、できれば彼女になってくれたら嬉しいなって。自分でも焦ってるかもしれないとは思ってる。でも、早くしないと手遅れになってしまう気がして」

真っ直ぐに注がれる笹井からの視線と言葉に、瑠璃子はただただ目を瞬《また》かせた。こんなふうに異性から告白を受けるのは初めてで、どう答えていいのかもわからない。

「あ、あの……冗談とかじゃあ……ないですよね？」

「冗談じゃないよ。冗談でこういうことを言うように見える？」

笹井の顔が少しだけ傷付いたように微笑み、瑠璃子は焦って首を振る。つい出てしまった言葉で、笹井のことを傷付けてしまった。

「ち、違います。そうじゃなくて、あの……そんなふうには見えません。でも、その、私男の人にこういうこと言われるのが初めてなので、びっくりしてしまって……」

首から上に一気に血液が集まってきて、顔が熱くなる。考えてみれば、高校以降、周りは女子ばかりだったし、合コンに参加したこともない。男の人と付き合うどころか、それ以前に出会うことすらほとんどなかったのだ。ただひとり、ずっとずっと元樹がそばにいただけで。

「……そうなんだ。瑠璃ちゃんならモテるだろうから、いくらでもそういう経験ありそうだけど……」

「そんなことないです……私なんて、全然です」

謙遜《けんそん》のつもりではなく、瑠璃子は本気でそう思う。確かに出会いのチャンスもなかったが、甘ったれで意地っ張りな自分など、男の人から見れば可愛げがないだろうと思っていたから。

真っ赤な顔で俯《うつむ》いていると、ぽんと頭に手のひらが乗せられた。

「いや、瑠璃ちゃんは可愛いよ。天然なところも、そういう正直なところも。僕は瑠璃ちゃんのそういうところが好きだって思ったんだ」

そんなことを面と向かって言われてしまうと、更に顔が熱くなってくる。なんだかふわふわとして、変な気持ちだ。恥ずかしくて、照れくさくて、でも好きだと言われることは嫌ではなかった。

「だから、できれば僕と付き合うことを考えてもらいたい。……ダメかな？」

笹井が、瑠璃子の頭に手を乗せたままで顔を覗き込んでくる。ちらりと見上げたその瞳は、まじめそうで優しそうで、きっといい人に違いないと思えた。

笹井ならば、『責任を取れ』なんて訳のわからないことを言って迫ってくることもないだろうし、人間をダメにしそうなほど甘やかしたりもしないだろう。お風呂だってひとりで入らせてくれるだろうし、スイーツ漬けにして太らせようなんてこともきっとしない。

大事にしてくれそうな気がする。幸せにもなれるのかもしれない。

でも……

「ごっ、ごめんなさい」

考えるよりも先にそんな言葉が口を衝《つ》いて出た。

「好きな人でもいる？」

「そ、そういうことじゃあ……」

瑠璃子の脳裏にすぐに元樹の顔が浮かんだが、その面影を追い払うように、何度も首と手を振った。

元樹のことは信頼もしているし、とても大切に思ってもいる。けれど、それが恋愛感情かと聞かれてしまうと、正直なところよくわからなかった。恋愛感情と言うよりは、家族を大切に思う気持ちに似ているのかもしれない。

「特別な相手がいないなら、お試しっていうことならどう？」

「……ごめんなさい。お試しとか……そういう中途半端なの、笹井さんに失礼な気がします」

——それにきっと、私は笹井さんには恋愛感情を抱けない。

根拠などないが、瑠璃子はそう思った。それに、元樹と体の関係がある以上、誰かとお試しで付き合えるはずもない。

「本当にすみません。……でも、そういうふうに思ってもらえたってことは、本当にとっても嬉しかったです。初めてだったんで」

上手に笑えているかどうかはわからなかったが、瑠璃子は笹井に笑みを向けた。瑠璃子は二十四年間も生きてきて、未だに誰にも「好きです」なんて告げたことはない。だからそれがどれほど勇気のいることかはわからなかった。それでもきっと、すごく勇気を必要とするんだろうということくらいは理解できる。

だから、気持ちには応えられそうにないが、自分のために笹井が決心して会いにきてくれたのは、素直にありがたくて嬉しいと思えた。

「笹井さん。ありがとうございます」

そう言うと、笹井の真剣だった顔はくしゃっと苦笑いの表情に変わった。頭に乗せられていた大きな手が、わしゃわしゃと瑠璃子の髪の毛を掻き混ぜる。

「や……あ、あの、笹井さん？」

元樹の手ならば遠慮なく叩き落とせるのだが、笹井の手はさすがにそうはいかない。首を竦《すく》め、黙ってされるがままでいると、髪の毛を掻き混ぜていた笹井の手は、ぽんぽんと宥《なだ》めるように瑠璃子の頭に触れ、そして離れていった。

「瑠璃ちゃんって、無意識に男の気を引いているから、気を付けたほうがいいよ」

「私が、ですか？」

自分のどんな態度が男の人の気を引いていることになるのか、瑠璃子にはさっぱりわからなかった。握った指先を口元に当てて考え込んでいる瑠璃子に、笹井はくすっと笑みを零《こぼ》す。

「自分では全然気が付いてないみたいだけど、そういうところだよ。計算していないところ」

「……はあ」

そう言われてもやはり自分のことはよくわからず、瑠璃子は曖昧《あいまい》な返事をした。それに彼の言うように計算していないところなら、どうやって注意したらいいのだろうか。

笹井は再び苦笑いを浮かべた後、大きく息を吸い込むと、ベンチの背もたれに深く体を預けた。

「……ちょっと焦っちゃったかな」

ぼそっと呟かれた言葉に、瑠璃子は空を振り仰いでいる笹井を見つめた。彼はしばらくそうやってから、再び瑠璃子に視線を戻し、微笑んだ。

「……先日のお兄ちゃんって呼んでいた人」

「え？」

笹井の口から出た言葉に、鼓動が速まった。今この場面で、彼の口から元樹の話題が出るとは思ってもいなかったので、妙に動揺してしまう。動揺したら変に思われてしまうと思うのに、かあっと熱を帯びてくる頬を、もうどうすることもできない。

「あの人って、瑠璃ちゃんのお兄さんじゃなくて、真子さんの弟さんなんだってね。この前飯田さん……真子さんの旦那さんから聞いたんだ」

「はい。真子先生のご実家には私も母もお世話になっていて……幼なじみなんです。本当の家族のように大事にしてもらって……」

いまだ落ち着かず、けれどどうして元樹の話題が出ただけで、こんなにも自分が動揺してしまうのかもわからないまま、瑠璃子は俯《うつむ》きがちにそう答えた。本当のことなのだから、もっと堂々と言えばいいのに、どうしてもしどろもどろになってしまう。

「あの人の目が、手を出すなって言ってた」

「はい？」

「だから、あの日。瑠璃ちゃんを送っていった日、彼の目が僕に言っていた気がしたんだ。手を出すなって。だから、早くしないと瑠璃ちゃんに手が届かなくなると思った。だから焦ったっていうのが本当のところ。……まあ、既に手遅れだったみたいだけどね」

「は、はあ」

首を傾《かし》げる瑠璃子に、笹井は一瞬呆《あき》れたように目を向け、それからこらえきれないとばかりに噴き出した。

「僕がなにを言っているんだかさっぱりわからないって顔をしてるね」

「そ、そんなに顔に出ちゃってますか？」

思わず素直にそう答えると、笹井は今度こそ笑い出してしまった。

「本当に瑠璃ちゃんは……そういうところが放っておけない感じがするんだよね。守ってあげたくなると言うか……。無自覚って怖いね」

「その……それはもしかして、褒められて……いませんね」

「そんなことないよ、褒めてる」

と、笹井は言ったが、全然そうは思えない。むしろ、『天然』と太鼓判《たいこばん》を押されただけの気がするのだが。

「だからきっとあの人も、瑠璃ちゃんを必死に守ろうとしてるのかもしれないね」

「あの人って……お兄ちゃんのことですか？」

「彼以外に誰か思い当たる人はいるの？」

考えるまでもなくそんな存在は元樹だけで、瑠璃子はすぐに首を振る。小さい頃からずっと、自分を犠牲にしてまで瑠璃子を守ってくれたのは、元樹以外にはいない。そのせいで元樹には随分と知らないうちに我慢を強《し》いてきてしまった。

「お兄ちゃんには、私のせいで……色々我慢させてきてしまいましたが」

――責任を取れと迫られてしまうくらいに。

とは言わなかったが、それほどまでに我慢させてきたことを考えると胸が痛む。

「我慢してまで誰かを守ろうとする奴なんて、そうそういないよ。好きじゃなきゃできることじゃない」

「……え？」

「……と、なんでもない。余計なことを言い過ぎたかな。そんなに親切にするつもりはなかったのにな。瑠璃ちゃんの天然に引っ張られた」

笹井は口元を手のひらで覆い、くすっと笑った。そして笑みを浮かべたままで、もう一度真っ直ぐに瑠璃子を見つめてくる。

「あのさ、瑠璃ちゃん。万が一、気が変わったらいつでも連絡してきてよ。僕は瑠璃ちゃんならいつでもオッケーだから」

そう言いながら、スーツの胸ポケットから名刺を取り出して差し出してくる。瑠璃子は携帯の番号の書かれた名刺と笹井の顔を交互に見比べる。笹井の顔を見て、名刺を見て……それから瑠璃子は視線を地面に落とす。深々と、頭を下げて。

「すみません……それ、受け取れません」

受け取っても、きっと連絡はしないと瑠璃子にはわかっていた。笹井のことが嫌いだからではない。ただ、笹井のことをそういう対象として見ることは、これから先もきっとないだろうとわかったからだ。ずっと一緒にいたいのは、この人ではない。

——じゃあ、私にとって、ずっと一緒にいたいのは……？

浮かんだ疑問は、すぐに笹井の声に掻き消される。

「……そう言われると思ってた。こういう時こそ、持ち前の天然で受け取ってくれたらいいのにね」

「すみません」

そう言って瑠璃子は、深々と下げた頭を更に下げた。どんな顔をしていいのかわからず、頭を上げられない。

「困らせてしまってごめんね。困らせたかった訳じゃないんだけど。だから、頭上げてよ」

「……はい」

困ったわけではない。本当に嬉しかったし、こんな自分と付き合いたいと言ってくれることに、なんてありがたいんだろうとも思う。でも、どうしても心の声を無視できない。

——この人じゃない。

という、心の声を。

「貴重な昼休みに、本当にごめんね。時間、大丈夫？」

「はい。一時間休憩していいって言われているので、まだ大丈夫です」

公園の中心にある時計を見上げ、瑠璃子はそう答えた。まだ十分に休んでいられるだけ時間は余っている。一方の笹井は、腕時計に目を落とし、大きく息をついた。

「僕はもうそろそろ行かないと。午後からの仕事もあるし」

そう言うと、笹井はおもむろに立ち上がり、大きく伸びをした。

「やっとすっきりできてよかったよ。……本当はわかっていたんだけど、自分なりにけじめをつけたくて……ね」

「え？　わかっていたって、なにを、ですか？」

笹井を見上げた瑠璃子を、彼はやはり笑って見下ろしてくる。さっきよりも少しだけ、さっぱりとしたその笑顔で。

「内緒。そこまでいい人じゃないんだ。瑠璃ちゃんの天然なところに付け込もうと企《たくら》んでいた悪い人だよ？」

「笹井さんが悪い人だとは思えません」

気遣いができて、優しい人だ。ぐっと拳《こぶし》を握り、真剣な表情で笹井を見上げると、彼は一瞬驚いたように目を見開き、そしてどこか照れくさそうに微笑んだ。

「……本当に瑠璃ちゃんは。その天然を少し直さないと、勘違いする奴が次から次に現れるよ」

そう言ってベンチに置いてあった鞄を手に取ると、身を屈《かが》めて瑠璃子と真っ直ぐに視線を合わせてきた。

「じゃあ、瑠璃ちゃん。午後からも仕事頑張ってね」

「……はい」

「うん、それじゃあ」

ぽんと瑠璃子の肩を叩くと、笹井は背中を向けて歩き出した。慌てて瑠璃子もその場に立ち上がる。

「あの……っ、笹井さん」

呼びかけに、笹井は足を止めて振り返る。瑠璃子はしっかりと笹井を見つめ、そして深々と頭を下げた。

「ありがとうございました」

「……うん。またね、瑠璃ちゃん」

笹井の背中が完全に見えなくなるまで見送って、瑠璃子はぺたんとベンチに座り込んだ。

——私、もしかしたら、すっごく惜しいことしたんじゃないかしら。

と、小さな後悔が胸の中に広がった。

笹井は本当にいい人そうだったし、真子の話では将来も有望のようだ。なによりも、瑠璃子と付き合いたいと言ってくれた。お試しでもいいとさえ言ってくれたのだから、その言葉に甘えて付き合ってみたら、すごく相性がよかったのかもしれない……なによりも、元樹から自立しようと思うのであれば、笹井のようなちゃんとした人と付き合うのは、かなり効果的だろう。

少し前の瑠璃子ならば、自立を理由に深く考えもせずに笹井の申し出を受け入れていたかもしれない。いや、きっと受け入れていた。そして得意満面に、「だから、もう過保護にしないで」なんて、元樹に向かって言っていただろう。

でも実際、瑠璃子はそうしなかったし、できなかった。元樹との関係が変わってしまったことをきっかけに、いつしか今まで考えもしなかったことを考えるようになっていた。たとえば、元樹との今までとか、これからとか。

『我慢してまで誰かを守ろうとする奴なんて、そうそういないよ。好きじゃなきゃできることじゃない』

そう言った笹井の言葉が耳の奥で蘇《よみがえ》る。

ずっと元樹は、自分を押し殺して、我慢して自分のそばにいてくれたんだと瑠璃子は思っていた。だからこそ我慢の限界で、『責任を取れ』と迫ったのだろうと……。でも、それがもし違っていたとしたら？　笹井の言うように、ただ、『好き』という気持ちからだったとしたら？

考えるだけで、かあっと頬が熱くなり、鼓動が速まってくる。

——もしそうだとしら、私はどうするの？

そう自分に問いかけるだけで、既に速まっていた鼓動は、更にスピードを上げた。胸の奥からなにかを知らせるかのように、心臓の音が胸を激しくノックする。

——わからない。そんなの、わかるはずがない。

瑠璃子はぎゅっと握った拳《こぶし》を胸に押し当て、体を丸めた。けれど、激しい鼓動は一向に収まる気配もなく、締め付けられるように胸が苦しくなってくる。

「……どうしてこんなに苦しいんだろ……」

呟いて、瑠璃子はきつく瞼《まぶた》を閉じた。激しい胸の音にまじって、これ以上考えてはいけないという警告音が聞こえた気がした。

マンションの通路を歩くふたつの足音が、静かな空間に響いていた。瑠璃子はいつものように先を歩いている元樹の背中を、首を傾《かし》げて見つめる。

——なんだか、ヘン。

なにが、というわけではない。でも、どこかいつもとは違う気がした。迎えにきた元樹は普段通りの穏やかな笑みを浮かべていたし、並んで歩きながら他愛もない会話もした。その態度に、不審な点など見当たらない。それなのにどうしてか瑠璃子には、元樹のなにかが違うように感じられて仕方がないのだ。

——それとも、いつもと違うのは私のほう？

昼間、笹井に言われた言葉が蘇《よみがえ》り、急に落ち着かない気持ちになってくる。

——お兄ちゃんが私のことを好きだなんて、考えたこともなかったけど……

ずっと手のかかる妹としか思われないんだろうと思っていた。責任を取れというあの言葉で、手のかかる妹どころか面倒な存在だと思われているとさえ思っていたけれど、もし違うとしたら……？

「瑠璃子、どうした？　ほら入って」

急に視界いっぱいに端整な顔が映り込み、瑠璃子は思わず二歩ほど後ずさってしまった。胸を突き破りそうな勢いで、心臓が鼓動している。

「どうかしたのか？」

覗き込んでいた元樹の顔が更に接近し、瑠璃子は激しく首を振ってまた数歩後ずさる。あまり接近されてしまったら、激しい心臓の音が元樹にまで聞こえてしまいそうだ。それに、真っ赤に染まっているであろう顔をあまり見られたくはない。

「な、なんでもないよ。お邪魔します」

瑠璃子はそう言って、元樹から逃げるように彼の部屋へと入っていく。居間に鞄を置いて、たたんであるエプロンを身に着けてキッチンへと飛び込んだ。

「お兄ちゃん。今日の夕食はどうしようか？」

動き回っていれば、妙な音を立てている胸を誤魔化せる気がして、瑠璃子はさっさと夕食の準備に取りかかろうと冷蔵庫を開ける。二日ほど前にいつも立ち寄るスーパーで安売りをしていたので、色々と買いだめした食材が冷蔵庫の中に詰まっていた。

「……なにがいいかな」

食事の準備はだいぶん手慣れてきたが、食材を見て作るものを決めるといった作業がまだまだ苦手な瑠璃子は、冷蔵庫を覗き込んだまましばし考え込む。

「今日は随分と行動が早いんだね。いつもは一休みしてから夕食の準備に取りかかるのに」

すぐ背後から元樹の声が聞こえて、瑠璃子はびくっと肩を揺らして振り返った。気配を消していたのだろうか。元樹が近づいてきていたことに、まったく気が付かなかった。

「お、お兄ちゃん。急に背後に立ってたらびっくりするじゃない」

思った以上の近い距離に、不覚にも動揺してしまう。その動揺を隠すように、瑠璃子は再び冷蔵庫の中に視線を戻した。

「びっくり？　どうして？」

「だって、急に後ろにいたら誰だってびっくりするでしょ。それよりも夕食、どうしようか。お味噌汁はお豆腐でいいかな」

瑠璃子は冷蔵庫の中から豆腐を取り出そうと手を伸ばしたが、その手首は背後から伸びてきた長い指に絡め取られてしまった。

「な、なに、お兄ちゃん。離してよ。お豆腐取るんだから」

「別にいいよ、作らなくたって」

元樹はそう言いながら冷蔵庫の扉をパタンと閉じる。

「別にいいって……痛っ」

掴《つか》まれた手首が引っ張られ、冷蔵庫を背にして元樹のほうを向かされる。なにをするのかと文句を言ってやろうと思った瑠璃子だったが、一言も口にできないままに全身が固まってしまう。

眼鏡の奥から自分を見下ろしてきている元樹の瞳が、刺すように冷たくて……

「おに……い、ちゃん？」

やっと声を絞り出すと、元樹はふっと口元を持ち上げた。けれどやはり眼鏡の奥の目は、少しも笑ってはいない。それどころかひどく怒っているようにさえ見えた。

「……なにか俺に聞かれたくないことでもあるから、そんなに慌ただしくしているのかな？」

「……え？」

元樹の言葉に、思わず視線が泳いでしまう。聞かれたくないこと、というか、動揺している自分を見透《みす》かされてしまったようで、更に動揺してしまったのだ。

「そ、そんなこと……」

ないよ、と言おうとしたが、瑠璃子のそんな変化を元樹が見逃すはずもなかった。

「ないい、はずがないよね」

「ちょ……、お兄ちゃん？　っきゃ……」

もう片方の手首も掴《つか》まれ、背中を冷蔵庫に押し付けられる。そして、両手首をまとめて頭上に固定されてしまった。

「い、痛いよ、お兄ちゃん……」

キッチンの蛍光灯に照らされた元樹の顔は、陶器でもできているかのように無機質で、なにを考えているのかさっぱりわからなかった。

「まさか、まだあの男と会っていたなんて考えもしていなかったよ」

ぼそっと呟かれた言葉に、瑠璃子はやっと元樹がなにを言いたいのか理解した。元樹の口から出た『あの男』が、笹井のことに違いないと。きっと昼休みに笹井と会っていたところを、元樹は見ていたのだろう。

「他の男と会うような時間は与えていなかったはずなんだけどな……。俺の考えが甘かったみたいだね。それにしても、瑠璃子に出し抜かれるなんて思いもしなかったよ」

まるで笹井と自分が密会でもしていたかのような元樹の口ぶりに、瑠璃子は大いに焦った。やましいことなどなにひとつないというのに、完全に誤解されているようだ。

「お兄ちゃん、なにか勘違いを……あっ」

瑠璃子の手首を拘束していないほうの手が、いきなり服の裾《すそ》から入り込み、ブラの上から胸を掴む。

「ちょ……っ、や、だ。お兄ちゃん。待ってよ……ん、んんっ」

元樹の手はブラの上から瑠璃子の胸を撫で回し、彼の舌先が鎖骨の辺りから首筋を舐《な》め上げていく。ぞくぞくとしたその感触に、膝から力が抜け落ちてしまいそうになる。

「あの男にも、そんな色っぽい声を聞かせたのか？」

耳元で囁《ささや》かれる元樹の声は、明らかな怒りを含んでいる。誤解なのだと、やましいことはないのだと伝えたいのに、元樹の手で変えられてしまった体は、与えられる刺激に素直に反応してしまってうまく言葉を紡《つむ》げない。

「そんなわけ……な、ない。お、願い。手を、離して。や、やだ……っ」

「本当に……嫌？　こんなに硬くなっているのに？」

「……あ、んっ」

そう耳元で囁きながら、ブラの上から正確に瑠璃子の乳首を摘まみ上げる。

「本当はこうされるのが好きなんだろ？」

「……っんあ」

元樹の指先がするりとブラを押し上げ、露《あら》わになった胸をゆっくりと撫で回す。その指先が硬く立ち上がった胸の先端を掠《かす》め、そうされる度《たび》ぴりっと甘い電流が体の中心を突き抜けた。腰の奥がざわつき出し、体中が熱を帯びてくる。

「お願い、待って……」

こんな場所で、誤解をされたまま流されるようにして抱かれるなんて嫌だ、と切実に思った。

そして瑠璃子は、気が付いてしまった。

嫌なのは、誤解されたままこんな場所で抱かれてしまうことであって、元樹に抱かれること自体ではないという事実に。それどころか、触れられるだけで瑠璃子の体はその先を期待して、甘く疼《うず》いている。

「お、お願い。話を、聞いて……」

「聞く必要なんてない」

「ふ……っああ！」

胸に触れていた元樹の手がするりと瑠璃子の体を滑り落ち、スカートの中に差し入れられる。元樹の手は無遠慮に、閉じた瑠璃子の腿《もも》をこじ開け、下着の上から秘所に触れてきた。くっと指を曲げるようにして、元樹が薄い布越しに柔らかな肉を押し上げる。

「……っく」

「嫌だとか離してとか言っていた割には、もうすっかり濡れてるみたいだよ。本当は欲しかったんだろ？」

「そ、それは……」

元樹の言葉を否定できなくて、瑠璃子の頬は一気に朱《しゅ》に染まった。元樹が指を動かす度に、薄い下着の奥から微かに湿った音が漏れてくる。言葉でなにか言うよりも、瑠璃子が元樹を欲しがっている証拠だ。

「……俺だけをそうやって欲しがっていればいいのにな」

「んっ、や、やめ……っ、待って……っ」

「待たないし、やめない。瑠璃子が俺だけ欲しがるようになるまでは」

「や……っぁあ、んっ、ふぁあっ」

元樹の長い指がショーツの脇から忍び込み、瑠璃子の中にぐっと埋め込まれる。初めから二本の指を突き立てられ、中を激しく抉《えぐ》られた。そんな急激に与えられた刺激にも、すっかり慣らされてしまった瑠璃子の体は痛みを訴えることもない。それどころか、快感の疼きが湧き上がってきて、瑠璃子は身を震わせた。

「いやらしい顔だね。そういう顔は、俺以外には見せたらダメだって言わなかったっけ？」

——だから、誤解なの。

心でそう思っても、元樹の唇が瑠璃子の唇に重なり、声にすることはできなかった。

無理矢理に顔を背《そむ》けて元樹の唇から逃《のが》れ、「誤解だ」と言うこともできたのかもしれない。

けれど、既に与えられた刺激のせいで頭がぼんやりし、抵抗する気力はもうなかった。

重なり合った唇の隙間から元樹の舌が伸び、瑠璃子の口内を掻き混ぜていく。絡まり合う舌先に呼吸が阻まれ、よりいっそう思考はぼやけていった。

頭上で拘束されていた手首もいつの間にか解放されていたが、瑠璃子はそのことにさえ気が付いてはいなかった。

互いを混ぜ合うような口づけに、軽い酸欠に陥《おちい》りかける。膝からかくんと力が抜け落ちた瑠璃子の体を、元樹の腕がしっかりと受け止めてくれた。けれどすぐに引き離され、キッチンにうつぶせの姿勢で押し付けられる。

まるで元樹にお尻を突き出しているかのような格好に、瑠璃子は焦って体を起こそうとした。けれど元樹が背後からそんな瑠璃子に覆い被《かぶ》さってくる。

「……逃げたらダメだよ、瑠璃子。他の男のところに行かないように、お前を躾《しつ》けないとならないんだから」

「……あっ、ああ……」

膝裏から腿《もも》を撫で上げてスカートをたくし上げてきた元樹の手がショーツにかかり、あっという間に引き下ろされてしまう。さっきまで元樹の指先が埋まっていた場所を、今度はゆるゆると擦《こす》り上げられる。そうしながらも元樹は背後から瑠璃子の首筋に唇を落とし、そこにきつく吸い付いた。ぴりっとした痛みと熱が、吸い上げられた場所から広がる。

「瑠璃子、ほら、きれいに痕《あと》が付いたよ」

「や……そ、そんな見えるところに付けないで……」

「見えるところじゃないと意味がないだろ」

「あ、ん……っ、だ、ダメ」

そう言っている間にも、元樹は再び瑠璃子の首筋に顔を寄せてきた。見なくても、首筋にはっきりと元樹の残した痕が刻まれていることはわかった。まるで所有印のように。右の首筋にも、左の首筋にもいくつも。

――これは嫉妬《しっと》なの？　笹井さんとふたりきりで会っていたことへの。お兄ちゃんは私のことを……笹井さんの言うように？

「あう……っ！」

そこまで考えたところで、瑠璃子の思考は一瞬真っ白に塗り潰されてしまった。すっかり元樹の指先にほぐされた秘所に、彼の滾《たぎ》りが深々と突き立てられたせいで。いきなり一番深い場所を突き上げられ、呼吸さえ止まってしまう。

「瑠璃子の中……ぬるぬるですごく熱いね。簡単に俺を咥《くわ》え込んで……。お前をこんなふうにしたのは失敗だったかもしれない。躾けのつもりが、こっちが狂わされそうになる」

背後から囁《ささや》く元樹の声は、苦しげな響きをまとっていた。覆い被さられているせいで振り向くこともできない瑠璃子には、元樹が今どんな顔をしているのか知りようもない。

でももしも、声と同じように苦しげな表情をしているんだとしたら。こんなことをしているのが、嫉妬心《しっと》からなら……瑠璃子のことを、本当は愛してくれているんだとしたら。

――だとしたら私はどうするの？　私は……

その答えがこんな時に見つかるはずもない。その代わり瑠璃子はずっと聞きたくて、でも聞けなかった疑問を自分の中に閉じ込めておくことができなくなってしまった。

「どう、して。どうして、こんなことをするの？」

ずっと聞けずにいた。元樹に無遠慮に甘え、大事な時間を奪い続けてしまった責任を取っているんだと思い込もうとしていた。けれど、責任をと言うのなら、もっと別な方法があったはずだ。それどころか、この近過ぎる関係を解消してしまえばいいだけ。

わかっていたのに、瑠璃子は元樹の無茶苦茶な条件を、そして行為を受け入れてきた。

――それがどうしてか、わかっているよね？

遠くからもうひとりの自分が問いかけてくる声が聞こえた気がする。

わかっている、もうわかっている。だからこそ今、元樹の本心を知りたいのだ。

「どうして……？」

元樹は彼自身を深々と突き立てたまま、そっと瑠璃子の髪の毛を撫でる。そしてひそりと耳元で囁《ささや》いた。

「……そんなこともわからないの？　俺とこういう関係を続けている間は、お前の性格上、他の男のところに行けないからだよ」

「私が、身動きできないように……？」

「身動き？　そんな甘いものじゃないよ、瑠璃子。逃がさないって言っただろ？　ずっと俺はお前のことばかりで過ごしてきたんだ。だから、今更お前を自由になんてしてやるつもりはない」

「そんな……んっ、あ、ああっ」

元樹はもうこれ以上は無理だと思うほど奥まで埋《うず》められた滾《たぎ》りを、更に深く突き立ててきた。微かな痛みと、それをあっさり掻き消してしまうほどの深い官能に、瑠璃子は全身を震わせた。

「だから……他の男なんて欲しいと思えないように、俺を刻みつけてやる」

「……あ、あ、んっ、ふ、ぁああっ」

元樹は背後から瑠璃子の片足を抱え上げると、激しく腰を打ち付けてくる。何度も何度も最奥を抉《えぐ》られ、元樹と繋《つな》がっているところから全身へ、熱くうねる疼《うず》きが広がっていく。

けれどそれとは反比例して、瑠璃子の心の中はすっかり熱を失ってしまっていた。さっきの元樹の一言で。

――お兄ちゃんはただ、大事な時間を奪ってきた私を、自分と同じ目に遭《あ》わせたいだけなんだ。

そう思った途端、じわりと涙が滲《にじ》んだ。涙が零《こぼ》れてしまわないように、瑠璃子はぎゅっと目を閉じた。

――やっぱりもっと早くお兄ちゃんから離れて、自立するべきだった。そばにいたら、いつかきっと傷付いてしまう日がくるから。

元樹のそばにいたら傷付いてしまう日がくる。

どうしてかそれは、瑠璃子の中で揺るぎようもない真実だった。元樹のそばにいたら、いつかきっと再起不能なほどに傷付くのだと。

――それでもお兄ちゃんのそばは、本当に心地よくて、離れられなかった……。

涙が零れないようにと、きつく目を閉じていたのに、閉じた瞼《まぶた》の間から滲んだ涙が、幾筋も瑠璃子の頬を滑り落ちていった。もう止められそうもない涙をせめて元樹には悟られたくなくて、唇を噛んで嗚咽《おえつ》をこらえる。

けれど背後から瑠璃子が一番感じる角度と場所を抉《えぐ》られ、どれだけ心の中が冷たく凍り付いても、瑠璃子の体は元樹の動きに合わせて切ないほど燃え上がっていく。ふたりの繋《つな》がり合った場所から響くはしたない水音は、今やはっきりと瑠璃子の耳にも聞こえるほどだ。

「あ、あ……、や、だ……っ」

口から出た声は甘く蕩《とろ》けていて、言葉とは裏腹に「もっと」と言っているようにしか聞こえない。

「……瑠璃子、気持ちいいの？　こんな状況でも感じるなんて、瑠璃子は本当に悪い子だね」

そんな愉悦を含んだ元樹の声にさえ、反論する気にもなれない。それどころか、意地悪な言葉も快感を高めるスパイスのようで、瑠璃子の腰の奥は更にざわついた。

「ンふ……っ、ふ、あ。あっ、ダメ……な、のぉ……」

元樹の滾《たぎ》りが瑠璃子の中を擦《こす》り上げ、突き上げる度《たび》、すべての感覚は快感に支配されてしまう。胸の奥で渦《うず》巻いていた苦しい思いさえ、掻き消されてしまうほどに。もう瑠璃子には、体を震わせながら甘く啼《な》くことしかできない。

「も……だ、めぇ……っ！」

お腹の中で渦巻く熱い疼《うず》きが一気に膨《ふく》らみ、瑠璃子を内側から壊さんばかりに弾《はじ》け飛ぶ。視界も意識も一瞬真っ白に塗りつぶされ、高まっていた鼓動さえその動きを止めた感覚に陥《おちい》った。

「ン、ぁ………っ！」

声も出せないままに瑠璃子は背を弓なりに仰《の》け反《ぞ》らせ、激しく痙攣《けいれん》した。硬直していた体は、すぐにぐったりと脱力してしまう。けれど元樹にしっかりと足を抱え上げられ、崩れ落ちることもできずに流し台に身を預ける。

「ダメ……も、ダメ……ゆ、るして……っ」

達してしまったばかりの秘所は、しかし滑《なめ》らかに元樹自身を呑み込んだ。達してしまった後も感覚は鈍くなるどころか、その場所に全ての神経が集中しているんじゃないかと思うほど、元樹の存在を感じ取り締め付けてしまう。

「瑠璃子……俺も、もう……」

「あ…っ、ああ、んっ、んん………！」

お腹の奥で元樹自身が一層その質量を増し、弾《はじ》けるのを感じながら、瑠璃子は再び体を震わせた。今度こそ崩れ落ち、流し台にしがみつきつつ、その場にへたり込む。そして激しい呼吸を繰り返した。

ぐったりとキッチンに体を預け、瑠璃子はのろのろとした動きで、乱れた衣服を整えた。一枚の服も、それどころか下着さえもきちんと脱ぐことなく体を交えた事実が急に虚《むな》しく思えてきて、瑠璃子は唇を噛んだ。

今更ながら、これまでずっと大事に扱われていたことを感じた。それを考えると、今された行為は悲しい。

俯《うつむ》いているせいで顔を覆い隠していた髪が、長い指先にそっとよけられた。

「……瑠璃子」

顔を動かすのも億劫で、瑠璃子は視線だけを声のほうに向けた。視線の先では、元樹が僅《わず》かに眉を寄せ、強張《こわば》った表情でこちらを見ている。虚しくて悲しい思いを抱える瑠璃子よりも、ずっとなにかを思い詰めたようなその表情の意味が、瑠璃子にはわからない。

いや、こうして体を重ねるようになってから、元樹のことがちっともわからなくなっている。今までちゃんと理解していると思っていた、元樹のことが。

「……お兄ちゃん、どうして？　お兄ちゃん」

途端、僅かに寄せられていた元樹の眉間に、深いしわが刻まれる。ぎりっと音がしそうなほど奥歯をかみしめるその表情に、瑠璃子は目を見開いた。

「ずっと……そう呼ばれるのが嫌だった」

「……え？」

「瑠璃子、お前にだけは、お兄ちゃんなんて呼ばれたくなかった。そう呼ばれる度《たび》、俺がどういう気持ちだったか、お前にはわかるか？」

——やっぱりお兄ちゃんにとって、私は面倒な存在だったんだ。お兄ちゃんなんて役割、本当は嫌だったんだ……

そう確信した途端、瑠璃子は自分の胸の奥でなにかが弾け飛ぶのを感じた。信じていた……信じたかった全てが崩れ落ち、ぐるぐると目の前が回っている気がする。

「……私、帰る」

瑠璃子はまだ完全に力の入らない足を励まし、よろよろと立ち上がろうとした。けれどその肩を元樹に押さえつけられてしまう。

「待て、話はちゃんと最後まで聞け」

「やだ！　なにも聞きたくない」

眼鏡の奥の燃えるような瞳から、瑠璃子は咄嗟《とっさ》に目をそらした。いつも優しくて穏やかに微笑みかけてくれたその瞳に、憎しみを込めて睨《にら》み付けられると思うと、ただ怖くて。

「帰る」

元樹の手を振り切って立ち上がろうとしたが、まだ完全に力の入らない体では、彼の力に敵《かな》うはずもない。しっかりと肩を押さえつけられたこの体勢では、身動きすら不可能だ。

「離して……っ、帰らせて！」

これ以上元樹になにかを言われて、平気でいる自信が瑠璃子にはなかった。もうこれ以上傷付きたくなかった。なのに。

「ダメだよ、瑠璃子。もうお前を帰さない。お前はここにいるんだ」

諭すような、それでいて拒否することを許さない強い口調で元樹が言う。瑠璃子は眉をひそめて、元樹を見上げた。

「……どういう、意味？」

問いかけた言葉に、元樹はふっと苦しそうに笑う。

「言葉の通りだよ、瑠璃子。お前を逃がさないってそう言わなかったっけ？　お前はここにいるんだ。もう仕事にも行かなくていい。姉さんには適当に俺が言っておくから」

「……なに、それ？　どうしてそんなこと……」

「どうして？　お前がもう、誰のところにも行かないようにだよ。お前は俺のそばにいればいいんだ。今までそうだったように、これからもずっと……」

そう言いながら、元樹の顔が瑠璃子の顔に寄せられる。反論も反抗心もその唇に塞《ふさ》がれてしまいそうで、瑠璃子は顔を背《そむ》け、両腕で元樹を押しのけた。

「おかしいよ、お兄ちゃん！」

ずっと胸の奥で渦《うず》を巻いていた感情が、一気に爆発するのを感じていた。今までその感情を抑え込んできたのは、元樹に嫌われたくない気持ちだったり、信じている気持ちがあればこそだ。

けれどそれはもう、元樹によって粉々にされてしまった。

「私はお兄ちゃんの人形じゃない！　閉じ込めるだなんて……そんなに私を苦しめたいの？」

知らず、ぼろぼろと大粒の涙が零《こぼ》れ落ちた。溢《あふ》れてくる涙を拭《ぬぐ》いもせず、瑠璃子はぐしゃぐしゃの顔のままで元樹を見上げ続ける。そんな瑠璃子を、元樹は眉をひそめて見つめ返してきた。

「どうして？　どうしてあなたは私から、大好きだったお兄ちゃんを奪ってしまったの……？　それとも最初から、そんな人、いなかったの……？　もう私がここにいる理由なんて、ないじゃない！」

「瑠璃子！」

「もう……もう、責任は果たしたでしょう？　私を解放してよ！　自由にして！」

甲高い叫び声に、肩を押さえつけている元樹の手がびくりと揺れ、そしてゆっくりと離れていく。体の自由を取り戻した瑠璃子は、必死に足を踏ん張ってその場から逃げるように駆け出すと、ソファの上に放り投げてあったバッグを掴《つか》んで振り向きもしないで元樹の部屋を出た。

エレベーターを待つのももどかしく、階段を駆け下りる。自分の部屋の前にたどり着いた瑠璃子は、けれどすぐには部屋には飛び込まず、そっと後ろを振り返った。

背後には静寂が広がり、瑠璃子を追ってくる足音も姿もない。

元樹が追いかけてこない事実に傷付いた——だなんて、あまりにも自分勝手過ぎる感情に、瑠璃子は自分が心底嫌になった。

五　大切な幼なじみ

受付カウンターにどっさりと置かれたカルテを、瑠璃子はひとつひとつ確認しながら、所定の場所へと仕舞い込んでいく。もう窓の外は暗く、時計は夜の七時を過ぎたところだ。

今日は予約のほかにも新規の患者さんが多く、カルテの他にレントゲンも整理しなければならない。まだまだ時間はかかりそうだった。

「瑠璃ちゃん、本当にひとりで大丈夫なの？」

そう声をかけてきたさなえに、瑠璃子はにっこりと微笑んだ。

「大丈夫ですよ。さなえさん、今日は彼と約束があるって言ってましたよね？　だったら行ってください。私はなんの予定もないんで」

瑠璃子の言葉にさなえは逡巡《しゅんじゅん》した様子を見せたが、やがて申し訳なさそうに微笑んだ。

「じゃあ、お言葉に甘えさせてもらおうかな。ごめんね、瑠璃ちゃん」

さなえはそこで一旦言葉を切り、それから窺《うかが》うような視線を瑠璃子に向けてきた。

「ねえ、瑠璃ちゃん……。その、最近、陣内先生きてないみたいだけど、なにかあったの？」

陣内先生。さなえの口から出た名前に、ずきりと胸が痛んだ。それから泣きたくなるほど寂しい気持ちが湧き上がってくる。

　色々と聞いてもらいたい気もしたが、元樹との間にあったことなど話せるはずもない。それにさなえはこれからデートなのだ。邪魔をするわけにはいかない。

「喧嘩でもした？」

　心配そうに見つめてくるさなえに、瑠璃子はできる限りの笑みを浮かべた。……上手に笑えているかどうかはわからないが。

「そんなんじゃないですよ。幼なじみだからって、いつまでもお兄ちゃんに甘えてられませんから。お兄ちゃんも私の心配ばっかりしている場合じゃないですし」

「瑠璃ちゃんの心配をしている場合じゃないって……。じゃあやっぱりあれは本当だったんだ」

　さなえはそう呟くと、腰に手を当てて大きく息を吐き出した。

「なんだ、ちょっとショック！　私はてっきり陣内先生は瑠璃ちゃんのことが好きなんだと思ってたから、彼女がいるなんて信じなかったのに」

「……え？」

　いかにもがっかりといったふうに吐き出されたさなえの言葉に、瑠璃子の頭は真っ白になった。

　時間が止まってしまったかのように、動くことさえできなくなった瑠璃子に、さなえは自分の失敗を悟ったのか急に慌て出す。

「えっ、ご、ごめん。もしかして知らなかったの？　あの、本当にごめんなさい。余計なこと言っちゃったみたいで……ごめんなさいっ」

申し訳なさそうに何度も何度も頭を下げるさなえを、瑠璃子はぼんやりと見つめていた。

――お兄ちゃんに、彼女……？　なんだ、そんな相手がいたんだ。よかったじゃない。お兄ちゃんだって彼女ができたなら、もう私のことなんてどうでもいいだろうし。これで私もやっとお兄ちゃんから自立できる。本当によかった。

そう、喜ぶべきことなのだ。きっとこれで全部うまくいく。だからこれはいいことなのだ……

そのはずなのに、瑠璃子の胸はきりきりと軋《きし》んだ。

「あ、あの、なにも気にしないでください。確かに知りませんでしたが、お兄ちゃんに彼女ができたなんてめでたいじゃないですか。私もこれで自立ができるし。どんな人なんですか？」

自分の発しているはずの声が、妙に白々しく聞こえるのはどうしてだろうか。まるで台本に書かれた台詞《せりふ》を口にしているようだ。

「さなえさん、知っていることがあったら教えてください」

「う、うん……。あのね、私も直接見たわけじゃないんだけど、上の歯科医院の子が最近噂しているの。毎日仕事が終わる頃に、すらりとしたきれいな女の人が陣内先生を迎えにくるんだって。それでそのまま連れ立って出かけて行くらしいわ」

「……へえ」

自分の口から出た低くくぐもった声にはっとして、瑠璃子は努めて明るい笑みを浮かべた。これは喜ぶべきことなのだと、必死に自分に言い聞かせながら。

「そうですか。お兄ちゃんたらいつの間にそんな相手を見つけたんでしょうね。……あっ、さなえさん、これからデートなのに引き止めてしまってすみませんでした。」

笑みを崩すことなく、瑠璃子はぺこりと頭を下げる。

できればこのままひとりにして欲しい。

「お疲れ様でした。デート、楽しんできてくださいね」

そう言って、瑠璃子はにこやかに片手を上げた。

「ねえ、瑠璃ちゃん。大丈夫？」

「なにがですか？」

心の中を見透《みす》かそうとするかのようなさなえの視線を笑顔で受け止めていると、彼女は小さく息を吐きながらゆっくりと首を振った。

「ううん。なんでもない。じゃあ、お先に失礼します」

そう言ってさなえはクリニックを出て行った。

話によると最近同窓会があって、そこで元カレと再会しヨリを戻したのだそうだ。今日はその彼とデートだという。ここのところ勤務が一緒の時はいつもその彼の話題を聞いていたので、とても他人事とは思えなかった。

「……うまくいくといいな」

そう独りごちて、瑠璃子はさなえの出て行ったドアを見つめた。その元カレとヨリを戻してからというもの、さなえはみるみるきれいになっていった気がする。

きっと、毎日が充実して、幸せだからなのだろう。

——だとしたら、私はどんなふうに見えているのかな……？

そう思って瑠璃子は窓に映った自分の姿を見つめた。自分ではどこも変わってはいないように見えるが、よくわからない。

ただ心はあの日から……元樹の部屋を飛び出したあの日から、ひどく静かだった。静か、という表現が正しいのかどうかはわからない。けれど、なにをしていても、なにを見ても聞いても心が動かない気がした。

あれから元樹とは会ってはいない。もう二週間以上になるだろうか。

まるで存在を消してしまったかのように、元樹の姿を見かけることはなくなっていた。近くにいるはずなのに、元樹の気配の欠片《かけら》すら感じられない。

――お兄ちゃんはもう、私とは会いたくないって思っているに違いない。だからきっと私のことを避けてるんだ。それに……彼女ができたなら、いよいよ私なんて邪魔だよね。

そう思うだけで、瑠璃子の胸は鋭い針に貫かれるような痛みに苛《さいな》まれた。だが、深々としたため息が漏れたことに、瑠璃子自身気が付いてはいなかった。

「……仕事、しなくちゃ」

そう呟いて窓に映った自身から目をそらした瞬間、視界の端っこに元樹の姿を見た気がして、瑠璃子は窓の外に視線を戻した。

窓の外には確かに元樹がいて、瑠璃子は咄嗟《とっさ》にカーテンにその身を隠す。

「な、なんで私が隠れなくちゃいけないのよ！」

思わずそう言いながらも、瑠璃子はしっかりとカーテンに身を隠し、窓の外を窺《うかが》う。

そして、飛び込んできた光景に、時間が止まった気がした。

「……誰？」

知らず、唇から震えた声が零《こぼ》れ落ちる。

見たこともない女性が、軽く手を上げて元樹に微笑みかけて駆け寄っていく。さらさらの髪が背中まで伸びた、落ち着いた大人の女性。

駆け寄った女性と、元樹はにこやかに会話をしている。そして、背後からゆっくりと近づいてきた五十代くらいの男性に気が付くと、元樹は男性に丁寧に頭を下げ、そして三人で脇に停めてあった車に乗り込んだ。

車が動き出し、そのテールライトが見えなくなるまで、瑠璃子はカーテンに身を潜《ひそ》めたまま呼吸することさえ忘れていた。

「あの人が……お兄ちゃんの彼女……？」

再びそう呟いて、瑠璃子ははっとして自分の口元を指先で塞《ふさ》いだ。

「だ、誰だって関係ないじゃない。お兄ちゃんにはお兄ちゃんの付き合いがあるんだからっ」

わざと大きな声でそう言って、瑠璃子はカルテの束が置かれているカウンターの椅子に腰掛けた。

「さ、私も早く片付けちゃわないと。いつまでも帰れないわ」

そう言いながらカルテを手に取り、五十音順に並んだ棚に仕舞い込んでいく。一冊、また一冊と作業を続けていた手がふと止まり、「……きっとあの人だよね」と無意識に呟いた。そして、自分の声にはっとして、「だから、関係ないっ」と首を振る。

そんなことを何度も繰り返していたら、思っていた以上に帰宅が遅くなってしまった。

自宅マンションの前にたどり着いた瑠璃子は、片手にスーパーの袋を持ったまま、自分の住んでいるその建物を見上げた。視線の先は、五階の角部屋。そこは、元樹の部屋だ。

その部屋には明かりが灯《とも》っていない。

「……まだ帰ってないんだ」

携帯で時刻を確認しながら、瑠璃子はぼそりと呟く。カルテを仕舞い終えた後、瑠璃子はずっと気にはなっていたが通り過ぎるだけだった雑貨屋を覗いた。それからコーヒーショップに寄り、最後に閉店間際のスーパーで買い物をしていたので、時刻は既に九時を回っていた。

「関係ない……」

瑠璃子は五階の角部屋に向いた視線を、無理矢理に引きはがして部屋に向かった。胸がずきずきと痛んで仕方がない。余計な寄り道をしたのは、元樹が帰宅しているのを確認し、それを見て、ほっとしたかったから。

けれど結局元樹は戻ってきてはいなかった。高校生の門限でもあるまいし、少し考えれば帰宅していないことなど簡単に予測できたはずなのに。なのに……こんなにも胸が痛むなんて。

「関係ない、関係ない、関係ない」

呪文のように繰り返しながら瑠璃子は自室のドアを開ける。真っ暗でがらんとした部屋には、二週間以上が経ってもなかなか慣れない。

ここに越してきてから特別な理由でもない限り、仕事から帰宅するのは、いつも元樹の部屋だった。一緒にいるのが当たり前で、ひとりが寂しいなんて感覚を瑠璃子はすっかり忘れてしまっていたようだ。

閉店ぎりぎりで値下げされていたお弁当を温め、「いただきます」と手を合わせて口に運ぶ。美味《おい》しくもないし、不味《まず》くもない。なによりも……楽しくない。

――でも、慣れなくちゃ。

「あ……れ？」

テーブルの上にぱたぱたと水滴が落ちては弾《はじ》ける。それが自分の涙だと気が付くまで、数秒要した。けれどそれが涙だと理解しても、瑠璃子にはどうして自分が泣いているのか、そのわけがわからなかった。

ただ、脳裏に見知らぬ女性とにこやかに会話している元樹の姿だけが、何度も何度も繰り返し浮かんできた。脳裏に浮かんだスーツを着た元樹の姿に、高校のブレザーを着た彼の姿が重なる。

――どうして今、高校生の頃のお兄ちゃんなんて思い出すんだろう……？

そんな疑問が浮かんだ途端、頭にずきっと鋭い痛みが走った。そして、次々と忘れていた記憶が蘇《よみがえ》ってくる。

そう、忘れたくて、蓋《ふた》をしていた記憶が。

元樹が高校生になって半年ほど過ぎた頃だった。

ずっと優しかった元樹が、急によそよそしくなったことに、まだ小学生だった瑠璃子もなんとなく気が付いていた。話しかけても素《そ》っ気《け》なく、避けられている気さえして、瑠璃子は不安で仕方がなかった。

それでもそばにいたくて、いつも元樹の姿を探していた。そしてあの日も瑠璃子は、帰り道で元樹を待っていたのだった。ただ、優しくされたくて。元樹に優しくしてもらえるのは自分だけだと、その頃の瑠璃子は根拠もなく信じていた。けれど。

元樹の声に顔を上げた瑠璃子が見たのは、見たこともない女子高生と並んで歩く元樹の姿だった。瑠璃子は咄嗟《とっさ》に身を隠し、ふたりの姿を盗み見た。

元樹と並んで歩いているのは、艶《つや》やかな黒髪が肩まで伸びた、きれいな人。元樹は彼女と、瑠璃子が見たことがない大人びた笑みを浮かべて話しながら歩いている。知らない元樹がそこにいて、瑠璃子の胸はざわめいた。

そして、見てしまった。

彼女が元樹を見上げながら親密そうにその腕に絡みついたのを。そして元樹が彼女の黒髪を撫で、引き寄せられるようにふたりが唇を重ね合うのを。

小学生といっても高学年にもなっていれば、瑠璃子にだってその意味くらいわかった。ふたりがただの友達ではなく、『恋人』であるということくらい。

自分が元樹の一番そばにいて、一番優しくしてもらえる。それはただの自惚《うぬぼ》れで勘違いだと、一瞬で思い知らされた。元樹にとって一番大事なのは、優しくキスを交わしていたあの彼女で、自分は足下にも及ばないのだと……

「……そう、だった」

瑠璃子は両手で顔を覆って、呻《うめ》くように声を絞り出した。

ずっと忘れていた。いや、記憶の引き出しの隅っこに押し込んで、必死に見ないふりをしてきた記憶だ。そうやって、瑠璃子はずっと自分を守ってきた。

あの時の……元樹が見知らぬ人とキスをしていたのを見てしまった時の胸の痛みが、鮮《あざ》やかに蘇《よみがえ》って瑠璃子はぐっと唇を噛みしめた。

今ならばはっきりとわかる。あの時に感じた胸の痛みは、初めての恋を失ったせいだったのだと。そしてあの頃の絶望感もはっきりと思い出した。

ずっと元樹の一番近くにいたのは確かに瑠璃子のはずだった。けれど、どれだけそばにいても、瑠璃子では本当の意味で元樹の一番にはなれない。瑠璃子と同じ「好き」という感情で、きっと元樹は自分を見てはくれない。

それがわかってしまったから、瑠璃子は記憶とともに全部閉じ込めたのだ。元樹への恋心を。だから二度とあんな苦しい思いをしないで済むようにと、無意識に元樹から自立しなければと焦っていたのだ。そのくせ、元樹のそばから離れられなかった。

なのにあの時とよく似た状況で、全てを思い出してしまった。閉じ込め続けてきた本当の気持ちを、全部思い出してしまった。

——私……

「お兄ちゃんが……好き」

瑠璃子は震える声で呟く。口に出した途端、どうして今まで目をそらすことができていたのだろうと思うくらい、その思いがはっきりと瑠璃子の胸に蘇《よみがえ》ってくる。

自立したい、でも離れられない。甘やかさないで欲しい、でも甘えたい。そんなふうに心が揺らいでも、変わらないことがひとつだけあった。それは元樹のそばは温かくて安心できて、とても大切だったという事実。

けれど瑠璃子は自らそんな元樹のそばから逃げ出してしまった。もうきっと戻れない。

——だって、仕方がない。こうするしかなかったんだもん。

正直に言ってしまえば、これでよかったのかどうかよくわからない。けれど、あのまま元樹のそばにいても、もっと苦しかっただろう。自分がどうやっても元樹の一番にはなれないことも、本当は大事にされているどころか、疎《うと》ましく思われていることも受け止め続けながら近くにいるなど、瑠璃子にはできない。

だから……これでよかったんだと、思うしかなかった。

「でも……私は、私は……お兄ちゃんが、好き……」

取り戻してしまった恋心はあまりにも大きくて、瑠璃子は自分の気持ちに押し潰されそうだった。

診察室の中にがしゃんと、耳をつんざくような硬質な音が響き渡った。床には金属製のトレーと、デンタルミラーやピンセットがばらばらに散らばっている。それらは僅《わず》かな段差につまずいた瑠璃子の手から零《こぼ》れ落ちたものだ。

「す、すみませんっ」

瑠璃子は床に膝をついたままで、慌てて床に散らばった道具を掻き集める。少し離れたところに落ちているデンタルミラーを取ろうと手を伸ばしたが、それは瑠璃子の指が触れるよりも早く誰かの手に拾い上げられた。

「瑠璃ちゃん、大丈夫？」

デンタルミラーを差し出しつつそう声をかけてきたのは、真子だった。僅かに眉を寄せてじっと見つめてくるその瞳に心の中まで見透《みす》かされそうで、瑠璃子は目をそらした。

「は、はい。本当に……すみません」

差し出されたデンタルミラーを受け取り、さっと立ち上がってその場を立ち去ろうとした瑠璃子だったが、真子に腕を掴《つか》まれてしまう。

「大丈夫じゃないみたいよ？　ほら、膝から血が出ているじゃないの。手当てしてあげるからいらっしゃい」

真子に指摘されるまで気が付かなかったが、パンストが破れていた。どこかに引っかけてしまったのだろう、傷ができ、そこから血が滲《にじ》んでいた。そのことに気が付いた途端、それまで痛くなかった膝が急にずきずきと痛み出す。

「い、いえ。大丈夫です。これくらい……」

まだ診察時間内だ。真子の手を煩《わずら》わせたくなくてそう言ったのだが、真子はかえって怒ったように目を細める。

「いいから。ばい菌でも入ったら大変でしょ？　今私は手が空いているの。さっさとしないと次の予約の人がきちゃうわ。だからほら、早くいらっしゃいっ」

「え？　いや、でも、あの……」

早く早くと急《せ》かされ、傷口を水洗いされた後、瑠璃子は半ば引っ張られるようにして休憩室に連れて行かれた。椅子に座らされ、救急箱を引っ張り出してきた真子が正面に座る。きれいに傷口を拭《ぬぐ》われた後、大きめの絆創膏《ばんそうこう》が貼られる。

「はい、できあがり」

そう言うと真子は絆創膏の貼られた膝を、ぽんと叩いた。

「……いった……！」

「そうでしょうね。ねえ、今週に入って何回目？」

「……す、すみません」

痛みで少しだけ浮かんだ涙を指先で拭いながら、瑠璃子はしゅんと俯《うつむ》く。

「最近、随分とぼんやりしているようだけど、なにかあったの？　もともとぼんやりだけど、あまりにも酷《ひど》いわ」

言葉はきついが、真子の声と口調は、瑠璃子を心底心配してくれているものだ。真子に指摘されるまでもなく瑠璃子自身、仕事に集中できていないことがわかっていた。これではいけないと思っても、気が付けば瑠璃子の思考は元樹で満たされてしまうのだった。

初めて元樹が見知らぬ女性と出かけるのを見かけてから、一週間ほど経つ。あれから彼が何度か同じ女性とふたりで並んで歩いて行く姿を目にしていた。

親密そうに言葉を交わしながら去って行く元樹の姿を見かける度《たび》、心に深い傷を負っていく気がする。胸の痛みは日を増すごとに大きくなり、いっそ元樹との記憶ごと全部消え去ってくれないかと思うほどだ。

じゃないと、頭の中は元樹の存在に占領されてしまう。

「……お兄ちゃんが最近一緒にいる女の人は……」

「え？　元樹？」

ぽろりと口から零《こぼ》れた言葉にはっとして、瑠璃子は両手で口元を押さえた。口にするつもりなどなかったのに、無意識に言葉は零《こぼ》れ落ちてしまっていた。けれど、一度口から出てしまった言葉は消しようもない。

窺《うかが》うように見つめてくる真子の視線にいたたまれなくなり、瑠璃子は視線を床に這《は》わせた。今の発言を、真子はどう思っただろうか。そう考えると口が開けなくなってしまう。場を支配した沈黙に、逃げ出したくなった。

「瑠璃ちゃんは……」

真子の声に、瑠璃子は俯《うつむ》いたままで肩をびくんと大きく揺らした。きっと元樹への気持ちを聞かれるんだろうと思って身構える。けれど。

「……ううん、なんでもない。元樹が最近会っている人……あの人はね、元樹が色々とお世話になっている先生の娘さんよ」

「え……？」

気持ちを聞かれなかったことにほっとしつつも、瑠璃子は真子の言葉に嫌な予感を抱いた。体の芯がひんやりとしていく気がする。

「その先生、有名な歯科クリニックの院長でね、すごく元樹のことを買ってくださってるの。娘さんも元樹を気に入ってくれていて、結婚を前提に是非に……って申し出があるって聞いてるわ」

「そ、そうなんですか」

心の中を見透《みす》かされそうな真子の視線から逃《のが》れ、瑠璃子は更に顔を俯かせた。自分がどんな顔をしているのかわからなかったが、それでも普通の顔をしていないことだけは確かだろう。

「正直、すごくいいお話よ。全国展開しているグループの会長さんで、将来的には元樹に跡を継いで欲しいって言ってくださってるんだから。娘さんも素敵な方だし」

――そうなんですか。本当にすごくいいお話ですね。

この場面での正しい返答はこんな感じに違いない。わかってはいたが、瑠璃子は嘘でもそんなことを言うことができず、唇を噛んで押し黙った。真子が小さくため息を漏らすのを感じて、瑠璃子は身を縮めた。

「……ねえ、瑠璃ちゃん」

静かな真子の声にやはり顔を上げることができないまま、瑠璃子は息を詰めて次の言葉を待つ。

「私、瑠璃ちゃんには感謝しているのよ。元樹、瑠璃ちゃんに会う前は内気で、私の背中に隠れてばっかりで……こいつ大丈夫かしらって、本気で心配したんだから」

「……お兄ちゃんが……ですか？」

初めて聞く出会う前の元樹の話に、瑠璃子は僅《わず》かに視線を上げて真子を見た。真子はくすっと笑って小さくうなずく。

「そうよ。想像できないでしょう？　冗談じゃなく将来を心配したわよ。でもね、元樹は瑠璃ちゃんと会って変わった。自分よりも弱くて守らなきゃいけない存在に出会って、元樹は私の背中に隠れることをやめて、一歩前に踏み出したの。瑠璃ちゃんを守れる存在になるために、元樹は努力をして強くなったのよ」

まったく知らなかったことを告げられ、瑠璃子は瞬《まばた》きするのも忘れて真子を見た。瑠璃子のそんな視線を受け止めながら、真子は更に笑みを深める。

「ねえ、瑠璃ちゃん。元樹がどうして歯科医師になろうと思ったか知ってる？」

瑠璃子は黙ったままで首を振った。

「瑠璃ちゃんが、お母さんと同じ歯科衛生士になりたいって言ったからよ。だから元樹は歯科医師になろうって決めたの。信じられないくらい、単純よね。でも元樹にとってはなによりも大きな理由だった。瑠璃ちゃんを守るのは自分だって信じてたから」

真子の口から語られる元樹の姿は、どれも瑠璃子の知らないものばかりだった。

昔から元樹はなんでもできる人間なんだと思っていた。強くて、頼りがいがあって、目標を持っていて……それが本来の元樹なんだと。努力しているなんて、思ったこともなかった。真子の言葉に、頭をがつんと殴られたような衝撃を覚えていた。

「ずうっと、元樹の中心は瑠璃ちゃんだった」

「そ、それは違います……っ」

咄嗟《とっさ》に瑠璃子は真子の言葉に反論していた。脳裏に見知らぬ人とキスを交わす元樹の姿がちらついて、息ができないほどの胸の痛みに襲われる。

――私はお兄ちゃんの一番にも、中心にもなれるはずがない。

そんな卑屈な思いが胸に湧き上がって、泣きたいほどに苦しくなる。

「私は……お兄ちゃんの中心なんかじゃあ……」

それ以上はなにも言えずに、瑠璃子は再び深く俯《うつむ》いた。最後まで言えば、自分の言葉できっと深く傷付いてしまう。そうなったら、涙をこらえる自信がない。

もしかしたらただ単に、自分の口にした言葉を真子に否定してもらいたいという、ずるい考えがあったのかもしれない。真子に「そんなことはない」と言ってもらえたら、心が軽くなる気がしたから。救われる気がしたから。

けれど、現実はそんなに甘くはない。

「だったら瑠璃ちゃん、元樹を自由にしてあげて」

甘い望みとは大きくかけ離れた真子の言葉に、瑠璃子は凍り付いた。

「元樹にとってあんなにいい話なんて、そうはないもの。この縁談を受ければ、元樹の将来は約束されたようなものだと思わない？　だから瑠璃ちゃん、いい加減元樹を自由にしてやって欲しいのよ」

そこまで一息に言って、瑠璃子の言葉を待つように真子はいったん言葉を切った。けれど瑠璃子には答えるべき言葉が見当たらない。「わかりました」と答える潔《いさぎよ》さも、「嫌です」と答える厚かましさもない。

確かに元樹の将来を考えれば、離れるのが一番いいのだということは理解できる。理解は、できるのだ……でも……

「瑠璃ちゃん」

呼びかけられた声に、思った以上に体がびくっと大きく揺れた。

――自分でお兄ちゃんから離れたくせに……

そんなことは百も承知だというのに、はっきりと「元樹から離れて」と言われることに、瑠璃子は心底怯えていた。自分が本気で元樹から離れる覚悟などなかったのだと、今更ながら思い知らされてしまう。

「だからもう、元樹にはかかわらないで」

泣いてはいけない、真子の言っていることは正しい。そう思うのに、瑠璃子の瞳には涙が盛り上がってくる。それでも必死にこらえようと眉間に力を込め、唇を噛んで耐えた。酷《ひど》い顔をしている自覚がある。そんな顔を真子に見せるわけにはいかないと、瑠璃子は俯《うつむ》けた顔を上げずにいた。けれど白い指が伸びてきて、瑠璃子の顎《あご》がひょいと持ち上げられてしまった。

一瞬、真子と真っ直ぐに視線がまじり合う。目を見開く真子から逃《のが》れるように、瑠璃子は視線をそらした。けれど、きっともう誤魔化せない。

はあ……と、大きく息をつく音が聞こえ、瑠璃子はぎゅっと目を閉じた。

きっと聞き分けのない子だとか、元樹のことをちゃんと思ってくれていないとか思われたに違いない。瑠璃子はそう思った。けれど。

「……って、言おうと思ってたんだけど、絶対って訳じゃないのよね」

明るく、けれど気遣わしげな真子の声に、瑠璃子は恐る恐る目を開けて彼女を見上げた。

「中途半端な気持ちで元樹のそばにいられるのは困るけど、本気なら話は別よ？」

にこりと微笑まれ、瑠璃子は息を詰めて真子を見つめた。

「煮え切らない態度で元樹が振り回されるのは姉として黙っていられないし、正直、将来が安定してくれているほうが嬉しいわ。でも決めるのは元樹だし、本気でなにかを変えようと思っている人を止めるような真似《まね》は、誰にもできないと思ってる」

そう言うと真子は瑠璃子の顎を持ち上げていた指を離して、くしゃっと頭を撫でつけてきた。

「瑠璃ちゃんが本気でなにかを変えようと思うのなら、私は心から応援するわよ」

「……いいんですか？」

「じゃあ瑠璃ちゃんは私がダメって言ったら諦められる？　納得できる？　後悔しない？」

そんな真子の問いかけに、瑠璃子は考えるよりも先に首を横に振っていた。

「諦められません……っ。納得できないし、絶対に後悔しますっ」

やはり考えるよりも先に、身を乗り出してそう答えていた。そんな自分に瑠璃子自身が一番驚いていた。もう気持ちが溢《あふ》れ出して止められない。

「……お兄ちゃんが好きです」

ぼろぼろと涙が零《こぼ》れていく。格好悪いなとか子どもみたいとか思ったが、止められないのだから仕方がない。

「知ってた」

「し、知ってたんですかっ⁉」

最近やっと自覚した気持ちを真子に見透《みす》かされていたことに驚き、瑠璃子はぼろぼろと涙を流したままで目を見開いた。潤《うる》んだ視界の向こうで、真子が苦笑いをしている。

「知ってたわよ。いつになったら自覚するんだろうってずっと思ってた。だけどいつまで経ってもそんなそぶりないから、好きは好きでも家族としてかもって思ったりもしたけど」

「私自身、家族愛だって思ってました」

そう思い込もうとしていただけだった。そうやって思うことで、傷付かないように自分の身を守ろうとしていた。

「でも、私」

「その先は私じゃなくて、元樹に直接言いなさい」

頭に乗せられたままだった真子の手が、再び瑠璃子の髪の毛をぐしゃぐしゃと掻き混ぜた。

「色々なことにちゃんとけりをつけなさい。で、すっきりしたらしっかり働いてちょうだいね。じゃないと、お給料カットするわよ」

乱された髪の毛の向こう側から、真子が優しい目で見つめてくる。その目に勇気付けられて、瑠璃子は涙でぐしょぐしょの顔のままで微笑んだ。

──今日仕事が終わったら、お兄ちゃんに素直な気持ちを打ち明けよう。

そう、決心した。

元樹の部屋の前に立ち、瑠璃子は震える指をインターフォンに伸ばしては引っ込める。そんな動作をもうドアの前で何度も続けていた。

──いつまでもこんなことしてたって、仕方ないじゃない！

そう自分自身に言い聞かせ、瑠璃子はさっきから嫌な音を立てている鼓動を静めるように、大きな深呼吸を繰り返した。長々と息を吐き出し、瑠璃子は「よし」と小さく呟く。そして勢いをつけてインターフォンを押した。

チャイムが響いたのがドア越しにも聞こえ、瑠璃子は身を縮める。けれど中から人の気配はいっこうに感じられなかった。

「……や、やっぱり、留守なんだ」

そう呟いて瑠璃子はその場にしゃがみ込んだ。元樹の部屋に明かりが灯《とも》っていないことは、外から見て知っていた。それでももしかしたら今部屋に向かっているところかもしれないと思い、こうしてここまでやってきたのだった。

「お兄ちゃん……どこに行ったのかな」

瑠璃子はしゃがみ込んだままの姿勢でそう呟く。

瑠璃子がクリニックを出る時、元樹の医院は既に看板の明かりが消えていた。気持ちを伝えると決めたものの何度も怖《お》じ気《け》付いた瑠璃子は、徒歩十分ほどの距離を、たっぷり一時間近くかけて帰ってきたのだ。なにもなければ元樹は帰宅しているはず。

――なにもなければ……

瑠璃子の脳裏を元樹に駆け寄る見知らぬ女性の姿がよぎり、胸が締め付けられる。もしかしたら今頃元樹は、あの女性とふたりで過ごしているのかもしれない。楽しく食事をして、将来について語り合って、そして瑠璃子にそうしたように、あの女性に優しく触れてキスをして……

そんな妄想に、瑠璃子の背筋は粟立《あわだ》った。高校生だった元樹が彼女とキスしているのを見てしまった時と同じく、またなにもできないまま失恋してしまうなんて絶対に嫌だ。胸の奥から湧き上がってくる気持ちに、いても立ってもいられなくなる。

「そんなの、やだ。絶対に嫌」

うわごとのように呟きながら瑠璃子は立ち上がり、元樹を探しに行こうともつれる足で歩き出す。

元樹がどこにいるかなんて見当もつかなかった。それでもじっとしていると、ネガティブなことばかり考えて、せっかく素直に気持ちを伝えようと思った決心まで鈍ってしまいそうだった。

元樹がよく立ち寄るコーヒーショップ、専門書が充実していて気に入っている書店、新作が出ると覗きに行くレンタルショップ、ちょっとしたものを買いに行くコンビニ、それからふたりで買い物に行くスーパーマーケット……

息を切らしながら、早足で思いつく限りの場所を回る。けれど、どこにも元樹の姿はなかった。もっと他に元樹が行きそうな場所はないかと考えたがまったく思い浮かばず、瑠璃子は愕然《がくぜん》とした。

考えてみれば瑠璃子が知っているのは、マンションの一室で一緒にいる時と、家と職場の往復を共にする時の元樹だけだ。本当に狭い世界の中の元樹だけ。自分と一緒にいない時の元樹など、瑠璃子には想像すらできない。

——あの時と同じだ。あの時となにも変わってない。

そう思って瑠璃子の胸は鋭く痛む。

なにもできずに初恋が終わってしまった子どもの頃。瑠璃子の世界は元樹が中心だったのに、瑠璃子は元樹の世界のほんの一部でしかなかった。元樹には彼の世界があって、瑠璃子はどんなに頑張ったところでその世界に触れることはできなかった。

今と同じように……

一瞬、どうしようもない悲しみが瑠璃子の胸を覆った。けれどその悲しみはすぐにやり場のない怒りに変わる。

——お兄ちゃんの中心はいつだって私じゃないのに、なのに、私が自立しようとした途端にそれを邪魔しようとするなんて……！　大事な人がいるなら、私のことなんて放っておけばよかったのに！

そんな怒りが、元樹に対するわがままで甘えた感情だということくらい瑠璃子にもよくわかっていた。

元樹の中心になれないのは自分のせいだし、元樹から本気で離れようとしなかったのも自分だ。全部自分のせいで、元樹のせいではない。そんなことわかっている。それでもそうとでも思わなければとてもやりきれない。

「お兄ちゃんの……ばか」

じわりと滲《にじ》んだ涙を手の甲で乱暴に拭《ぬぐ》って、瑠璃子は再び当てもなく元樹を探しはじめた。片っ端から店を覗きながら歩き回ったが、元樹の姿を見つけることは叶わなかった。

――今頃あの女の人と抱き合ってるのかもしれない。どんな気持ちで？　誰にでもあんなことをするの？　誰でもいいの？　私が責任なんて取らなくたって、相手ならたくさんいるんじゃないの！

心の中で必死に元樹を責め立てる。そうでもしないと涙が零《こぼ》れ落ちて、止められなくなってしまいそうだった。そうやってどれくらいの時間、元樹の姿を求めて歩いていたのだろうか。瑠璃子は再びマンションの前に戻ってきていた。

いつものように五階の角部屋を見上げ、瑠璃子はそこに明かりが灯《とも》っているのを見つけた。

「……お兄ちゃん」

すぐにでも駆け出そうと息を吸い込んだ瑠璃子は、けれど駆け出す前に「瑠璃子！」と鋭く響いた声に動きを止めた。

その声は、今の今まで探し回っていた元樹の声。強く会いたいと思っていたせいで幻聴が聞こえたのかと本気で思ったほどだ。

「瑠璃子！　お前、こんな時間までどこに行ってたんだ！」

最近ずっと口をきくどころか顔さえ合わせていなかったから、怒鳴《どな》るようにそう言いながら近づいてくる元樹を、幻覚じゃないかと思ってしまう。けれどずんずんと大股で近づいてきた元樹にがっちりと両肩を掴《つか》まれ、その痛いほどの感覚にこれが現実なのだとやっと受け入れられた。

「お兄ちゃん……」

どうしてここにいるの？　そんな疑問を口にする前に、元樹のほうが先に口を開く。

「とっくに仕事は終わってるはずだろう？　今までなにをしていたんだ。俺がどれだけ心配したと……」

眼鏡の奥の瞳が鋭く細められ、肩を押さえつけている指先が更に食い込んだ。

「まさか瑠璃子、またあの男と会ってたんじゃないだろうな？　そんなこと、俺が許すと思ってるのか」

元樹の口から出た言葉に、鎮《しず》まっていた怒りの感情に一気に火が付いた気がした。かっと頭に血が上る。瑠璃子は元樹の手を振り払うと、逆に彼の胸元に掴みかかった。

「はあっ⁉　なにを勝手なことを言ってるの？　俺が許すと思ってるのかですって？　そんなの知ったことじゃないわよっ！　今までなにしてたかなんてお互い様じゃないのっ。お兄ちゃんだってすぐになんて帰ってきてなかったくせに！」

「る、瑠璃子……？」

元樹の胸元で声を荒《あら》らげる瑠璃子に、元樹は驚いたように戸惑った目を向けてくる。

怒るつもりじゃなくて、素直に自分の気持ちを告げたいのにと頭の片隅で思ったが、もう止められない。

「お兄ちゃんこそ女の人と会ってたんでしょ？　お世話になっている先生の娘さんとお付き合いしてるんじゃないの？　ゆくゆくはその人と結婚して、グループのトップになるんでしょう？　だったらもう私のことなんて放っておけばいいじゃないっ。心配なんてしなくて結構です！」

「瑠璃子、待て。なんの話だ」

「そんなのお兄ちゃんが一番知ってるはずよ！　お願いだからもうこれ以上私を惨《みじ》めにしないでよ。心配なんてしないで。……期待しちゃうじゃない」

もう腹立たしいのか悲しいのかよくわからなくなってきて、瑠璃子はぎゅっと唇を噛んで元樹を見上げた。こんなふうに気持ちをぶつけた瑠璃子を、元樹はやはり疎《うと》ましく思うのだろうか。これ以上嫌われたくはないのに。そう思った途端、瑠璃子の中に苦い後悔が広がっていく。

逃げ出してしまいたい衝動に駆られたが、それを行動に移す前に元樹に手を握られてしまった。胸元から引きはがされ、指を絡めて手を繋《つな》がれる。

「は、離して」

急にいたたまれなくなって小さく抵抗すると、しっかりと繋がれた指先が、痛いほどに握りしめられた。

「絶対に離さない。……よくわからないけど、瑠璃子、お前はひどい勘違いをしているようだ。世話になっている先生の娘さん？　いつの話だ。確かにそういう話もあるにはあったけど、そんなものもう何年も前の話だ」

「……………え？」

たっぷり数秒かけ、やっとの思いでそれだけの間抜けな声を押し出す。

「だ、だって、真子先生が……」

繋《つな》がれた手がぐいっと引かれ、瑠璃子は元樹についてよたよたと歩き出す。真子の名前を出した途端、前を歩いている元樹が深々とため息を吐き出した。

「姉さんか……なに考えてるんだあの人は。面白がってるのか？　悪趣味だ」

「え？　なに？　なんのこと？　だ、だって、前に女の人とそれから年配の男の人と三人で会っていたでしょう？　それって、その先生と娘さんなんじゃ……」

「は？　ああ、多分それは業者の人だよ。今度俺の歯科医院を開業することにしたんだ。それで色々と打ち合わせをしていた。前にきていた年配の人は、担当の女の人の上司」

「開業……？」

元樹の言葉に、瑠璃子はやっと真子に騙《だま》されたのだと気が付いた。騙されたと言うよりは、煮え切らない瑠璃子を煽《あお》ったのに違いない。

まんまと真子の思惑にはまり、喚《わめ》き散らしてしまったことが急激に恥ずかしくなる。首から上全体に熱が集まってきた。

「お前から姉さんを遠ざけたかった」

「え？」

「姉さんのそばに置いておいたら、またいつ瑠璃子を他の男に差し出されるともわからない。だから姉さんになんと言われようが、お前を一緒に連れて行こうと思ってた」

元樹は振り返らずにエレベーターのボタンを押し、開いたドアに瑠璃子の手を引いて乗り込む。そして瑠璃子を、その胸に抱き寄せた。

「言ったろ？　誰にも渡す気はないって。他の男に、指一本触れさせる気はない。お前にこうやって触っていいのは俺だけだ。違うか？」

耳元で熱っぽく囁《ささや》かれる言葉に、目眩《めまい》がするほど胸の奥が甘く切ない音を立てた。けれど勘違いしてはいけないと自分を戒《いまし》める。

「そ、それでお兄ちゃんの気は済むの？　私はずっとお兄ちゃんに甘えて、お兄ちゃんの大事な時間を奪って……だからお兄ちゃんも私を縛り付けたいんだよね？　私を縛り付けて、それでお兄ちゃんは本当に気が済むの？」

――そばにいられるなら、もうそれでもいいかもしれない。

と、瑠璃子は本気で思った。どんな感情でも、そばにいてくれるのならそれでいいと。

本気で。けれど。

「……そうか、そんなふうに思ってたんだ。……ふふ」

瑠璃子を胸に閉じ込めたまま、元樹は小さく笑い出した。クスクスと笑うリズムに揺らされながら、瑠璃子は訳がわからずに眉をひそめる。

「な、なんで笑ってるの？」

「うん、いや、いい。とにかく俺の部屋に行こう。ゆっくり話がしたい」

すぐにエレベーターは五階に着き、元樹は瑠璃子の手を引いて部屋に入った。数週間ぶりの元樹の部屋に、瑠璃子は懐かしさを感じた。自分の居場所に戻ってきた、そんな感じだ。

元樹に手を引かれたままだった瑠璃子は、彼がソファに腰掛けたのに倣《なら》って隣に腰掛ける。やっと戻ってこられた元樹の部屋を堪能するようにきょろきょろと部屋を見回していると、強い視線を感じた。隣を見ると、じっと自分の見つめる元樹と目が合う。目が合った瞬間、元樹はにっこりと優しく微笑んだ。それにつられて瑠璃子も僅《わず》かに口元を持ち上げると、笑みを浮かべたままの元樹が覆い被《かぶ》さってきて仰向《あおむ》けにソファに押し倒されてしまった。

「あ、あの、お兄ちゃ……んんっ」

見慣れていても見とれるほどに整った顔が間近に迫り、あっという間に唇が奪われた。

柔らかく触れ合った唇の間から元樹の舌先が伸び、瑠璃子の唇をくすぐりながらゆっくりと口内に差し入れられる。

「あ……ん……っ」

瑠璃子は抵抗することもなく薄く唇を開くと、差し入れられた元樹の舌先に自ら舌を絡ませた。元樹の気持ちがどうであれ、またこうして触れ合えることが嬉しくて幸せで……。受け入れてもらえるとか、この先どうなるとかそんなことは考えずに、ただ純粋に元樹に自分の気持ちを伝えたいと思った。

そんな気持ちのままに、繋《つな》がれていないほうの腕を伸ばして元樹の首に絡めて引き寄せる。こんなことをしたのは初めてだ。そのことに元樹も驚いたに違いない。一瞬動きを止めると、触れ合っていた唇を離して瑠璃子を見下ろしてきた。

「……瑠璃子？」

眼鏡の奥の瞳が窺《うかが》うように瑠璃子を見つめている。瑠璃子の心を探るように。だけど、そんな必要なんてないと思った。もう隠すつもりもないし、隠しきれない。思いの全てを伝えないままでなんていられない。

「お兄ちゃんが好き」

その言葉は本当に自然に口から零《こぼ》れていた。

「ずっと好きだった。きっとこれからも変わらないよ。お兄ちゃんが私をどう思っていても構わない。ただ、好きなの。お兄ちゃんが好きなの」

思いの全てが伝わるように、瑠璃子は真っ直ぐに元樹を見上げたまま、心を込めて真剣に言葉を紡《つむ》いだ。

見上げた先の元樹は何度かゆっくりと瞬《まばた》きをした後、瑠璃子の頬を指先でなぞる。

「瑠璃子は、俺がお前のことをどう思っていると思ってるんだっけ？」

意地悪な質問に、瑠璃子の胸はぎりっと痛んだ。

「……疎《うと》ましく思っているんだよね？　ずっとお兄ちゃんの時間を私が奪って邪魔してきたから。散々甘えてわがままを言って、たくさん迷惑かけてきちゃったから……」

こんな事実を、告白した直後に言わされるなんて。やはり自分は元樹に疎まれていたんだと実感した。苦しくて悲しくて、視界が潤《うる》み熱い滴《しずく》が次々と落ちていく。

「……ばかだな」

潤んだ視界の向こう側で、そう言った元樹が苦く笑う。その言葉の意味も苦い笑みの意味もわからないまま、瑠璃子は元樹を見つめ続けることしかできない。

「ばかは……俺も一緒か。どう思われてもいいから俺は、お前を手に入れたかったんだ。お前を手に入れられるなら、方法なんて構っていられなかった……」

元樹の指先が、次々に溢《あふ》れては零《こぼ》れ落ちていく涙を拭《ぬぐ》い取っていく。

「誰かに奪われてしまうと思った時、どんなことをしても繋《つな》ぎ止めることしか考えられなかった。それができるなら誤解でも勘違いでもされて構わないと本気で思った。誰かがお前に触れるなんて、考えただけでおかしくなりそうだった」

「おにい、ちゃん？」

「優しい兄のふりをして、俺はずっとお前に邪《よこしま》な気持ちを抱いてきたんだよ？　知らなかったろ。俺にとってお前は、どんな手を使ってでも繋ぎ止めたい女だったんだ。妹だなんて、ただの一度も思ったことはない。ずっと……ずっと俺の世界の中心にいたのは瑠璃子、お前だけだった」

「う、嘘。ずっとなんて嘘だよ」

元樹の言葉が嬉しくて仕方がないのに、瑠璃子はどうしても素直になることができなかった。

だって、ずっとなんて言葉が嘘だと瑠璃子は知っている。キスを交わすふたりの姿が、今でも瑠璃子の記憶には鮮烈《せんれつ》に焼き付いてしまっているのだから。

「嘘じゃないよ」

「嘘だよ！　だってお兄ちゃん、高校生になった頃から私を避けはじめたじゃない……っ。きれいな彼女だっていて、キスだって……だから私、私……」

言葉を吐き出してしまってから、今こんなことを言うべきではなかったと瑠璃子は激しく後悔していた。昔のことをいつまでも引きずっている自分の狭量《きょうりょう》さが、情けなくて仕方がない。

「ごめんなさい……変なこと言っちゃって」

真っ直ぐに元樹を見ることができず、瑠璃子は睫《まつげ》を伏せた。元樹が小さくため息を吐き出した気配に、体を縮こめる。

「ごめん」

「え？」

まさか謝られるとは思っていなかった瑠璃子は、伏せていた目を上げる。視線の先では、元樹が情けなさと後悔とをごちゃ混ぜにしたような表情を浮かべていた。

「あの頃の俺は……本気で悩んでたんだ。その……自分がロリコンなんじゃないかって」

「ロリ……？」

元樹は小さくうなずくと、片手で前髪を掻き上げ、ぐしゃぐしゃと掻き混ぜた。

「同世代の女より、瑠璃子のほうが俺にとっては興味があって。興味ってよりもはっきり言って手を出したいとさえ思ってる鬼畜《きちく》な俺がいて、正直そんな自分が怖かった。だから、無理矢理にでも同世代の奴と付き合えば、少しはなにか変わるかもしれないと思ったんだ。まったくなんの効果もなかった上に、自分の気持ちを思い知らされただけだったよ。……だから」

一気にそこまで口にして、元樹は真っ直ぐに瑠璃子を見つめてきた。さっき同様、その表情は情けなさと後悔とが同居したようなものだったが、向けられる瞳は真剣そのものだ。

「だから、本当に俺にとってはずっとお前だけだったんだ」

凍《い》てつきそうだった胸の奥が、とくんと温かな音を立てた。

「好きだ」

「……っ」

頬を伝う涙の温度が変わった気がした。全てを凍り付かせてしまいそうなほど冷たかった涙は、今は温かく心に染み込んでいくものに変わっている。

「もう一回、お願い。もう一回言って」

瑠璃子は元樹の首に回した手に再び力を込め、その体を引き寄せる。夢じゃないことを、もっとはっきりと感じたい。

「何度でも……。瑠璃子が望むなら、何度だって言うよ。お前が好きだよ、瑠璃子」

触れ合った頬が熱い。囁《ささや》かれた言葉はくすぐったく鼓膜を震わせ、重なり合った体の間で、どちらのものともわからない速い鼓動が響いていた。

「好きだよ」

「……なんだか夢を見てるみたい」

瑠璃子は吐息まじりに呟いた。

体に感じる元樹の感触が、これが夢ではないことをはっきりと伝えてくれている。それでも、気持ちが追いついてこない。

つい数分前まで、自分は疎《うと》ましく思われているんだろうと確信していた。それがこんなふうに劇的に状況が変わるなんて――

目の前がバラ色に染まるなんて、物語の中だけだと思っていた。けれどまさに今、瑠璃子はそのバラ色の夢の中にいるような感覚だった。

「夢じゃないよね？」

もっとこれが現実だと感じたくて、瑠璃子は元樹の体に回した手に一層力を込める。元樹は宥《なだ》めるように瑠璃子の頭を撫でながら囁《ささや》いた。甘く、熱っぽい声で。

「……だったら、夢じゃないって実感させてあげるよ」

「え……？　わっ！」

元樹が身じろいだかと思うと、瑠璃子の体は軽々と抱え上げられていた。驚きはしたが、もう抵抗するつもりも理由もない。ドキドキと高鳴る胸を感じながら見上げると、艶《つや》っぽく微笑む元樹と目が合った。

隠しきれない欲望が滲《にじ》むその瞳にひたと見据えられ、それだけで体が熱くなってくる。

「いいね？」

責任なんて理由もなく、ただ純粋に自分が求められていると実感して、言葉にできないほど嬉しかった。そして、求められる以上に瑠璃子も元樹を求めている。そんな自分に気付かされた。

元樹の腕に抱え上げられたままで素直にこくんとうなずくと、蕩《とろ》けんばかりの笑みを向けられた。二十年近く見てきた中でも一番きれいなその笑みに、くらりと目眩《めまい》を覚える。

そのまま真っ直ぐに寝室に連れて行かれ、そっとベッドに下ろされた。お互いベッドの上に座ったままで見つめ合い、どちらともなく唇を重ねる。

柔らかく唇が重なり合い、互いを確かめるように舌を絡め合う。気持ちが通じ合ったせいか、そのキスはこれまでとは違う気がした。幸せに満ちた鼓動が体の中で響いている。

ゆっくりと元樹の唇が離れ、その大きな手のひらが瑠璃子の頬に触れる。その温《ぬく》もりが愛《いと》しくて、瑠璃子は元樹の手に自分の手を重ねた。温かな笑みが自然と浮かび、元樹を見上げる。きっと同じような笑みを返してくれると思っていたのだが、元樹は眼鏡の奥から苦しげな視線を送ってきていた。

「……瑠璃子、俺がこの数週間、どれだけ我慢していたかわかるか？」

視線同様苦しげな響きをまとった声に、瑠璃子は答えられないまま元樹を見上げ続けた。

「お前に自由にしてくれって言われて、自分の身勝手さに吐き気がしたよ。だからって気持ちが変わるわけでもない。瑠璃子が自分の意思で俺のところに帰ってくるのを待とうと思いながら、気になって、会いたくて、触れたくて……苦しかった」

「お兄ちゃん」

真っ直ぐな元樹の言葉に、瑠璃子は初めて彼の本当の声を聞いた気がした。いつも余裕があって大人で、意地悪だけど思いやりがあって……弱音なんて聞いたことがない。それが元樹だと思っていた。けれど、そんなふうに瑠璃子が思い込むことで、元樹は本当の気持ちを言えなくなっていったのかもしれない。

瑠璃子が元樹にだけ意地っ張りだったように。

「でもお前の帰りが遅くて、もういても立ってもいられなかった。心のどこかで今度こそ拒絶される覚悟もしていたんだ。だから今、これが夢かもしれないと思っているのは、本当は俺のほうなんだ。だから……夢じゃないって実感させてくれ」

激しい熱を孕《はら》んだ瞳に射《い》貫《ぬ》かれ、胸が苦しくなる。苦しいのに、心から幸せだと思った。こんな気持ちは初めてだったが、これが誰かを愛《いと》しいと思うことなんだと実感した。

「……私も夢じゃないって実感したい」

元樹を見つめ返す自分の瞳が、きっとこの先を期待して強請《ねだ》るように潤《うる》んでいることはわかっている。でも、もうそれさえも隠す気はない。

——だって、欲しいから。お兄ちゃんの全部を感じたいから。

「瑠璃子」

「……んっ」

初めから貪《むさぼ》るような口づけを交わしながら、元樹は瑠璃子の衣服をはぎ取っていく。

瑠璃子もまた、慣れない手つきで元樹の衣服に手をかけて脱がせた。恥ずかしいなんて思わなかった。ただ、早くなにも隔《へだ》てるものなく抱き合いたいとそればかりが頭を支配する。

全ての衣服を脱ぎ去り、裸のままできつく抱き合う。別々の体温が混じり合ってひとつになっていく。それだけで安心して満足で……けれど、もっともっとと心が貪欲《どんよく》に強請っている。

「……瑠璃子、ごめん。もう我慢の限界。全然余裕がない」

瑠璃子を深く抱き込んだまま、元樹が呻《うめ》くように言った。その言葉に嘘がないことは、下腹部に当たっている熱い滾《たぎ》りが物語っている。でも、そう思っているのは元樹だけじゃない。

「いいよ。お兄ちゃんにならどんなことされたっていいの。どんなことでも……されたいの。だって私も、お兄ちゃんをもっと感じたいから」

頬を赤らめて素直な気持ちを口にすると、すぐ目の前で元樹がこれまでにないほど苦い笑みを浮かべた。

「……まったくお前は悪い子だね。自分がどれだけ俺を煽《あお》って追いつめているかわかってる？」

そんなつもりはもちろん欠片《かけら》もない。自分が知らずに元樹に悪いことをしているのだろうかと、瑠璃子は眉をひそめた。ただ、素直な気持ちを伝えたかっただけなのに。

「ごめんなさい。私……そんなつもりじゃ……ただ、お兄ちゃんが好きだって言いたくって……」

焦って元樹を見上げると彼はまじまじと瑠璃子を見つめ、それから柔らかく微笑んでくれた。

「俺も好きだよ、瑠璃子。ただお前があんまり可愛いから、俺が勝手に余裕をなくしているだけなんだ。だから……」

「……あ、んっ」

元樹の手のひらが、瑠璃子の腿《もも》をゆるゆると撫で上げてくる。ただなぞられているだけの刺激にも、瑠璃子の体温と鼓動は確実に上がっていく。

「お前を全部くれるね？」

「あ……っ、わ、私は、初めて会った時から、ずっとお兄ちゃんのものだったよ……ずっと昔から、お兄ちゃんだけの……ん、ぁあっ」

そう、きっと初めて会った時から瑠璃子は元樹のものだったのだ。優しい笑顔で差し伸べられた手を握った時から、ずっと。大切で大好きで離れたくない存在。

きっとあれが初恋で、瑠璃子にとって唯一の恋。

「……瑠璃子。もう絶対に離さない」

「……あ、ああ……んっ！」

――離れてくれって言われたって、もう絶対に離れてなんてあげないから。

可愛げのないそんな台詞《せりふ》は、結局瑠璃子の口から出ることはなかった。ただ腿を撫でられているだけだというのに、体はびくびくと震え続ける。体温が際限なく上がっていくようで、もうそんな余裕さえなかった。

「瑠璃子……」

元樹は熱に浮かされたように瑠璃子の名前を呼びながら、体中に唇を落とす。腿を撫でていた手は足の間にするりと忍び込み、いきなり襞《ひだ》を割って瑠璃子の中に差し入れられた。

「あ……ああんっ！」

その刺激に瑠璃子は体を震わせた。しかし圧迫感はあっても痛みはなく、簡単に元樹の指を呑み込んでいく。

「……すごい、濡れてる」

「だ、だって……んっ、ん、ふ、ぁあ」

差し込まれた指が、感じる場所を探して瑠璃子の中で蠢《うごめ》く。それだけでも呼吸が止まるほどに反応してしまうというのに、元樹は空いているほうの手で胸を持ち上げ、その頂《いただき》でつんと上を向いている乳首をきつく吸い上げた。

「ん、んん……っ、や、やぁあん……っ」

感じる場所を乱暴とも言える動作で一度に弄《いじ》くられ、強い電流が体中を駆ける。体の奥で炎が燃え上がり、内側から焦がされてしまうんじゃないかと不安になるほどの快楽に包まれた。

元樹によって淫《みだ》らに躾《しつ》けられてしまった瑠璃子の体は、あっという間にそれだけで達してしまう。声にならない嬌声《きょうせい》を上げ、瑠璃子は体を痙攣《けいれん》させた。

けれど元樹は休む暇も与えてはくれない。すっかり硬く立ち上がった乳首に舌を這《は》わせ、蜜を溢《あふ》れさせる花びらに指を突き立て続ける。

「あ……っ、あ、んっ、んぁああ……っ」

ついさっき達して脱力していた体は、再び甘い毒のような快楽に絡め取られていく。あっという間に呼吸は熱く弾《はず》み、鼻にかかった声が漏れ出した。

くちゅりと濡れた音を立てながら、元樹の指が瑠璃子の襞《ひだ》を押し開いていく度《たび》、もっと違うなにかが……元樹自身が欲しくて瑠璃子の腰は無意識に揺れてしまう。

「瑠璃子、欲しいの？」

そんな様子に気が付いたのか、元樹が胸に埋《うず》めていた顔を上げて見つめてくる。

「なにをどんなふうにして欲しいか、ちゃんと言って」

「……えっ」

動揺する瑠璃子に、元樹は口元を持ち上げる。

「そうだよ。俺にどうして欲しいのか、自分でちゃんと強請《ねだ》ってごらん。じゃないとなにもしてあげないよ」

艶《つや》めいた笑みを浮かべ、元樹は意地悪な言葉を投げかけてくる。けれど、ただの意地悪ではない気がした。だって意地悪を言っているだけとは思えないほど、その瞳があまりにも真剣だったから。

「ほら。お前がどれだけ俺を欲しがってるか、ちゃんと教えて」

――ああ、そうか。

ずっと瑠璃子と元樹は兄妹のように育ってきた。恋心を押し殺していたとは言え、長い間瑠璃子にとって元樹は『お兄ちゃん』以外の存在ではなかった。だから……『お兄ちゃん』としてではなく、『男』として求められていることを感じたいのかもしれない、と。

――そんなこと、確かめる必要なんてないのに。でも、それを望むなら……

瑠璃子は両腕を伸ばすと元樹の首に絡めて引き寄せ、自ら唇を重ねた。自分からそうしたことがないので正直どうしていいのかわからなかったが、そっと舌を伸ばして元樹の舌に絡める。

数秒そうしてから唇を離すと、驚いた元樹の顔が目の前にあった。

「お、お願い、お兄ちゃん。私をお兄ちゃんでいっぱいにして……」

こんなことを口にして、恥ずかしくない訳がない。けれど元樹が望むなら、瑠璃子はどんな自分にだってなりたかったし、なれそうな気がした。

「だから……お願い」

「瑠璃子……よくできました」

目の前で惚《ほう》けていた元樹の表情が、まるで花が咲くように綻《ほころ》んだ。そのきれいな笑みに、瑠璃子の胸が切ない音を立てた。何度も見ている笑顔のはずなのに、心が揺さぶられて鷲掴《わしづか》みにされる。

「愛してる」

「えっ」

初めて言われた言葉に、瑠璃子は瞬《まばた》きさえ忘れる。そんな瑠璃子に、元樹はくすっと笑う。

もう一度、その言葉を言って欲しいと思った。

けれど片足を高く持ち上げられ、深いところまで一気に熱く脈打つ元樹自身が突き立てられたことで、そんな気持ちも真っ白に塗り潰された。ぐんと内臓が押し上げられ、それと共に深い官能が瑠璃子の体を突き抜けていく。息が詰まって、体が硬直する。そのまま勢いを付け、息をする暇さえ与えられないほど激しく腰を打ち付けられた。

「……あっ、ああっ、ん……っ、ぁ、はぁ……ん！」

ふたりの間から、はしたなく湿った音が高く響き、突き上げられる度《たび》に生まれる熱に意識が溶かされてしまいそうになる。襞《ひだ》を割って擦《こす》り上げられるその度、ずきずきと痛みにも似た快感が広がり背中がぶるぶると戦慄《わなな》いた。

「お、にい、ちゃん……おにい、ちゃん……っ！」

無意識に元樹を呼ぶ声が、泣き声になっていることに気付く余裕は、瑠璃子にはなかった。

「っああ！」

激しく突き上げていた動きがふと止まり、乱れていた呼吸を整えようと速い呼吸を繰り返していた瑠璃子の頬に、なにか冷たいものが落ちてきて弾《はじ》けた。きつく閉じていた目を開け、ゆっくりと視線を巡らせると、真上から元樹が瑠璃子を真っ直ぐに見下ろしてきていた。

その額《ひたい》には汗が滲《にじ》み、その滴《しずく》がぽたりと落ちてくる。肩を上下させて切迫した呼吸を繰り返し、ぐっときつく眉を寄せるその表情は、なにかをこらえている表情だ。

そんな苦しげな元樹の顔を見るのは初めてだった。

余裕の欠片《かけら》もない、必死な表情。

「……ごめん、瑠璃子。痛い？　俺、乱暴だよね」

絞り出すような声でそう言って、元樹は自嘲的《じちょうてき》に薄く笑った。

「もっと優しくしたいのに……限界で。情けない」

はあ……と、大きく息を吐き出しながら、元樹が瑠璃子の肩に額《ひたい》を押し付ける。その額は熱でもあるのかと思ってしまうほど熱い。どくどくと響いてくる心音は、瑠璃子のものよりもずっとずっと速かった。

いつもの冷静な元樹からはほど遠いその様子に、情けないと思うどころか嬉しいと思ってしまう。理性を保てないほどに欲しがってもらえるなんて。

そっと腕を伸ばし、元樹の体に回す。触れた素肌はしっとりと汗ばんでいた。

「……大好きだよ、お兄ちゃん」

耳元でそっと囁《ささや》くと、瑠璃子の肩に顔を埋《うず》めていた元樹の体がびくりと硬直するのがわかった。ゆっくりと顔を上げ、前髪の隙間から瑠璃子を見つめてくる視線を受け止める。どこか不安な光をたたえたその瞳に、瑠璃子は考えるよりも先に彼の頭をそっと撫でていた。

「……心配しないで、大丈夫。私はそばにいるから」

出会ってから今までずっと、瑠璃子を安心させてくれた言葉を心を込めて囁く。今まで支えられてばかりだった。これからは支えられるばかりじゃなくて、元樹を支える存在になりたい。

「大好き。……っんん！」

真っ直ぐ見つめていた元樹の瞳がふっと和《やわ》らいだと思った次の瞬間、瑠璃子の唇は彼の唇に塞《ふさ》がれていた。そして動きを止めていた元樹の腰が再びぐっと押し進められる。

「ん、んんっ、んふ……ぁあっ」

上も下も元樹によってぐちゃぐちゃに掻き回され、頭がぼんやりとしだし、あっという間に快楽の渦《うず》に放り込まれてしまう。

「あ……っ、ああっ！」

血液が沸騰してしまうんじゃないかと不安になるほど、体が熱い。一番深いところを抉《えぐ》られる度《たび》、全身を切ないほどの快楽が突き抜けていく。がくがくと震える体を止めることができない。

繋《つな》がっている場所が熱くて熱くて、まるでそこから元樹に溶かされていっている気がした。

「ん……あ、ん……っ、あ、ダメェ……。そんな、あ……っ」

仰向《あおむ》けになった元樹の上に跨《また》がらされ、下から激しく突き上げられる。正面から穿《うが》たれていた時よりももっと深い場所で元樹を感じて、頭の中まで掻き混ぜられている気さえする。吐き出す息が熱く、うっすらと涙が滲《にじ》んだ。

まるでもう自分の体が自分のものではないような、不思議な感覚に支配される。与えられ続ける甘い快楽に抗《あらが》うこともできず、背筋が弓なりに反《そ》る。

「ん……く、あ、あん……っ」

「瑠璃子」

「ん……っ、はぁ……んっ！　も……ダメ、だよぉ……もう、もう……あっ、ダメェ……」

元樹が瑠璃子の中を擦《こす》りあげながら深く抉《えぐ》っていく度《たび》に、未知の快楽が瑠璃子を襲った。繋《つな》がっている場所だけでなく、全身が元樹から与えられる刺激に疼《うず》き痺《しび》れる。

理性や意識さえ吹き飛ばされそうで恐ろしくもあるのに、もっともっと心も体を元樹を求めてやまないのだ。

「あ……、あ……あ……っ、おにい、ちゃ……私、もぉ……」

お腹の中で熱い快感が膨《ふく》れあがる。勢いをつけて最奥を抉られた途端、それは一気に爆《は》ぜて全身に広がり瑠璃子を高い場所へと誘った。

「ん……あ、あ……………あん、あ、……ああっ！」

「瑠璃子、俺も、もう……」

快感だけが瑠璃子を支配し、他の感覚は全て遠のいていく。目の前は真っ白に塗り潰され、痙攣《けいれん》が襲ってきて息もできない。自分の中で元樹が一層その質量を増し、なにかが体の中で弾《はじ》けるのを感じながら、瑠璃子はもう意識を保つことさえできなくなっていた。

　ほんの一瞬意識が飛び、元樹の胸へと崩れ落ちる。

「瑠璃子？　大丈夫か？」

　元樹の胸に抱き留められ、瑠璃子はやっと小さくうなずく。まだ頭はぼんやりとし、体が重たく指先ひとつさえ動かす気にもなれない。感じたこともないような疲労感。けれど、心も体も満たされて、味わったこともない幸福感にも同時に満たされていた。

　そのまま眠ってしまいたくて、瑠璃子は元樹の胸に顔を埋《うず》めて目を閉じた。規則的に聞こえてくるまだ速い鼓動が、耳に心地いい。

　あっという間に半分眠りに落ち、まどろみはじめた時だった。

「瑠璃子、起きてるか？」

　その声に瑠璃子の体はびくっとした。慌ててうなずいたが、元樹はくすっと笑う。

「寝てたんだろ？　瑠璃子は昔から寝付きがよかったもんな」

「……そうかな」

「そうだよ」

「お兄ちゃんがそう言うなら、きっとそうなんだね。だって、私のことを一番知っているのはお兄ちゃんだから」

「そうかな？」

「そうだよ」

お互いにくすりと小さく笑ったあと、元樹の体が強張《こわば》った気がして、瑠璃子は胸に埋《うず》めていた顔を僅《わず》かに上げる。頭の下に腕を置き、じっと瑠璃子を見下ろす元樹と目が合った。その目はさっきあれほど互いを確かめ合ったはずなのに不安げに揺れていて、思わず瑠璃子の体も強張る。

そんな気配を感じ取ったのか、元樹は困ったような笑みを浮かべた。

「……ねえ、瑠璃子」

「……なに？」

思わず答える声も硬くなった。こんなにも幸せな時間に、なにか怖いことを言われるのではないかと身構える。

「こんな時にこんなことを話すのは卑怯かもしれないんだけど」

「わ、私、今とっても幸せなの。幸せで、嬉しくて、やっと夢じゃないって信じられたの。なのに、それを壊すような酷《ひど》い真似《まね》、絶対にやめてよねっ。そ、そんなことしたら、ただじゃ済まさないから」

元樹がなにを言おうとしているか、実は見当も付いてはいない。それでも、もしも悪いことを言われたら、幸せに満たされてしまった分、瑠璃子には耐えられないだろう。

それがわかっているからこそ、瑠璃子は必死に自分を守ろうとした。

「一生許さないからねっ」

「……ぷっ」

「な、なに笑ってるのよっ！」

本気で不安で仕方がないというのに笑われて、瑠璃子はむっと頬を膨《ふく》らませる。でも、心のどこかでほっともしていた。笑ってくれるのなら、きっと酷いことではないはず、と。

「うん、ごめん。いや、瑠璃子は本当に可愛いなって思って」

ふわりときれいな笑みを向けられて、瑠璃子の心臓はきゅんと切ない音を立てた。絶対に離れたくなくて、元樹の体を抱きしめる。

「ねえ、瑠璃子」

「……なあに？」

「さっきの開業の話……俺に付いてきてくれる？」

元樹の言葉に瑠璃子は抱きしめていた力を緩め、顔を上げてまじまじと彼を見上げた。その話のどこが卑怯なのかまったくわからない。

「今更そんなこと聞くの？　連れて行ってくれるんだよね？」

瑠璃子としては付いていく気しかない。付いてくるなと言われたって、離れてやるものかと思っているくらいなのに。

元樹が一瞬嬉しそうに、けれどどこか困ったような笑みを浮かべ、瑠璃子の髪の毛をそっと撫でた。何度か口を開きかけては言いよどみ、そしてやっと口を開く。

「その……実は、開業先がね」

「うん」

「歯科医院のない、小さな町なんだ」

「……え？」

てっきり市内だと思っていたので、驚いた声を上げてしまった。元樹はばつが悪そうに視線をさまよわせている。

「学生時代にお世話になった先生がその街で歯科医院をしていたんだけど、高齢のため閉めることになったんだ。それで……自分が退《しりぞ》いたあと、その歯科医院を引き継いでもらえないかって話があって……」

はあ、と一息ついて、元樹はさまよわせていた視線を瑠璃子に戻す。

「迷ったんだけど、そういう小さな町でひとりひとりと関わりあいながら歯科医師をしてみたいって、そう思ったんだ。小さな町だし、知り合いもいないんだけど、付いてきてくれるよな？」

元樹の言葉に、瑠璃子は零《こぼ》れんばかりに目を見開く。いきなりそんな話をされて驚かない訳がない。……というか、本気ですぐに話が付くと思っていたのだろうか。

「ねえ、お兄ちゃん」

「ん？」

「もしも、もしもよ？　私が嫌だって言ったらどうするつもりだったの？」

もしもというか、これまでの経過を考えれば、瑠璃子が拒否する可能性のほうが限りなく高かったのではないかと思うのだが。

じっと見つめる視線の先で、元樹が悪巧《わるだく》みを具現化させたような真っ黒な笑みを浮かべた。

「ああ、瑠璃子が拒否した時の対策はちゃんと考えてあったよ。俺が瑠璃子にしたことを俺とお前の家族に正直に話し、この先一生しっかりと責任を取らせてもらうという名目で、周囲を固めて逃げられなくしてやるつもりだったんだ」

「……は？」

「さすがに瑠璃子だって周りを巻き込まれたら逃げられないだろう？　うちの両親も瑠璃子のお母さんも絶対に反対なんてしないだろうしね」

なにを言われるのだろうかと緊張していた体から、しゅるしゅると力が抜けていく。

瑠璃子はぺたんと元樹の胸に顔を埋《うず》めて、深々とため息をついた。

「……だったら最初から私には逃げ道なんてなかったんじゃないの？」

「そうだね。だからずっと言ってるだろう？　お前を逃がす気なんてないんだって。……で、付いてきてくれるんだよね？」

初めから拒否権のない質問に、瑠璃子はくすっと笑った。

拒否権なんてないけれど、それを行使するつもりも初めからなかった。逃がさないなんて言われるまでもなく、瑠璃子に逃げる気がないのだから。

それどころか、逃がさないはこっちの台詞《せりふ》だ。

「連れて行ってくれないと、一生恨んでやるんだから」

満面の笑みを浮かべ、瑠璃子は元樹の唇に自分の唇を重ねた。

もう絶対に離れないと、心に決めて。

書き下ろし番外編

大人げない想いだけれど

「あのね……こうやって毎日当たり前のように、お兄ちゃんの部屋で食事とか色々お世話になるのはやめようと思うんだけど……」

瑠璃子のこの言葉を聞いた時、俺――陣内元樹は手にしていた箸《はし》を力任せに折ってしまいそうになるのを必死にこらえていた。ついでに、態度が威圧的になりそうなのも、睨《にら》み付けそうなのも、こめかみに青筋が浮かびそうになるのも、全部一緒に必死にこらえる。

「……へえ、それはまたどうして？」

冷静な声を出したつもりだった。……のだが、目の前の瑠璃子の顔は明らかに引きつった。

「だ、だって……その、春には一緒に暮らし始めるでしょう？　だから、それまでの間に身の回りの整理もしたいし、それに……」

「それに？」

「ど、独身のうちに、やっておきたいことだってあるのよ」

独身、という言葉を口にしたあたりで、瑠璃子の頬はほんのりと赤くなった。そんな瑠璃子が可愛らしくて、不覚にも頬が緩む。そんな自分に気が付いて、俺は咳払いをした。

互いの親に、結婚したいと報告したのは数日前のことだ。

春になったら、開業と共に籍を入れて一緒に住むことになっている。結婚式は引っ越しや開業の準備で忙しいため、新生活が落ち着いてからすることにしようと瑠璃子と決めた。

「独身のうちにやっておきたいことって？」

「しばらく会っていなかった友達にも会いたいし、習い事にも通いたいし、ひとりの時間を有意義に過ごしてみたくて……」

ごにょごにょと口ごもる瑠璃子に、「俺と一緒の時間は有意義じゃないとでも？」とか、嫌味でしかなく、なおかつ瑠璃子を困らせるだけの台詞《せりふ》はさすがに呑み込んだ。

確かに結婚したら、ひとりの時間を取るのは難しくなるだろう。独身のうちだからこそ、できることがあるというのもわかっているつもりだ。

わかっているのに……理解したいと思っているのに……心のどこかでそれを嫌だと思っている自分がいる。瑠璃子の時間を全部自分のものにしたいと。そんな自分の強すぎる独占欲と、狭量《きょうりょう》さにうんざりとしてしまう。

「ダメ……かな？」

上目遣いで問われ、ぐっと言葉に詰まった。「ダメ」なんて言えるはずがない。瑠璃子を納得させることのできる理由なんてないし、これはただの俺のわがままだから。

「いや、そうだな。瑠璃子だって、色々やっておきたいこともあるよな。好きにしたらいいよ」

胸の中をドロドロとした感情が溢《あふ》れているのをひた隠し、俺はにっこりと笑って見せた。

「本当？　よかった。お兄ちゃんも今のうちじゃなきゃやっておけないこと、しておいてね」

ぱあっと花の咲くような笑みを浮かべる瑠璃子に、複雑な思いで胸が痛くなる。

「羽目《はめ》外すなよ？」

「羽目なんて外さないよ。お兄ちゃんたら、本当に心配性なんだから」

「瑠璃子はふわふわしているから、心配になるんだよ」

「心配なんて、ないったら。それとも、私を信用できない？」

その顔に可愛らしい笑みを湛《たた》えたまま、けれど瑠璃子は真っ直ぐで強い視線を俺に向けてくる。その瞳が「信用してないなんて言ったら許さないよ？」と言っている気がする。

信用していないわけじゃない。ただ、心配なだけだ。不安なんだ。そばに置いて安心したいんだ。手を伸ばせば触れられる所にいて、いつでもその柔らかい頬に触れていたいんだ……！

……って、なんなんだ。この病んだ思考は。

自分でも驚くくらいの余裕のない感情に、頭を抱えたくなる。

結婚も決まって、もうすぐ一緒に住み始めるというのに、どうしてこうも束縛してしまいたくなるのだろうか。俺が瑠璃子の立場だったら、うんざりしてしまうに違いない。愛想を尽かされないように、自分自身を省《かえり》みる必要性があると切に感じた。

「いや、ちゃんと信用しているよ。瑠璃子の言う通りだね。結婚したらできなくなってしまうこと、今のうちにしっかりやっておくといいよ。俺もそうするから」

ぐるぐると胸の中で渦巻き続けている感情に無理矢理に蓋《ふた》をして、俺は思いきり大人の余裕を演じて微笑んでみせる。

「ありがとう、お兄ちゃん。私ももちろん、お兄ちゃんのこと信用しているからね？」

「わかってるよ」

言われなくてもその信用を裏切るつもりなど、俺には欠片《かけら》もない。それどころか、この深すぎる瑠璃子への想いで、彼女をがんじがらめにしてしまうんじゃないかと不安なくらいなのに……

「夕食、食べちゃおうか」

「そうだな」

「私ね、お料理教室にも通おうと思ってるの。上達してくるから、楽しみにしててよね」

「ああ、楽しみにしているよ」

別に、料理の腕なんて上達しなくたって、俺がいくらでも作ってやるのに。だから、料理教室だって通う必要なんてないのに。

笑顔の瑠璃子に合わせて、俺も笑みを浮かべて相槌《あいづち》を打っていたが、内心ではそんなとんでもなく器の小さなことを考えていた。

そして再び反省するのだ。

このままじゃいけないと。瑠璃子をちゃんと受け止めていられる、器の大きな男にならないと……と。そうしないと、いつの日か瑠璃子に三行半《みくだりはん》を突きつけられかねない。

そうならないためにも、瑠璃子の提案してくれたこの『それぞれの時間を持つこと』は、俺にとってこそ重要なのかもしれない。

この偏《かたよ》った瑠璃子への感情を見直して、結婚前に自由を楽しもうとしている彼女を見守ってあげよう。

――そう、本当にそう思っていたのに。

「先生、陣内先生？」

歯科助手の女性に声をかけられ、俺はびくっと肩を揺らした。

「あ……ああ、どうしましたか？」

慌ててそう答えると、その女性は困ったような笑みを向けてくる。

「ええと、掃除も終わりましたし、そろそろ消灯しようと思ったんですけど」

「え？　す、すみません。鍵だったら僕がかけて行きますので、上がってください」

「そうですか？　じゃあ、お先に失礼します」

「お疲れ様です」

歯科助手の女性を見送り、俺は深々としたため息をついて、椅子に深く体を沈める。

瑠璃子が部屋に来なくなってから、一週間が経とうとしていた。

この一週間、電話やメールでは連絡を取っているが、ほとんど顔を合わせていない。

瑠璃子は今、自分の時間を楽しんでいるんだから、どんと構えて待っていよう。そう思うのに、気が付けば瑠璃子のことばかり考えている自分がいる。

そして有りもしない妄想が次々に湧いて、瑠璃子を捕まえて閉じ込めてしまいたくなるのだ。

「……くそ、こんなことなら、姉さんのところじゃなくてこっちに就職させておけばよかった」

と、思わず苦々しく呟く。

瑠璃子が歯科衛生士の資格を取った時、初めは俺のもとで働きたいと言ってくれていたのだ。正直、瑠璃子と一緒に働けるならどれほどいいだろうかと考えた。けれど、そこでふと思ったのだ。すぐ下の階で『女性専用』の審美歯科をしている姉さんのところのほうが、色々な意味で安全なのではないか……と。

瑠璃子が姉さんのところで働き、送り迎えを自分がすれば、変な男に引っかかる心配は激減する。そんな下心もあって、瑠璃子には姉さんのところで働くことを勧めたのだった。

そんなことを思い出していたら、なんだか自己嫌悪で両肩が重くなってくる。

本当になんて自分勝手な独占欲なのだろう。自分でも怖くなってくる。もしも、瑠璃子を手に入れられなかったら……俺は一体どうなっていたんだろうか。

ちゃんと幸せを祈ってやることができたんだろうか。よかったなと、おめでとうと笑ってやることができたんだろうか。……いや、きっとできない。

それで本当に瑠璃子のことを想っているなんて言えるんだろうか。結局は、一緒にいてくれる瑠璃子が大事なだけなんじゃないだろうか。本当に大事なら、誰が相手だろうと瑠璃子が幸せならいいと思えるんじゃないだろうか……

そんな疑問が次々と湧き上がってきて、俺は体の中の空気を全部吐き出すように、長く深いため息をついた。何だかもう、頭の中がぐちゃぐちゃだ。

「俺は本当に瑠璃子を幸せにしてやれるんだろうか……」

柄にもないことを呟いてから、俺は思いきり首を振る。今からそんな弱気でどうするんだ。大体、俺以上に、瑠璃子のことを幸せにしてやれる男がいるわけがないだろう？

「……本当にそうなんだろうか。ひとりの時間を楽しみたいってことは、俺と一緒じゃ楽しくないってことなんじゃ……」

自分を鼓舞《こぶ》するつもりが、反対にドツボにはまる。

しばし鬱々《うつうつ》とネガティブ思想に支配された後、ここにいてもどうしようもないと立ち上がる。そしてぼんやりとしながら家路《いえじ》に就いた。

冷蔵庫は確か空っぽだったはずだが、買い物をしていく気力さえも湧かず、真っ直ぐに家に向かう。体が妙に重たいし、起きていたってただただ救いようもない暗い思考に沈んでいくだけなので、さっさと寝てしまおうと思う。

……多分、寝ても瑠璃子の夢を見てしまう気がするが。

ああ、やっぱり病気だな。ひどいものだ。と、どこか他人事のように疲れた笑みが浮かんだ。

「あ、お兄ちゃん。お帰りなさい！」

ふとそんな声に視線を上げると、俺の部屋の前で、瑠璃子がぶんぶんと手を振っているのが見えた。

とうとう瑠璃子の幻聴まで聞こえてきた。しかも幻視付きだ。かなりの重症だな。でもこれは俺の妄想の産物だから、返事なんてしたって虚《むな》しいだけだ。

そう思って、瑠璃子の幻覚の前を通り過ぎようとする。けれど。

「お兄ちゃん？　どうしたの？　え？　もしかして凄く疲れてる？　具合悪いの？」

そう言いながら瑠璃子の幻覚が俺の腕を掴《つか》んだ。……腕を掴んだ？　じゃあ、これは幻覚じゃない？

「お兄ちゃん？」

「瑠璃子……？」

「そうだよ？　他の誰かに見える？　っていうか、顔色悪いよ？　ほら、部屋に入って」

ずるずると引きずられ部屋に入る。そしてソファに座らされた。

「待っててね。今、なにか作るから」

そう言ってキッチンに向かおうとする瑠璃子の腕を、俺は掴んでいた。びっくりしてこちらを見る瑠璃子の腕を引き寄せ、腕の中に閉じ込める。温かくて、柔らかくて、愛《いと》しいぬくもりが確かに腕の中にあった。

「幻覚じゃなかった……」

「え？　なに？　幻覚？」

「なんでもないよ」

ぎゅっと瑠璃子を抱きしめると、心地のいい香りが鼻腔《びこう》をくすぐる。甘くて優しい瑠璃子の香りだ。そうやって抱きしめていると、瑠璃子の腕が伸びてきて俺の体に回される。

「もう、お兄ちゃんたら薄情なんだから。この一週間、迎えにも来てくれないし、食事も声をかけてくれないし。そんなにひとりになりたかったの？」

少しだけ拗《す》ねた瑠璃子の声色に、俺は一瞬戸惑った。

「……は？　しばらくひとりで過ごしたいから、一緒に食事もしないって言ってたろ？　結婚するまでは、ひとりで自由に過ごしたかったんだよな？　だから、邪魔をしないようにと、俺は瑠璃子と顔を合わさないように――」

「え？　待って、待って、お兄ちゃん」

瑠璃子は焦ったようにそう言いながら、体を離して俺の顔を覗き込んでくる。眉が八の字に下がって、頬が引きつっている。本当に困っている時の表情だ。

「なんでそんなに大げさなことになっているの？　私、ひとりで自由に過ごしたいなんて言ってないよ？」

「……え？」

「毎日必ず一緒にご飯を食べるって決めるんじゃなくて、たまにはひとりで出かけたりもしたいなって……それだけのことよ？　結婚するまでずっとひとりで自由に過ごしたいなんて、私、一言も言っていない！　お兄ちゃんはすぐに、私の言葉を大げさに取るんだからっ」

可愛らしい唇をへの字に曲げ、瑠璃子は「まったくもう……」とブツブツと文句を言っている。けれどその表情はすぐに崩れ、眉を下げて再び困ったような表情になる。

「もう……本当に、困ったお兄ちゃんね」

ふわっと笑った瑠璃子を、俺は考えるよりも先にもう一度ぎゅっと抱きしめていた。

「本当だ……困った奴だな」

「本当よ。これからはこんなすれ違いがないように、お互いに気になったことはちゃんと話そうね」

抱きしめ返してくれる瑠璃子のぬくもりに、俺は更に腕の中の華奢《きゃしゃ》な体を強く抱きしめる。腕の中に瑠璃子がいる……それだけで胸の奥の深い場所が満たされていく気がする。このぬくもりを抱きしめるためにここにいるんだと、実感する。

「お兄ちゃん？　どうしたの？　苦しいよ？」

クスクスと笑う振動さえも心地好くて、俺は目を閉じる。密着した体から、その鼓動も息づかいも伝わってくる。もっと全身で瑠璃子を感じたい。

「……この一週間、瑠璃子が足りなくて、禁断症状を起こしてたんだ」

「……え？」

今、自分がどんな表情をしているのか、俺にはよくわからない。でもきっと、瑠璃子が欲しいという欲望が溢《あふ》れてしまっているのだろう。目の前の瑠璃子の頬が、かあっと赤く色づいた。

「とりあえず、この禁断症状を収めるために、もっと瑠璃子を直に感じさせてくれないか？」

返事なんて聞くつもりはなかったけれど、赤い顔でこくんとうなずく瑠璃子が愛《いと》しくてたまらない。

こんなに嫉妬深くて、疑り深くて、独占欲が強くて、わがままで思い込みが強くて……大人の余裕もない、器の小さな男を受け入れてくれる瑠璃子が愛しい。

「全然大人じゃないけど、それでも、瑠璃子を想う気持ちだけは、絶対に誰にも負けない。……愛してるよ、これからもずっと」

俺の言葉にあわあわと更に顔を火照《ほて》らせる瑠璃子を、腕に抱えて抱き上げた。

未熟でいびつで子供っぽくて……それでも変わらない。この想いだけは絶対に。

過保護な幼なじみ
大好評連載中！
（毎月第2水曜日更新）
漫画 スミコ《Sumiko》 × 原作 沢上澪羽《Reiha Sawakami》
絶対お兄ちゃんから自立してやるんだから！
いっそ…
俺なしではいられなくなればいいんだ
意地っ張りな彼女×エロ歯科医のラブ攻防戦が待望のコミカライズ！
ETERNITY WEBMANGA
エタニティWEB漫画！
無料で読み放題！
他にも人気漫画が多数連載中!!
今すぐアクセス！
エタニティ Web漫画
検索

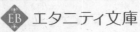

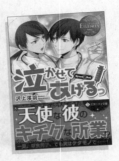

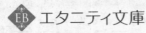

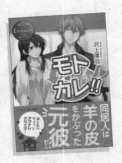

EB エタニティ文庫 ～大人のための恋愛小説～

Manami&Akihito

庶民な私が御曹司サマの許婚!?

4番目の許婚候補 1～5

富樫聖夜　　装丁イラスト：森嶋ペコ

セレブな親戚に囲まれているものの、本人は極めて庶民のまなみ。そんな彼女は、昔からの約束で、一族の誰かが大会社の子息に嫁がなくてはいけないことを知る。とはいえ、自分は候補の最下位だと安心していた。ところが、就職先で例の許婚が直属の上司になり——!?

白

定価：本体640円+税

Manami&Akihito

甘々でちょっと過激な後日談!?

4番目の許婚候補 番外編

富樫聖夜　　装丁イラスト：森嶋ペコ

庶民なＯＬのまなみは、上司で御曹司の彰人と婚約し、同じマンションでラブラブな日々を送っていた。そんなある日、会社の休憩室で女性社員達から彰人との夜の生活について聞かれ——？　過激な質問攻めにタジタジのまなみ。しかも彰人に聞かれて大ピンチに!?　待望の番外編！

赤

定価：本体640円+税

※エタニティブックスは大人の女性のための恋愛小説レーベルです。ロゴマークの色で性描写の有無を判断することができます（赤・一定以上の性描写あり、ロゼ・性描写あり、白・性描写なし）。

詳しくは公式サイトにてご確認下さい

http://www.eternity-books.com/

携帯サイトはこちらから！

本書は、2015年6月当社より単行本として刊行されたものに書き下ろしを加えて文庫化したものです。

エタニティ文庫

過保護《かほご》な幼《おさな》なじみ

沢上澪羽《さわかみれいは》

2017年2月15日初版発行

文庫編集－西澤英美・塙綾子
発行者－梶本雄介
発行所－株式会社アルファポリス
〒150-6005 東京都渋谷区恵比寿4-20-3 恵比寿ｶﾞｰﾃﾞﾝﾌﾟﾚｲｽﾀﾜｰ5階
TEL 03-6277-1601（営業） 03-6277-1602（編集）
URL http://www.alphapolis.co.jp/
発売元－株式会社星雲社
〒112-0005東京都文京区水道1-3-30
TEL 03-3868-3275
装丁イラスト－倉本こっか
装丁デザイン－ansyyqdesign
印刷－大日本印刷株式会社

ISBN978-4-434-22886-5 C0193